AF435396

Valentina

*

Adélaïde :
Tome XV

*

Philippe Rosenberger

Personnages :

Le Club des Damnés

Le Club des Damnés a été reconstruit ailleurs ! Découvrant avec joie neuf mois après l'incendie des Rodiers que Phileas avait investi la Cathédrale abandonnée, les membres tout aussi bien que les Reines furent informés de sa réouverture. Le nouveau lieu, consacré et immense, fit tout d'abord regretter le précédent. Mais avec le temps et des aménagements continus, le mystère reprit de plus belle. Rien n'avait changé donc, si ce n'est un nouveau décor et une nouvelle magie des plus enivrantes.

Adélaïde

Adélaïde était une jeune étudiante comme les autres jusqu'à ce qu'elle réponde à une annonce et rejoigne le Club des Damnés. Après des débuts difficiles, de la peine et de la tristesse, elle devint néanmoins sous le nom de Méphala l'une des Reines les plus épanouies et les plus appréciées par ses consœurs et par les Cavaliers. Elle fut également l'une des plus sollicitées par les membres. Le Club lui apporta beaucoup. De la confiance en elle, un épanouissement sexuel, mais aussi et surtout l'amour en la personne de son directeur, Phileas, dont elle tomba éperdument amoureuse. Après la construction du second club, Phileas et elle se revirent et elle tomba enceinte. Dans le même laps de temps, elle découvrit qu'il était agent secret, et finit par le rejoindre au sein du *Service*. À la mort de *D*, la directrice, elle en devint la cheffe avant de finalement accoucher de ses premiers enfants, des jumeaux ; Adrien et Jean. Mais en représailles de ses ingérences dans leurs affaires, l'*Organisation* fit enlever les nourrissons. Remontant la trace de leur chef les deux parents pensèrent arriver au bout de leur peine, mais malheureusement ils ne les retrouvèrent pas. Ils ne surent même pas qu'ils les avaient seulement manqués d'une heure. Tout cela affecta grandement Adélaïde, qui déprima de plus en plus. Un soir totalement déboussolée elle alla même jusqu'à se faire tatouer, et plus tard, quand Phileas fut obligé d'aider la C.I.A. à appréhender un tueur en série, elle se résolut à le quitter pour retourner à sa vie d'avant. Elle s'apprêtait à le faire lorsqu'elle découvrit qu'il l'aimait toujours autant, bien qu'il ne lui montrait pas assez à son goût. Décidée depuis à rester, et plus déterminée que jamais à retrouver ses enfants, elle s'est battue pour y arriver lorsque finalement, quatre ans après leur enlèvement, le miracle s'accomplit. Les deux parents suivant une piste fournie par une ancienne amie de Phileas, retrouvèrent Jean et Adrien. Sa famille depuis réunie, Adélaïde nage dans le bonheur.

Mais ces quelques semaines de joie sont peut-être révolues. Participant à l'enquête de sa nouvelle agente, Karen, sur un réseau d'esclavage, elle fut confrontée à une série d'événements douloureux qui la mirent à mal. Adélaïde réalisa en effet qu'elle était toujours affectée par la série de viols qu'elle avait subie des années plus tôt, et qu'elle était inconsciemment prête à reproduire la cause de son traumatisme pour s'en débarrasser. S'écœurant elle-même, elle fut folle de rage, quand dans une torture macabre, elle fut battue, dévêtue, et cousue à une autre de ses agentes, Céline. Sauvée par Phileas avant que l'anesthésie ne s'estompe, elle fut reconnaissante, mais elle ne put dès lors que se demander comment son mari avait pu savoir qu'elle était en danger et où la trouver. Puis elle apprit que son tortionnaire et l'homme avec qui elle avait inconsciemment voulu reproduire son viol avaient été tués par un inconnu. Adélaïde fulmina, se sentant dépassée par les événements, persuadée qu'il lui manquait des pièces du puzzle, mais cela ne l'empêcha pas de continuer son enquête. Déterminée, remontant la piste, elle mena alors une expédition afin d'appréhender le chef du réseau pour pouvoir enfin clôturer cette affaire, mais le trouvant mort, fraichement assassiné par un *Artificier*, elle découvrit abasourdie leur existence. Comprenant qu'il s'agissait là de la création de son époux, furieuse, elle le confronta avec virulence, et quitta finalement leur domicile conjugal en lui annonçant qu'elle passerait la nuit avec quelqu'un d'autre.

Phileas

Personnage obscur appelé Phileas ou Léopold, simple mais intrigant, il est à l'origine du Club des Damnés, bien que personne ne sache vraiment ni quand ni comment il l'a créé. Les rumeurs et les légendes circulant à son propos sont légions, et il serait pour certains un personnage séculaire, un envoyé du diable ou n'importe quoi qui pourrait justifier son influence. La vérité est pourtant toute autre, car Phileas est en réalité un multimilliardaire qui a notamment réactivé un vieux service secret chargé de stopper des menaces échappant à la justice. Mais il s'évertue surtout à démanteler une *Organisation* aussi dangereuse que mystérieuse. Après s'être fait tirer dessus, il apprit qu'Adélaïde, qu'il aimait et qui avait découvert son secret, avait été nommée agente secrète par *D*. Pour la protéger et la retirer du terrain, il la désigna pour la remplacer quand cette dernière mourut.

Par la suite, quelques mois plus tard Adélaïde et lui durent faire face ensemble à l'enlèvement de leurs enfants, événement qui le traumatisa tout autant que sa femme. Puis l'homme du club vécut une nouvelle épreuve tout aussi difficile. Appréhendé par la C.I.A, celle-ci lui demanda dans un dernier espoir de les aider à arrêter un tueur en série sévissant à travers tout le pays. S'acquittant avec brio de sa mission, Phileas accepta cette tâche éprouvante, mais il découvrit au cours de son enquête certains odieux secrets de l'agence et qu'ils essayaient de le capturer. Leur ayant échappé de justesse il estima dès lors que le *Service* et le Club des Damnés n'étaient plus assez efficaces face à leurs ennemis et aux hommes de loi. Il eut alors une révélation, un dénominatif ; *les Artificiers*.

S'isolant, il passa dès lors plusieurs mois à créer à l'insu de ses proches ce nouveau service secret, basé sur la peur, l'intimidation et la manipulation.

Dernièrement, alors qu'ils venaient de récupérer Jean et Adrien, Phileas a démissionné du *Service*. Il s'acclimatait avec plaisir à sa retraite, lorsque les *Artificiers* et Adélaïde se retrouvèrent sur la même affaire. Et l'inéluctable arriva. Sa femme apprenant leur existence, elle l'accabla de reproches, et estimant qu'il l'avait trahie, aussi bien en tant que mari qu'en tant qu'agent, elle décida de partir.

Chloé

Première Reine qu'elle ait rencontrée, Chloé est devenue la meilleure amie d'Adélaïde.

Les deux femmes se sont quasiment tout de suite attachées l'une à l'autre et sont depuis deux amies complices et solidaires. Leur histoire ne s'arrête cependant pas qu'à leur amitié sans faille. En effet entraînées par la tension sexuelle qui régnait constamment au Club des Damnés, elles sont devenues à plusieurs occasions amantes avant qu'Adélaïde ne sorte avec Phileas, tissant entre elles un lien qui ne s'effilera jamais. Reine d'Or du Club, Chloé est une alliée fidèle et une figure de proue pour les Damnés. Les cheveux d'un blond caramel et le visage angélique, elle est une femme agréable et chaleureuse ouverte aux nouvelles amitiés et qui n'aime pas se prendre la tête pour un rien.

Il y a quelques années, suite à une nuit en tous points particulière, les rapports entre Chloé et Adélaïde devinrent de nouveau d'ordre intime. En effet Phileas et celle-ci décidant de croquer la vie à pleines dents après le rapt de leurs enfants, ils invitèrent leur amie et une de leur collègue, Bella, à venir passer la nuit avec eux. Entretenant depuis ce jour une étrange liaison à quatre, les trois jeunes femmes et le maître des Reines se considéraient comme amants et se voyaient régulièrement, jusqu'à ce qu'Adélaïde invite d'autres collègues à se joindre à eux. Ayant depuis ce jour eu des rapports avec les deux époux et trois autres femmes, Chloé se satisfaisait d'avoir une vie sexuelle qu'elle jugeait fun et complète, jusqu'à ce qu'Adélaïde et Phileas retrouvent leurs enfants. Heureuse pour eux, elle accepta donc la fin de leur liaison en la fêtant dignement au cours d'une dernière nuit mémorable.

Jean

Jean, seconde Reine Rouge ou Reine de Sang du Club des
Damnés était la meilleure amie de Chloé et d'Adélaïde.
Tuée par l'*Organisation* que combat Phileas, celui-ci garda
sa mort secrète jusqu'à ce que la vérité éclate d'elle-même.
Personne ne sait vraiment quel lien les unissait, mais Jean
restera dans le cœur des Reines et des Cavaliers comme une
amie très chère perdue trop tôt.

Wanda

Wanda est la fille ainée de Phileas. Italienne fière et
arrogante aux premiers abords, elle était au début une jeune
femme déboussolée vivant difficilement sa situation. Sa
mère morte alors qu'elle n'était qu'un bébé, elle vécut seule
avec son père et appréhendait mal, malgré son confort
luxurieux, sa fausse vie de conte italien et surtout ses
absences à répétitions. Elle alla jusqu'à créer des tensions
avec Adélaïde avant de finalement faire la paix avec elle-
même et son père, et d'accepter sa vie d'agent secret telle
qu'elle était. Chagrinée par la disparition de son petit frère
et de sa petite sœur, Wanda décida d'intégrer le *Service*
contre la volonté de son père, et entreprit des entraînements
plus poussés avec ses agents. Puis lorsqu'elle apprit que
Jarod, un jeune homme dont elle était tombée amoureuse,
était toujours vivant, elle s'installa avec lui pour filer le
parfait amour. Ces dernières années, Wanda a cependant eu
un comportement plus que dérangeant et en totale
contradiction avec sa vie de couple. Désireuse de tester
l'inceste mais sachant pertinemment que son père refuserait,

elle s'arrangea avec Adélaïde pour pouvoir faire l'amour avec lui. Phileas découvrant la chose, leurs relations furent tendues, mais avec le temps les choses s'arrangèrent malgré tout. Son père lui pardonna, et tâchant de continuer sa vie comme si de rien n'était, Wanda continue à chercher sa voie. Tombée enceinte de Jarod, elle se satisfait toutefois maintenant d'être bientôt maman et semble heureuse au possible.

Alfred

Cavalier confident d'Adélaïde, Alfred est un ancien agent de la DGSE, serviable, poli, loyal et toujours là pour prêter main-forte. Considéré par beaucoup comme le chef des Cavaliers, il est officieusement le bras droit de Phileas. C'est aussi lui qui a poussé Adélaïde à lui déclarer sa flamme. Après qu'elle ait découvert des mois plus tard la vraie nature de ses activités, elle apprit la nature de leur lien : Alfred est le père de Phileas, et par conséquent le grand-père de Wanda, d'Adrien et de Jean.

Jean & Adrien

Jumeaux d'Adélaïde et Phileas, Jean et Adrien ont été enlevés à la demeure familiale de Bretignolles-sur-Mer alors qu'ils n'avaient même pas trois mois.
D'abord cachés par leurs ravisseurs pendant plus d'un mois, ils ont ensuite été remis à l'*Organisation* qui avait payé pour le rapt. Phileas et Adélaïde furent très marqués par cet événement, car en plus de la peine et de l'incertitude

concernant leurs enfants, ils étaient à deux doigts de les sauver, d'abord le jour de l'enlèvement, puis quand la transaction entre les ravisseurs et l'*Organisation* eut lieu, et enfin lors de leur attaque contre la demeure de Dru. Déterminés à les retrouver, amers et revanchards, les deux parents remuèrent ciel et terre pour les retrouver, d'autant plus qu'ils reçurent par le biais d'un agent une photographie d'eux, toujours vivants et en parfaite santé.

Et puis un jour Phileas fut enlevé sur les ordres du docteur Dru. Séquestré, malmené, il vit malgré ses tourments une lueur d'espoir au bout du tunnel quand il aperçut Jean et Adrien. Âgés de presque deux ans, jouant ensemble, il tenta de les approcher mais fut stoppé dans son élan. Bien qu'ils ne se revirent plus, les enfants furent interloqués par son intervention, et les devinant très intelligents, Phileas espéra qu'ils comprendraient qui il était.

Probablement émue par ce père qui tentait de les récupérer, leur nourrice, Laura, s'enfuit peu après avec eux pour les soustraire à l'*Organisation*. En fuite mais entre de bonnes mains, Jean et Adrien continuèrent donc à grandir quelque part, leurs parents faisant leur maximum pour les retrouver, jusqu'à ce que les retrouvailles surviennent enfin. Adélaïde et Phileas remontant leur piste grâce aux anciennes relations de ce dernier, ils réussirent à les soustraire à Dru qui les avait de nouveau enlevés.

Les Reines

Les Reines du Club des Damnés sont des créatures de rêves dans un lieu propice aux plaisirs et aux mystères. Chacune unique, chacune délicieuse, chacune pouvant être conquise... mais aucune acquise. Depuis la création du Club des Rodiers, le nombre de Reines n'a fait qu'évoluer. Bien qu'il n'y ait jamais eu à ce jour un seul instant où toutes furent réunies au club, il est rare que le nombre d'actives soit inférieur à une vingtaine. Il y a donc à chaque instant passé dans les lieux de délices, autant de visages que de désirs. Exotisme, fraîcheur, maturité... Il y a une Reine pour chaque goût.

Les Cavaliers

Vous désirez un verre ? Une collation chaude ou froide, une soupe de chocolat, un bouillon de légumes ? Vous aimeriez rejoindre une Reine dans une loge ou une salle de bain ? Vous vous êtes perdus dans les méandres du Club ? Demandez votre chemin, demandez un renseignement. Ces hommes en redingotes toujours serviables, toujours là, sont vos plus fidèles amis. Mais n'oubliez pas, un mot de leur part à l'oreille de ces dames et vous serez châtié.

Le Service

Le *Service* est un organisme secret agissant sans reconnaissance officielle et chargé d'appréhender ou à défaut d'éliminer toutes personnes échappant à la justice. Son fondement est basé sur la légitimité et non la loi, dans un souci de faire respecter les droits de l'Homme. Totalement officieux, il est la réincarnation du *Syndicat*, un groupuscule créé dans les années 40 et réunissant des représentants de chaque nation, de chaque ethnie, de chaque religion et des deux sexes. Utopistes, ces gens voulaient créer un monde meilleur et plus juste, mais au lendemain de la Seconde Guerre mondiale, se rendant compte que l'argent avait gangrené le monde et que les gouvernements ne se souciaient plus de leurs citoyens, ils décidèrent que la seule façon de rendre le monde un tant soit peu plus juste était de mettre hors d'état de nuire les gens échappant au système pénal officiel. De rêveurs, ils étaient devenus des agents secrets impitoyables.

Bella

Bella est l'agente *Quatre* du *Service*, autorisée tout comme Phileas à tuer. Apparue d'abord aux yeux d'Adélaïde comme une rivale, la jolie brune ayant eu une aventure en mission avec le maître des Reines des années plus tôt, elle finit par devenir une collègue qu'elle respecte grandement.

Peu de temps après l'enlèvement des jumeaux, Bella devint un personnage prépondérant dans la vie des deux parents pour avoir participé avec eux à la mission *Margate*, des plus macabres.

C'est également au cours de cette mission qu'Adélaïde chercha du réconfort auprès d'elle, les rapprochant intimement. Toutefois gênée de ce dernier point la jeune femme marqua ses distances avec Phileas et elle, avant de finalement devenir leur amante quelque temps plus tard, trouvant apparemment le bonheur dans cette relation.

Elle joua malheureusement d'infortune. Lors de l'attaque visant à appréhender le chef de l'*Organisation* et à récupérer Jean et Adrien, elle fut défigurée. Son bras droit et toute une partie de son visage brûlés, Bella est encore à ce jour meurtrie par cela, bien que ses amis aient réussi à lui redonner confiance en elle.

Cela ne l'empêcha toutefois pas de profiter de la vie. Elle multiplia les aventures avec ses collègues jusqu'à ce que Jean et Adrien soient retrouvés, et Phileas lui ayant annoncé qu'il payerait ses opérations, elle compte désormais faire de la chirurgie esthétique pour effacer ses cicatrices. À côté de ça, Adélaïde lui donne la responsabilité de la remplacer lorsqu'elle n'est pas disponible afin de voir si elle pourrait, un jour, lui succéder.

D

D est l'ancienne cheffe du *Service*. Femme de caractère âgée d'une soixantaine d'années, elle voyait d'abord l'arrivée d'Adélaïde dans la vie de Phileas d'un mauvais œil, mais au fil du temps elle se montra plus douce. Lorsque Phileas se fit tirer dessus et oscilla entre la vie et la mort, elle intervint pour arrêter Adélaïde qui avait tué son agresseur, puis la nomma membre du *Service*. *D* fut abattue sous les yeux de Phileas quelque temps plus tard par le chef de l'*Organisation*.

Billy Daniels

L'agent Daniels du *Service* fut l'assistant de *D* durant les cinq dernières années de sa vie, puis est devenu à sa mort celui d'Adélaïde. Fidèle, observateur, et dévoué corps et âme à la tâche, il est un allié essentiel des deux parents, car il fait la liaison avec tous les agents dispatchés à travers le monde. Billy est un agent de bureau. Il n'aime pas particulièrement aller sur le terrain, et la seule fois où il le fit, sur la demande d'Adélaïde, cela fut tragique. Participant à l'enquête sur le docteur Sandre, supposé membre de l'*Organisation*, il se lia instantanément d'amitié avec une jeune Anglaise nommée Maggie, mais eut l'horreur le soir même de découvrir avec les autres que le fameux docteur la leur avait servie en repas. Daniels fut le seul à avoir commencé à en manger… Profondément choqué par cette affaire, où de vengeance il martela de coups Sandre, il sombra peu à peu dans la déprime. Quelque temps plus tard en dépit de sa peine il regagna malgré tout son poste, encore plus décidé à arrêter l'*Organisation*.

Alors que Phileas fut porté disparu, Adélaïde proposa à Billy qu'ils passent une nuit ensemble. La jeune femme et son mari ayant décidé d'avoir des relations extraconjugales contrôlées, elle s'offrit à lui en remerciement pour son dévouement. L'assistant étant attiré par elle s'en trouva ravi. Après deux ans de liaison, Billy est cependant maintenant affligé d'avoir dû lui dire adieu. Il savait que leur aventure aurait une fin, mais très amoureux, il vit très mal de ne plus pouvoir la toucher. Et ce, même si pour leur dernière nuit, il eut également le droit de coucher avec Corie, Céline, Bella, Nathalie et Chloé.

Corie

Corie était la secrétaire de Phileas au *Service*. Chargée de gérer ses dossiers et de lui faciliter la vie en s'occupant de sa paperasse, elle s'est avérée depuis le début de ses attributions un soutien fidèle et dévoué. Quelque peu attirée par Phileas, elle eut il y a quelques années une aventure avec lui un soir alors qu'ils étaient en déplacement. Se servant de cette infidélité pour faire pression sur elle, Adélaïde la força ensuite à avoir un rapport sexuel avec elle. À partir de ce jour, leurs rapports furent très tendus, Corie n'appréciant pas d'avoir été utilisée pour leur jeu et vivant mal le fait d'avoir trompé son petit ami. Un soir alors qu'ils furent obligés de dormir ensemble, la jeune femme fut toutefois extrêmement contrariée par celui-ci, et décidant de se venger, fit volontairement l'amour avec les deux époux. Leur annonçant alors clairement que tant que son petit ami lui ferait des cachoteries, elle leur serait soumise, ils furent amants jusqu'à ce qu'elle le quitte en lui montrant ses ébats avec Phileas, Adélaïde et leurs collègues. Deux ans plus tard, Corie est tombée enceinte au cours d'une nuit organisée par Phileas. Toujours amoureuse de lui, elle essaye de se faire à l'idée qu'ils ne se reverront plus sexuellement ni professionnellement et qu'elle ne sera jamais avec lui.

L'Organisation

L'*Organisation*, appelée ainsi par le *Service* mais nommée par ses membres *D.N.C.* ou *Fantôme,* fut découverte lors de la mort de Jean. Personne ne sait vraiment grand-chose sur elle, si ce n'est qu'il s'agit d'un groupement organisé et bien plus dangereux que n'importe quelle organisation du crime. Après s'être rendu compte qu'elle avait infiltré la plupart des gouvernements et des services secrets, le *Service* a fait sa priorité numéro une d'arrêter ses exactions… et en représailles, elle a enlevé les enfants d'Adélaïde et Phileas.

Après l'enlèvement de Phileas il y a quelques années, le *Service* eut toutefois accès aux comptes bancaires et à des données sensibles de l'*Organisation*. Les utilisant à profit, ils lui portèrent un grand coup et la détruisirent pratiquement. Aujourd'hui il n'en reste presque plus rien.

Le Docteur Dru

Ce personnage était pendant longtemps inconnu de tous… Mais alors qu'Adélaïde et Phileas croyaient toutes les pistes perdues concernant leurs enfants, un agent du *Service* basé en Italie leur fit parvenir une information capitale, un simple nom qui leur en apprit beaucoup : le docteur Eugène Timothy Dru était le chef de l'*Organisation*.

Cherchant dès lors sans relâche des informations à son propos, ils remontèrent avec difficulté sa piste, apprenant même avec stupeur qu'il était à l'université avec *D*, là où il l'a connue. Finalement lors d'une attaque sur sa demeure et l'une de ses bases, Phileas finit par abattre Dru. L'homme du club agit de la sorte, car il savait pertinemment qu'il ne révélerait jamais où étaient ses enfants et que l'entreprise qu'il avait bâtie perdurerait quand même.

Mais ce que Phileas ignorait c'est qu'il s'agissait en réalité d'un sosie. À l'insu du *Service* le docteur Dru était donc toujours vivant et dirigeait toujours l'*Organisation*, jusqu'à ce que l'homme du club rencontre un autre de ses doubles au cours d'une mission, et le tue également. Conscients dès lors qu'il était peut-être toujours vivant, ils reprirent de plus belle leur enquête.

Des mois plus tard, lorsque Phileas se fit enlever, il se retrouva finalement nez à nez avec le véritable Dru et s'engagea alors un duel de force entre eux deux. Aucun des deux ennemis ne le gagna vraiment, mais leurs échanges leur permirent toutefois d'en apprendre plus l'un sur l'autre. Aujourd'hui, le docteur Dru est en fuite. L'*Organisation* aux abois, il pensait avoir regagné en puissance en récupérant Jean et Adrien, mais Adélaïde et Phileas les lui reprenant, il n'a désormais plus rien à quoi se raccrocher pour tenter de rebâtir son empire.

Céline Dru

Céline Dru est la fille ainée du docteur Dru. Sollicitée après l'enlèvement des enfants par Adélaïde et Phileas pour les aider à trouver son père, d'abord réticente, elle accepta finalement de rejoindre le *Service*. Bien que promue agente Double-zéro, Céline évolua relativement loin des deux époux, jusqu'à ce qu'elle décide de participer à leur jeu et de s'offrir à Phileas pour tromper son ennui. Couchant depuis régulièrement avec lui, elle finit après son enlèvement par également avoir des rapports avec Adélaïde. Elle participa même avec celle-ci, Chloé, Bella et Corie, à l'orgie que cette dernière avait programmée pour se venger de son petit-ami. Dès lors profitant de son célibat, elle continua à voir ses collègues jusqu'à ce que Phileas et Adélaïde récupèrent leurs enfants. Et les méfaits de son père en partie corrigés, la jeune femme n'a désormais plus qu'une seule idée en tête, retrouver sa sœur toujours portée disparue.

Récemment, au cours de l'enquête de Karen, sa nouvelle collègue, où elle accompagnait *M*, elle fut torturée par le docteur Sterne de la pire des façons. Rouée de coups jusqu'à s'en trouver sans force, il la déshabilla et la cousit à Adélaïde. Les deux femmes ressentant toute la douleur sans pouvoir bouger ou crier, il les a attachées lentement l'une à l'autre avec du fil et une aiguille, et sans l'arrivée providentielle de Phileas qui coupa les fils avant que le paralysant ne fasse plus effet, leurs blessures auraient été beaucoup plus grave. Cet épisode marqua en tout cas durement Céline, qui en fut très traumatisée.

Les Artificiers

Créé par Phileas après son démêlé avec la C.I.A. le service des *Artificiers* est une version bien plus agressive que le *Service*. Chargés non pas de faire régner la justice mais de punir par la peur et la machination ceux qui y échappent et que le *Service* ne peut pas atteindre, les *Artificiers* sont en roue libre depuis que Phileas en a cédé la tête. Totalement indépendants et dénués de limites, agissant dans l'ombre des ombres, ils sont devenus une légende urbaine, marquant le folklore mondial de leurs interventions aux apparences surnaturelles.
Mais Adélaïde a depuis découvert leur existence.

Nathalie

Ancienne voisine de Phileas et Adélaïde, âgée de 21 ans, Nathalie a été pendant quelques semaines leur amante, et participant notamment à l'orgie d'adieux organisée par les deux époux le soir de leur mariage, elle aimerait malgré leur décision continuer à les revoir sexuellement.

Karen

D'abord agente d'Emma Xavier, une ancienne amie de Phileas, Karen a rencontré Adélaïde et Phileas lors de leur mission à Rome pour retrouver Jean et Adrien. Se montrant une alliée efficace, et le temps d'une nuit, une amante délicieuse, Adélaïde et Phileas furent impressionnés par ses qualités, et lorsque ce dernier quitta le *Service*, *M* la recruta pour le remplacer en tant que *Double-zéro Six*. Décidant d'enquêter pour sa première mission sur une série de meurtres particulièrement horribles perpétrés en Angleterre, Karen se rendit sur les lieux du crime avec Adélaïde et Céline. Les événements s'enchaînant en les prenant toutes les trois de cours, alors que Céline et Adélaïde furent torturées en étant cousues ensemble, elle fut violée. Réussissant à se libérer, elle tua son agresseur, mais elle fut habitée tout comme sa cheffe et sa collègue d'un désir de vengeance et de justice. Et lorsqu'elles se présentèrent toutes les trois devant le chef du réseau d'esclavage derrière toute cette affaire, Karen fut comme Céline et Adélaïde témointe de l'apparition d'un *Artificier*.

Dans un souci de compréhension, à la différence de certains tomes, les différents dialogues en langues étrangères sont transcrits en français.

Prélude

26 mai 1985, 22h37, Paris.

La pluie battait à tout rompre et il faisait froid. Il n'y avait personne dehors, c'était un temps exécrable, une de ces nuits comme on en voit peu mais qui vous donnent immédiatement le cafard. Même en écoutant un vinyle bien au chaud dans son salon, en s'imaginant dehors à travers une fenêtre battue par l'eau, on avait froid et on se sentait trempé. C'était une nuit de chien.

Une Citroën BX grise roula lentement dans l'obscurité de la rue. Passant dans les flaques formées sur la chaussée le long des caniveaux, elle éclaboussa le trottoir, projetant l'eau sur son passage jusqu'à stopper devant un grand bâtiment, les roues à moitié immergées. La voiture resta alors là, immobile, le moteur tournant toujours, ses essuie-glaces balayant son pare-brise sans que personne n'en sorte. Ses feux éclairant discrètement la voie, le tintement des gouttes frappant sa carrosserie ponctua le bruit de la pluie d'une touche métallique. Le tableau avait une légère aura de mystère. La rue était sombre, tirée des ténèbres uniquement par le faisceau de ses phares et les halos des réverbères où scintillaient les trombes d'eau. Il aurait pu se dérouler ici la scène clé des dessous d'un complot insondable, ou l'explication intrigante d'un roman policier. Mais la réalité était toute autre, l'ambiance était maussade, glaciale, et simplement teintée de la mode des années 80. Puis finalement, la porte arrière gauche du véhicule s'ouvrit, et une jeune femme aux cheveux bruns descendit sur le trottoir.

— Allez, viens… déclara-t-elle en se penchant à l'intérieur de la voiture.

Après quelques secondes, un jeune enfant fatigué surgit de l'habitacle en silence, et sortit sous la pluie pour la rejoindre. La jeune femme le prit alors par la main, referma la portière derrière eux, et silencieusement, ils montèrent les escaliers menant au bâtiment. Puis lorsqu'ils furent arrivés en haut devant la porte d'entrée, la jeune femme déjà trempée s'agenouilla devant l'enfant tout aussi humide, et le regard triste, le tint face à elle par les épaules.

— Il va falloir que tu restes ici Valentin, pleura-t-elle le cœur lourd, il faut que tu sois ici.

— Pourquoi maman ? demanda l'enfant surpris en levant les yeux vers elle, ne saisissant pas ce qu'elle disait.

La jeune femme ne lui répondit pas. Elle sombra en sanglots, accablée par le remord, et serra affectueusement son fils dans ses bras.

— Je t'aime, ne l'oublies jamais promis ? Je suis si désolée… souffla-t-elle.

— Qu'est-ce qu'il se passe maman ? Pourquoi je dois rester ici ? redemanda l'enfant.

La jeune femme ne répondit toujours pas. Elle le serra fort contre elle, le visage déformé par le chagrin, vidant toutes les larmes de son corps sur son épaule, et glissa maladroitement une photo d'elle dans la poche de son manteau. Puis trouvant la force de faire ce qu'elle avait à faire, à contrecœur, elle lui déposa un dernier bisou sur la joue, se releva, sonna à la porte de l'orphelinat, et repartit.

— Je t'aime Valentin, je t'aime, annonça-t-elle à son fils la voix chevrotante et la mâchoire tremblant sous l'émotion. Je t'aime de tout mon cœur.

L'enfant voulut la suivre, ne comprenant pas la situation, mais elle l'arrêta fermement de la main.

— Tu dois rester ici Valentin ! lui ordonna-t-elle difficilement. Ne bouge pas !

L'enfant obéit sagement. Il s'arrêta où il était, écoutant ce que lui disait sa mère. Il était triste de la voir pleurer et voulait être avec elle, mais il la regarda s'éloigner de lui sans s'avancer.

La main devant la bouche, accablée par l'horreur de son geste, la jeune femme recula alors de nouveau, horrifiée. Versant toujours des larmes, sanglotant, souffrant le martyre, elle se résigna et redescendit les escaliers pour rejoindre la voiture. Le cœur déchiré, elle en ouvrit la portière, et tournant la tête, regarda une dernière fois son enfant. Puis elle monta à l'intérieur, referma la porte, et la voiture repartit immédiatement.

— Maman ? l'appela l'enfant en la voyant s'en aller sans lui.

La pluie tomba toujours aussi fort sur Paris. Il faisait froid, et il faisait nuit. C'était un temps de chien pour une soirée déprimante. Le petit garçon âgé de presque sept ans commença à pleurer. Il sombra en sanglot, ne comprenant pas pourquoi on l'avait réveillé en pleine nuit pour l'amener ici, pourquoi il était seul sous la pluie, et pourquoi sa maman le laissait là. Il ne comprenait pas. Il pleura juste sous la pluie, tandis que la BX tourna au bout de la rue, ses feux rouges disparaissant dans les ténèbres.

Chapitre I

Nouvelle agente

Lundi 15 mai 2017, 06h57.

Adélaïde n'avait pas réussi à se rendormir. Quittant son lit, elle s'était donc levée après seulement trois heures de sommeil, avait pris sa douche, s'était habillée de vieux vêtements qu'elle trouva dans son ancienne armoire, et descendant dans la cuisine pour se faire un café, avait commencé à faire la vaisselle présente dans l'évier. Jean, Adrien et ses parents avaient mangé un gratin de pâtes la veille au soir, cela se voyait au plat qui trempait. Le mettant de côté, elle nettoya donc les assiettes en premier, lorsqu'arrivée à la dernière, son téléphone sonna. C'était Billy, son assistant. Adélaïde prit son portable, ouvrit la ligne, puis le coinça entre son oreille et son épaule pour reprendre ce qu'elle faisait.

— Oui Daniels ? demanda-t-elle.

— « *Bonjour madame. Désolé de vous déranger si tôt mais j'ai l'Australie en ligne. L'agente Mitchell vient d'abattre le chef de l'antenne dans son bureau. Elle est retenue par la sécurité sur place et ils demandent ce qu'ils doivent faire d'elle.* »

Adélaïde déposa son assiette désormais propre dans l'égouttoir, et reprit correctement son téléphone en main.

— Qu'ils la libèrent. Agente Noémie Mitchell, statut *Double-zéro Vingt-Cinq* confirmé, déclara-t-elle.

Il y eut un blanc au bout du fil, son assistant visiblement surpris en comprenant qu'il s'agissait d'un ordre émanant d'elle.

— *« D'accord madame. »*, répondit-il finalement.

Adélaïde hocha machinalement de la tête.

— Annoncez à Taylor Brown qu'il devient le nouveau chef de section et dites à Mitchell de venir au rapport au Q.G., annonça-t-elle alors.

— *« Bien madame. Je laisse le dossier en stand-by le temps d'avoir vos notes et celles de Mitchell.»*

— Parfait.

Adélaïde raccrocha et souffla intérieurement. Puis elle reprit le nettoyage de la vaisselle le temps que son café termine de couler. Simple agente d'enquête, Mitchell était un excellent élément, une femme intelligente, cultivée, efficace et dévouée au *Service*. Elle stagnait toutefois à ce poste depuis des années, et Adélaïde estimait qu'il était temps maintenant qu'elle monte d'un échelon. Quand elle avait eu des soupçons sur les agissements de Winslow, elle l'avait donc chargée de fouiner discrètement, et s'il s'avérait qu'il trahissait vraiment le *Service*, de l'exécuter. Il faut toutefois tuer deux fois pour être promu double-zéro.

Adélaïde rangea les couverts dans l'égouttoir et s'attaqua au plat, qu'elle frotta avec énergie.

Avant que Mitchell ne tue Winslow, elle lui avait donc ordonné un autre meurtre, pour voir si elle avait les nerfs d'acier nécessaires au poste. Adélaïde repensa ainsi à leur conversation téléphonique seulement quelques heures plus tôt.

— « *Il a bien tiré profit de la vente de données du Service, il a notamment informé le Premier ministre de l'enquête de Miller. C'est comme ça que notre effraction nocturne chez lui n'a rien donné concernant les soirées avec des mineures. Le Premier ministre savait qu'on fouillerait son coffre et a déplacé ses archives.* »

— Bien, vous savez donc ce qu'il vous reste à faire agent Mitchell, avait déclaré Adélaïde.

— « *Oui madame* », avait annoncé consciente de la suite la jeune femme.

— Demandez à la section de recherche de vous donner le nom d'un pédophile confirmé mais relâché par la justice faute de preuves. Vous l'exécuterez à mains nues, puis vous m'enverrez une photographie du corps.

— « *À vos ordres madame.* »

Mitchell avait alors raccroché, et Adélaïde avait reçu trois heures plus tard un MMS lui montrant un homme étranglé dans sa salle de bain, affalé contre les toilettes. Satisfaite, *M* l'avait alors autorisée à se charger de Winslow. Elle avait cependant spécifié qu'elle le confronte et l'exécute dans son bureau au *Service*, pour faire comprendre à d'autres éventuels agents désireux d'arrondir leurs fins de mois qu'elle avait des yeux et des oreilles partout et n'aimait pas qu'on utilise le *Service* à ces fins. Et puis comme ça elle aurait rapidement l'information que son agente avait fait le travail et jaugerait de sa capacité à supporter la pression. Imaginant sans mal les événements, elle supposait ainsi que Mitchell s'était fait arrêter sans broncher à la sortie du bureau de Winslow, braquée de multiples armes, puis allongée au sol, menottée, et mise en cellule. On devait cependant la libérer en ce moment même, sans un mot, réalisant qu'elle agissait pour *M* et que sa mission exécutée avec succès, elle était désormais une agente du service double-zéro. Et avec le physique de top-modèle qu'elle avait, elle serait une agente plus qu'utile.

Adélaïde rinça le plat et le déposa sur l'égouttoir, la petite vaisselle terminée. Repensant à la trahison de Phileas, sa satisfaction de voir son agente réussir parfaitement sa tâche fut malheureusement de courte durée. En colère, furieuse, elle ne savait pas comment réagir. Elle pensa un instant à le faire arrêter et mettre aux fers, mais cela ne servirait à rien. Cela ne ferait même qu'empirer les choses. Elle ne pouvait pas enfermer son époux en espérant qu'il ne cherche pas à s'échapper, et s'il tentait quoi que ce soit, ou il casserait des bras et mettrait des agents inconscients sur son trajet vers sa sortie, ce qui était pratiquement certain, ou ses agents lui tireraient dessus pour le stopper, ce qui serait inévitable, la jeune femme ne pouvant décemment pas leur demander de ne pas se défendre. Dans tous les cas, ce serait un ordre qu'elle regretterait d'avoir donné, causant des dommages collatéraux inutiles, surtout qu'elle ne se voyait pas annoncer à ses enfants deux mois à peine après les avoir retrouvés qu'elle mettait leur père en prison.

Adélaïde souffla. Elle mit la tête entre les mains et soupira longuement. Bon sang, c'était un cauchemar. Comment Phileas avait-il pu lui faire ça ? Pourquoi était-il un pareil connard ?

— Bonjour ma chérie, que fais-tu ici ? demanda soudain Brigitte.

Adélaïde sursauta et se tourna vers sa mère. Sortant de sa chambre en fermant sa robe de chambre, elle paraissait encore un peu endormie, mais surtout surprise de la voir.

— Oh maman, désolée de ne pas t'avoir prévenue, annonça-t-elle. Je suis arrivée dans la nuit. J'ai utilisé mes clés pour entrer.

Brigitte se servit une tasse de café et regarda sa fille toujours étonnée de la trouver de si bonne heure chez eux.

— Tu es venue voir les enfants ? Où est Phileas ? ...Mon dieu, c'est quoi tous ces bleus ?

Adélaïde regarda sa mère, et ses yeux devenant humides, elle se blottit dans ses bras. Elle ne put résister plus longtemps. Elle avait quitté Phileas.

— Maman, je suis perdue, sanglota-t-elle.

*

— ...À l'aide du carnet on a remonté la piste jusqu'au chef du réseau, Lord Winston, et on allait l'exécuter avec Karen et Céline, quand on est tombées sur un individu en toge encapuchonné et masqué. Il avait déjà tué Winston et avant qu'on ait pu réagir, il s'était enfui. C'est en le voyant que j'ai compris comment Phileas avait pu nous sauver et comment Sterne et Victor étaient morts. Et en rentrant, je l'ai confronté, et il n'a pas nié, c'était bien son œuvre.

Brigitte but une gorgée de son café, et regarda sa fille, ne sachant pas quoi dire.

— Chérie, avoua-t-elle, je ne suis pas sûre de bien comprendre.

Adélaïde leva les yeux vers sa mère, démoralisée et énervée à la fois.

— Phileas a créé un autre service secret dans mon dos, il y a de cela des années, expliqua-t-elle amère.

Brigitte fronça les sourcils.

— Mais ce n'était pas déjà lui qui avait créé le *Service* ? s'étonna-t-elle.

— Si… ce qui m'amène à penser qu'il ne me fait pas confiance et qu'il ne croit pas en nous.

— Oh, ma chérie…

Brigitte se leva de sa chaise, et venant auprès d'elle, serra sa fille dans ses bras pour la réconforter.

— Tu sais, je n'ai pas à me mêler de vos affaires, mais je ne pense pas que Phileas ne croit pas en toi, je pense qu'il t'aime et…

— Il me ment sur plein de choses maman ! s'offusqua soudain Adélaïde. Il m'a menti sur ça, et depuis que je le connais il n'a eu de cesse de me cacher des faits ! Je m'en rends compte maintenant, il m'a manipulée durant des années !

— Je…

Brigitte ne savait pas quoi répondre, surprise de voir une telle colère pour son époux chez sa fille. Alors elle prit le problème différemment.

— Que comptes-tu faire du coup? lui demanda-t-elle.

Adélaïde mit la tête entre ses mains, incertaine.

— Je ne sais pas, avoua la jeune femme, je n'ai pas encore décidé quoi faire…

Elle releva les yeux vers sa mère, se rassit un peu mieux, et touilla son café.

— Cela vous dérangerait papa et toi si je venais vivre ici avec les enfants le temps de réfléchir ?

— Bien sûr que non ! Ce sera avec plaisir !

Adélaïde sourit, et entendant s'ouvrir la porte de la chambre de ses parents derrière elle, elle tourna la tête. Son père sortant de la pièce, il lui fit un signe de la main.

— Salut princesse, comment vas-tu ?

Adélaïde fit une moue, et Robert s'en étonna.

— Qu'est-ce qui se passe ?

La jeune femme ne répondit pas. Mais se levant, elle vint se blottir dans ses bras et ferma les yeux.

— Toi, tu ne vas pas bien, comprit-il.

Robert caressa les cheveux de sa fille, et lui déposa un bisou sur le front.

— Non, pas du tout, répondit-elle.

Ils se détachèrent l'un de l'autre, et Robert préparant son déjeuner, Adélaïde lui raconta ce qu'il s'était passé.

— Et que comptes-tu faire ? demanda Robert en observant son bleu sur la joue, inquiet de son état de santé.

Adélaïde but une gorgée de son café, et soupira.

— Je ne sais pas encore. Mais j'ai demandé à maman si je pouvais rester vivre ici quelque temps, avec les enfants.

— Ah c'est à ce point-là ? se surprit Robert.

Adélaïde regarda son père en hochant de la tête.

— Oui, j'ai besoin de prendre du recul. Phileas m'a trahie, et je ne sais pas encore si j'arriverais à le lui pardonner. En attendant j'ai besoin de prendre mes distan…

— Maman ! s'écria Jean.

S'interrompant, Adélaïde tourna la tête vers l'escalier et vit ses enfants en descendre les marches tout excités. Elle sourit instinctivement.

— Coucou ! s'exclama-t-elle faussement enjouée en se levant pour les accueillir.

— Tu es venue petit-déjeuner avec nous ?

— Oui ma chérie !

Adélaïde embrassa sa fille puis son fils, et les installa à table.

— Papa n'est pas là ? s'étonna toutefois Adrien.

— Non, répondit-elle. Il avait des choses à faire.

— D'accord.

— Vous voulez déjeuner quoi ? leur demanda-t-elle alors pour changer de sujet.

— Du lait au chocolat et des crêpes ! s'exclama Jean.

— Tu devrais prendre un fruit Jean, déclara Adrien.

— Toi tu prends des fruits, moi je prends des crêpes, lui rétorqua sa sœur en souriant.

Adrien balança de la tête, et prenant une pomme, croqua dedans.

— Vous allez tous les deux prendre des crêpes et des fruits, annonça Robert.

— Oui grand-père, répondit Adrien.

— Oui grand-père Robert ! Mais pas de pomme ! Je veux une banane ! sourit à nouveau Jean.

— Bien, je vous prépare tout ça, s'exclama leur mère.

— Non laisse, je m'en occupe, déclara Brigitte.

Se levant, elle prépara le petit-déjeuner de ses petits-enfants, et Adélaïde les regardant tout en prenant son café, réfléchit à la meilleure façon de faire les choses. Ne voulant pas leur mentir, elle décida de leur annoncer qu'elle se séparerait de leur papa quelque temps. Elle les laisserait petit-déjeuner et ensuite elle le leur dirait. Son café terminé, elle se leva donc, prit une crêpe, et monta dans sa chambre pour aller déjà se préparer.

— Je reviens les enfants, annonça-t-elle.

— D'accord maman, s'exclama Jean.

Adrien se leva de sa chaise et vint lui, la rejoindre dans les escaliers.

— Tu me fais un bisou maman ? lui demanda-t-il.

— Bien sûr !

Adélaïde sourit à son fils, et se penchant, lui déposa un gros bisou sur la joue.

— Voilà mon petit prince ! annonça-t-elle en souriant.

— Merci maman !

Adrien repartit s'installer à table, et Adélaïde le regarda manger sa pomme en balançant des pieds. Heureuse de les voir aussi joyeux, elle se demanda un instant si elle ne devait pas retourner chez eux pour leur bien-être, pour qu'ils n'aient pas à subir une telle situation. Mais montant les marches et se rendant dans sa chambre, elle repoussa cette idée. Non, ils étaient intelligents, ils comprendraient que maman avait besoin de se séparer de papa.

Adélaïde ouvrit la porte de sa chambre d'adolescente, et soupirant d'embarras, la regarda nostalgique et honteuse à la fois. Cela lui avait fait bizarre de redormir ici. De vieux posters accrochés aux murs, un lit une place, des livres et des cahiers de cours rangés sur son bureau, cette chambre appartenait à un passé loin derrière elle, très loin. Cela faisait des années qu'elle n'était pas venue ici en fait. Sa vie en tant qu'Adélaïde Sureau était révolue depuis si longtemps, et jamais elle n'était repassée ici. *Mais trêve de nostalgie*, pensa-t-elle. Adélaïde s'avança vers l'armoire et regarda à l'intérieur pour s'habiller. Elle trouva un vieux soutien-gorge qu'elle espérait, réussirait à contenir sa poitrine depuis bien plus généreuse, et prit également un tee-shirt, un pull rose à col en V, une culotte, une paire de chaussettes et un vieux jeans. Refermant l'armoire, elle déposa le tout sur son lit, et commença en gémissant un peu à retirer ses vêtements. Rapidement nue, elle se fixa toutefois d'abord dans la glace pour jauger des dégâts causés par Sterne. De larges hématomes violets recouvraient presque entièrement son flanc gauche, elle avait des bleus sur la joue, sur un sein et sur les cuisses, et on pouvait voir partout sur son corps le contour de la couture qui la liait à Céline, de petites croûtes alignées allant de sa tempe droite en passant dans son dos, pour continuer le long de ses cuisses jusqu'à ses pieds, et le long de ses bras jusqu'à ses mains.

Adélaïde fit une moue, inquiète. Elle espérait que cela ne laisserait pas de cicatrices. En passant sa main sur ses côtes pour évaluer sa douleur, elle se crispa cependant immédiatement et fut donc incertaine quant à leur état, quand elle vit dans le miroir ses bagues de mariée à son annulaire. Quittant son reflet des yeux pour regarder directement son corps, elle vit les points de couture sur la chair de ses paumes et ses avant-bras. Sterne était un vrai monstre… Ce qu'il avait fait… Adélaïde avait encore des sueurs froides en repensant à la torture qu'elles avaient subie toutes les deux avec Céline. Mais ce n'était pas pour ça qu'elle regardait ses mains, et s'armant finalement de courage, elle fixa son annulaire pour regarder les deux bagues qui la promettaient à Phileas. Et après quelques secondes, fermement décidée, elle les retira de son doigt. Elle ne voulait plus les porter, elle était en colère. Il lui avait offert la première quand ils s'étaient mariés, et la seconde lorsqu'ils avaient tenu la cérémonie officielle juste après avoir retrouvé les enfants, il n'y a même pas deux mois. Mais devant coûter à elles deux pas moins de cinquante-mille euros, elles ne lui évoquaient plus maintenant leurs années de bonheur mais les mensonges de son époux. Les posant sur son vieux bureau, Adélaïde ne voulut donc plus porter ce signe d'appartenance à Phileas, et passant sa main sur ses cuisses et son sexe, vérifia s'il fallait qu'elle s'épile. Elle constatait que ce n'était pas nécessaire, l'esprit ailleurs, quand son père entra soudain dans la chambre.

— Oh pardon ! s'exclama-t-il en la voyant en tenue d'Ève.

— Ce n'est pas grave…

Robert n'écouta pas et referma hâtivement la porte, honteux, mais Adélaïde indifférente le rappela.

— Papa, viens voir, le rappela-t-elle.

Robert rouvrit la porte, et rouge, regarda sa fille dans les yeux. Entièrement nue, elle le fixait sans cacher sa nudité et cela le mettait très mal à l'aise.

— Oui ? l'interrogea-t-il.

— Tu peux venir, je veux ton avis ? lui demanda-t-elle.

Son père s'exécuta, et s'approcha embarrassé d'elle. Il voyait son sexe épilé, ses seins fermes et bien dessinés, ses tétons dressés, et tâchant de ne pas trop regarder, il ne pouvait que se sentir incommodé. Adélaïde elle au contraire, presque apathique, ne semblait absolument pas timide ou s'en contrarier. Elle était devenue avec le temps tellement peu pudique qu'elle ne trouvait même pas la situation dérangeante.

— Je n'arrive pas bien à le faire moi-même, annonça-t-elle en se mettant de côté et en levant son bras gauche, tu peux passer ta main sur mon hématome et me dire si tu sens que j'ai une côte fêlée ou cassée ?

Robert regarda sa fille et acquiesça de la tête.

— Je préférerais que tu sois habillée, grommela-t-il.

— Oh, tu as déjà vu des filles nues papa, s'exclama Adélaïde.

— Oui, mais je préférerais ne pas te voir toi nue.

Adélaïde mit une main sur son sexe et son avant-bras sur sa poitrine, et se tourna à nouveau pour qu'il regarde son flanc.

— Voilà.

Essayant de ne pas regarder les fesses et le reste du corps de sa fille devenue femme, réellement embarrassé, Robert passa sa main sur ses côtes, tout près de la chair de son sein, et pressant un peu sa peau du bout des doigts, lui soutira quelques gémissements et crispations de la mâchoire.

— Je pense que tu as deux ou trois côtes qui sont fêlées, tu devrais aller voir un médecin, annonça Robert.

— Bien, merci.

Adélaïde se retourna, et ayant besoin d'un peu de réconfort, se blottit dans ses bras. Surpris, Robert voulut s'écarter, mais sa fille semblant vraiment mal en point, il accepta à contrecœur l'étreinte et passa ses bras autour d'elle.

— Chérie, un peu de tenue, tu es toute nue bon sang, s'exclama-t-il pour souligner l'aspect dérangeant de ce câlin.

Adélaïde sourit, consternée. Elle s'en moquait, elle voulait se serrer dans les bras de son père. Là tout de suite, elle avait besoin de se sentir en sécurité, c'était tout.

— Je t'aime papa, déclara-t-elle.

Robert releva sa tête pour la regarder dans les yeux. Puis il déposa un bisou sur son front, et s'écartant, se dirigea vers la porte de la chambre.

— Allez, habille-toi et va travailler !

— Oui capitaine ! s'exclama Adélaïde.

Il referma la porte derrière lui, et de nouveau seule, Adélaïde se regarda dans la glace. Avec rage elle fixa ses côtes violacées.

— Bordel, enfoiré de Sterne…

*

Assise dans le canapé, Adélaïde fixa ses deux enfants installés à côté d'elle avec tristesse. Ils prenaient la nouvelle avec désarroi.

— Ce n'est pas définitif, maman ressent juste le besoin de vivre loin de papa quelque temps, annonça-t-elle pour les rassurer.

— C'est à cause de nous ? demanda chagrinée Jean.

— Non, bien sûr que non, vous n'y êtes pour rien ! C'est juste une histoire entre papa et maman !

Adélaïde prit Jean et Adrien sur ses genoux, et les couvrit de baisers.

— Je vous assure que papa et maman vous aiment, et que s'ils ne vivent plus ensemble, ce n'est pas à cause de vous. Ce ne sera jamais à cause de vous, vous êtes les plus gentils enfants du monde.

— Mais on ne veut pas que vous vous sépariez ! s'exclama Jean. Vous ne pouvez pas vous arranger ?

Adélaïde regarda sa fille dans les yeux émue. S'émerveillant de son innocence, elle la serra contre elle.

— Papa et maman ont besoin de réfléchir chacun de leur côté, c'est tout…

— Et nous ? demanda Adrien. Vous allez nous demander de choisir avec qui on vivra ? On devra se séparer Jean et moi ?

Adélaïde fixa son fils, abasourdie.

— Bien sûr que non Adrien ! Vous alternerez entre chez papa et ici avec maman jusqu'à ce qu'elle trouve un endroit où vivre, mais on ne vous séparera jamais… Ce sera comme d'habitude, papa s'occupera de vous la journée, et le soir vous serez avec maman !

Adrien essuya ses yeux, mais ne put se retenir de pleurer. Voyant son frère en larmes, Adélaïde ne saurait dire si c'était par mimétisme ou si elle venait de comprendre que c'était grave, mais Jean fit de même et sombra en sanglot.

— Écoutez, maman et papa vous aiment ! Il ne faut pas vous en vouloir, et on ne divorce pas, on prend juste des vacances l'un de l'aut... Adrien !

Adélaïde ne termina pas sa phrase, et surprise, interpella son fils. Il était rapidement descendu de sur ses cuisses et avait gravi en courant les marches de l'escalier pour aller dans sa chambre. Et le temps qu'elle prenne Jean dans ses bras et monte pour le rejoindre, il avait déjà fermé le loquet et elle se retrouva devant une porte close.

— Adrien, ouvre-moi s'il te plait ! demanda-t-elle.

— Non ! Laisse-moi tranquille, répondit l'enfant.

— Adrien, s'il te plait, mon bébé, maman veut te parler.

Adélaïde serra Jean contre elle, triste.

— Maman va partir travailler, elle aimerait pouvoir te dire au revoir, elle ne veut pas que vous vous disputiez, reprit-elle.

Elle attendit une réponse, une réaction, mais celle-ci la peina douloureusement.

— Laura est morte pour que vous nous retrouviez, et vous vous vous séparez, c'est injuste ! annonça Adrien à travers la porte.

Adélaïde fut amère. Cette constatation était éprouvante.

— Je sais Adrien, mais cela ne veut pas dire que les choses vont changer entre nous !

— Si, tu n'aimes plus papa et tu ne veux plus vivre avec lui, répondit Adrien.

Adélaïde balança toujours sa fille dans ses bras en tâchant de la consoler.

— C'est plus compliqué que ça Adrien... Allez, ouvre à maman.

— Non !

— S'il te plait, je veux te voir avant de partir.

— Eh bien pas moi…

Adélaïde soupira, amère. *Merci Phileas*, pensa-t-elle.

42

Chapitre II

Schisme

Adélaïde arriva au *Service* vers huit heures, l'esprit troublé. Les enfants avaient mal pris la nouvelle et malgré l'intervention de son grand-père, Adrien ne voulut pas sortir de la chambre tant qu'elle n'était pas partie travailler. Tristes, Jean et lui ne comprenaient pas pourquoi leurs parents se séparaient et malgré leur intelligence, elle ne pouvait pas leur expliquer pourquoi. Adélaïde était chagrinée, abattue. Cela allait être plus difficile qu'elle ne le pensait.

— Bonjour *M*, s'exclama Daniels en la croisant dans le couloir.

Adélaïde releva les yeux, et revenant à la réalité, fixa son assistant avec surprise. Puis sa colère envers son mari la submergea d'un coup. Elle était arrivée au *Service*, et il fallait qu'elle agisse vite.

— Bonjour Billy, le salua-t-elle.

Elle s'approcha de lui, lui fit la bise, le surprenant grandement, puis le regarda déterminée.

— Billy, je veux que tu réunisses tout le monde. Tous les agents qui doivent travailler aujourd'hui. Je veux que tout le monde soit dans le grand amphithéâtre de réunion le plus rapidement possible. J'ai une annonce à faire.

— Euh, bien sûr…

— Merci !

Le laissant là, Adélaïde se rendit alors à ses appartements privés, et fouillant rapidement dans ses affaires, enfila une tenue plus professionnelle que ses vieux vêtements. Trouvant son bonheur, elle retira tout ce qu'elle portait et s'habilla d'une jupe de tailleur et d'un chemisier blanc en soie, avec en dessous, de la lingerie entièrement en dentelle, pour ne pas trop souffrir à cause de l'armature. Satisfaite, elle mit enfin des talons aiguilles à ses pieds et réajustant un peu sa coiffure, prit résolue la direction de la salle de conférence.

— Bonjour madame, la salua un agent sur sa route.

— Bonjour, répondit-elle.

Elle continua à marcher vers l'ascenseur, passant parmi ses agents, quand en traversant le hall où se trouvait le mur d'honneur, elle le désigna du pouce par-dessus son épaule.

— Retirez-moi la plaque commémorative de Phileas Queneau s'il vous plait ! ordonna-t-elle sur un ton sec.

Vingt minutes plus tard.

Adélaïde regarda les trois cents agents présents devant d'elle. Des analystes aux agents doubles zéro en passant par les services de recherches, d'analyse et de profilage, toutes les divisions étaient présentes, tous étaient assis dans l'hémicycle face à elle, et tous la regardaient en silence. Ils ne savaient pas pourquoi ils étaient là, mais Adélaïde, elle, le savait. Ils étaient là parce que les trois dernières années et demie de sa vie étaient à remettre en question, et les leurs aussi.

Daniels descendit les marches pour la rejoindre sur l'estrade, et s'approchant d'elle, lui annonça à l'oreille que tous les agents du Q.G. à part Karen étaient là.

— Bien, merci, répondit-elle.

M regarda son assemblée, et prenant une inspiration, se leva.

— Bonjour à tous. Je vais tâcher d'être concise, commença-t-elle par dire pour avoir un silence absolu.

Elle regarda ses agents, parcourant les rangées de l'hémicycle avec aplomb, puis elle se lança alors.

— Hier matin, avec les agents *Double-zéro Six* et *Double-zéro Neuf*, nous avons pris d'assaut le manoir de Lord Winston, en Angleterre, annonça-t-elle, ceci, afin de l'exécuter pour détruire définitivement le réseau d'esclavage Engedelmes Feleség. Nous étions pour se faire accompagnées d'agents de la branche anglaise.

Adélaïde prit une nouvelle inspiration, et regarda entre autres Céline et Bella parmi la masse d'agents réunis devant elle.

— Avec *Double-zéro Six* et *Double-zéro Neuf*, nous allions donc assassiner Winston, lorsqu'on a découvert qu'on nous avait devancées. On est en effet tombé sur un homme, ou peut-être même une femme, quelqu'un de déguisé en tout cas, qui venait de le tuer et qui a eu le temps de s'enfuir par la fenêtre avant qu'on ne puisse faire quoi que ce soit.

Adélaïde regarda hésitante la table devant elle, puis releva les yeux vers ses agents. Elle les fixa révoltée, les yeux emplis de rage.

— Hier soir, j'ai confronté mon mari, l'ancien agent *Double-zéro Six*. Il s'avère que l'individu en question est un *Artificier*, un membre d'un service secret qu'il reconnaît avoir conçu dans notre dos il y a de cela trois ans et demi.

— QUOI ? s'indignèrent scandalisés des agents.

— Non, ce n'est pas possible ! s'effara Bella.

— Je rêve… fut incrédule Céline.

— L'enfoiré ! s'énerva entre autres Scott.

— Je le hais, souffla Daniels.

Adélaïde leva la main pour faire taire les commentaires.

— Mon mari est désormais persona non grata au *Service*, cela va s'en dire, et je vous demande à tous, même s'il est votre ami et qu'il est mon époux, de ne plus communiquer avec lui concernant les missions. Pour le reste, je ne peux que vous inviter à rester neutre… sachez toutefois que pour ma part, j'ai quitté avec nos enfants notre maison, ne pouvant plus supporter ses mensonges et ses manipulations. Voilà. Maintenant, je ne peux prendre aucune sanction contre lui, mais nous allons devoir redoubler de vigilance. Il y a là dehors un nouveau service secret qui sait tout de nous, et dont on ne sait rien. Ils ont des moyens, ils ont un financement qui doit être aussi conséquent que le nôtre, et surtout, ils ont probablement leurs entrées ici. On est peut-être même infiltrés ou espionnés, et je suis ouverte à toute suggestion pour résoudre le problème. Dans la journée, *Double-zéro Six*, *Double-zéro Neuf*, et moi allons dresser un portrait-robot de l'individu que nous avons vu, et bien qu'ils semblent agir à visage couvert, nous aurons au moins une première base de travail.

M marqua une pause… Elle aurait voulu exprimer sa rage, la même qui devait les animer, mais elle se retint. Elle se devait de rester professionnelle. Elle conclut donc simplement pour mettre fin à la conférence.

—Je me tiens à votre disposition dans mon bureau si vous avez des questions, annonça-t-elle. Sur ce, rompez.

Elle regarda ses agents tout aussi horrifiés qu'elle en espérant qu'ils aient bien saisi la portée de tout ce qu'elle venait de dire, et lorsqu'elle lut sur leurs visages que c'était bien le cas, elle se rendit jusqu'à Lagarde, la mine sévère.

— Je peux vous voir ? lui demanda-t-elle discrètement.

Le médecin-chef hocha de la tête, et Adélaïde laissant là le reste de ses agents, quitta avec lui l'amphithéâtre pour rejoindre l'infirmerie. Suivant les conseils de son père, elle voulait vérifier l'état de ses côtes.

— Bien, alors, si vos côtes sont fêlées, il faudra éviter les bêtises pendant deux à trois semaines, annonça immédiatement Lagarde après qu'elle lui ait expliqué la situation.

— Ce n'est pas prévu. Je pourrais avoir de quoi faire passer la douleur ? demanda-t-elle.

— Oui, bien sûr, mais je vais d'abord vous ausculter, répondit le médecin-chef.

— Cela va s'en dire.

Adélaïde se rendit devant la table d'auscultation, et tandis que Lagarde ouvrit son dossier sur son ordinateur, elle déboutonna et enleva son chemisier, puis retira son soutien-gorge. Se retournant vers elle, Lagarde fut alors surpris de la voir à demi nue. Certes, c'était mieux pour pouvoir palper ses côtes qu'elle n'ait pas ses vêtements, mais il était étonné de voir ainsi les seins de sa directrice et qu'elle ne se gêne pas de les lui montrer.

— Bien, désolé si mes mains sont froides, déclara-t-il en s'avançant vers elle.

— Allez-y Lagarde, je ne suis pas en sucre, s'impatienta *M.* Le médecin-chef acquiesça, et posant ses doigts sur ses côtes, vérifia l'état de sa cage thoracique.

— Vous tenez le coup ? Par rapport à votre mari ?

Essayant de lui faire le moins de mal possible, il appuya sur son large hématome violacé et couvrant tout son flanc, et fit une grimace, peu rassuré.

— Je suis dans une rage folle, avoua-t-elle.

— Cela se comprend. Je sens qu'il y a fragilisation oui, pour plus de certitude on va faire une radio. Histoire de voir l'étendue des dégâts.

— D'accord.

Lagarde passa les doigts sur le bleu de son sein, et le pressa.

— Cela vous fait mal ici ? lui demanda-t-il.

— Un peu.

Le médecin hocha de la tête.

— Bien, passons à la radio.

Quinze minutes plus tard, Lagarde et Adélaïde regardèrent l'état de sa cage thoracique sur le moniteur, mitigés.

— Vos côtes 6, 7, 8 et 9 du côté gauche sont fêlées, et les 5, 6 et 7 du côté droit le sont aussi, indiqua l'agent. Je ne peux que vous conseiller du repos, le temps que vos os se consolident, et je vais vous prescrire de quoi aider le processus et gérer la douleur.

Adélaïde le regarda et le remercia.

— Bien, parfait, merci, fut-elle concise.

— Il n'y a pas de quoi.

Il s'installa à son bureau, nota un rapport à ajouter à son dossier, et commença à rédiger une ordonnance.

— Je vais voir avec la pharmacie, on vous apportera vos médicaments à votre bureau dans une quinzaine de minutes, d'accord ?

— Merci beaucoup.

Adélaïde remit douloureusement son soutien-gorge et renfila son chemisier.

— Au revoir docteur, déclara-t-elle alors en le reboutonnant et en se dirigeant vers la porte.

— Au revoir *M*, répondit-il.

Sortant du bureau de Lagarde, Adélaïde se rendit au sien. *Enfoiré de Sterne, enfoiré de Phileas*, pensa-t-elle.

Adélaïde attendit que Chloé décroche, mais elle tomba une nouvelle fois sur la messagerie. Soupirant, elle raccrocha, puis rappela. Après une dizaine de bips, elle tomba cependant encore une fois sur la messagerie, et déçue, elle décida de laisser un message.

— Salut Chloé, c'est Adélaïde. Je t'appelle parce que cela fait longtemps qu'on ne s'est pas vues et… écoute, j'aurais bien aimé te parler Chloé, j'ai besoin de vider mon sac… Tu me manques…

Adélaïde raccrocha, et posant son téléphone sur son bureau, prit son café pour en boire une gorgée. Aigrie, elle avait besoin de parler avec sa meilleure amie… Puis son visage se déconfit soudain et elle s'effondra émotionnellement. Triste, abattue, elle réalisait ce qu'elle venait de faire, et mit la tête entre les mains. Elle avait quitté Phileas. C'était leur première véritable dispute, et elle n'avait pu que partir, ne pouvant supporter la simple idée d'être près de lui à cet instant. Adélaïde avait quitté Phileas, l'homme avec qui elle avait traversé tant d'épreuves et qui partageait sa vie depuis maintenant six ans. Prête au sanglot devant cette constatation, devant cette douleur, elle n'arrivait pourtant pas à pleurer. Mais elle était démunie, amoindrie, choquée. Adélaïde était perdue…

Puis elle se ressaisit, but une nouvelle gorgée de son café, et sa tristesse fut rapidement dépassée par sa rage, par sa colère envers son mari. Elle redevint furieuse en un instant. Ce qu'il avait fait était grave, c'était de la trahison, c'était un mensonge impardonnable, car les conséquences étaient réelles, concrètes. Phileas avait bâti un autre service secret dans leur dos. Et au-delà de simplement cacher un secret à son épouse et sa cheffe, les implications étaient énormes. Il transmettait sûrement des informations, il leur avait certainement donné accès à leur système, en d'autres termes, il agissait probablement pour une autre entité durant ces trois dernières années… Adélaïde s'effara de tout ce que cela signifiait, et vociféra intérieurement. Elle lui avait toujours tout pardonné, avec le recul, elle se rendait compte qu'elle ne lui en avait jamais voulu longtemps pour chacun de ses mensonges, chacun de ses secrets. Amoureuse, faible, elle s'était toujours immédiatement calmée, principalement parce qu'ils avaient perdu les enfants et qu'il fallait qu'ils restent soudés. Elle n'était jamais fâchée bien longtemps car ce n'était pas dans sa nature. Mais là c'était la goutte d'eau. Ce qu'il avait fait était impardonnable. Bon sang, il était un putain d'agent double ! Il avait volontairement décidé de créer une entité secrète des yeux du *Service*, et l'avait chargée d'agir dans leur dos. Adélaïde fulminait. Quel connard bon sang !

On toqua à la porte, et toujours furieuse, Adélaïde s'irrita.

— Quoi ? demanda-t-elle d'un ton sec.

— Je peux entrer ? demanda Scott.

Adélaïde soupira. Elle tâcha de se calmer et se voulut plus douce.

— Entre, l'autorisa-t-elle à le faire.

50

Le meilleur ami de Phileas entra dans son bureau, et refermant derrière lui, vint s'assoir en face d'elle.

— En premier lieu *M*, je ne savais pas, annonça-t-il.

Adélaïde regarda le jeune homme, et fronça les sourcils, le visage dur.

— Si tu le savais, je ne pense pas que tu me le dirais, déclara-t-elle.

Scott eut l'air gêné de ces mots, mais les traits de la jeune femme se détendirent toutefois.

— Mais rassure-toi, je te crois, mon mari est tellement un enfoiré que je ne pense pas qu'il aurait pris la peine de t'en parler à toi non plus.

Scott la regarda en acquiesçant. Il semblait tout aussi énervé qu'elle.

— Tu comptes faire quoi ? lui demanda-t-il.

— Je ne sais pas, honnêtement, avoua Adélaïde. Que faire ? Je ne peux pas l'emprisonner en tout cas, c'est le père de mes enfants. Non, la seule chose que je peux faire c'est de l'ignorer maintenant, lui signifier ma colère en prenant mes distances.

— Je comprends…

— Et toi ? Tu vas aller lui parler ? l'interrogea-t-elle.

Scott se renfonça dans son siège.

— Tu rigoles ? s'irrita-t-il. Si j'y vais, je vais lui mettre mon poing dans la gueule ! Et puis pour quoi faire ? Entendre ses excuses ? Essayer de lui soutirer des informations ? Ton salopard de mari est un menteur manipulateur invétéré mais une chose est sûre, il ne parlera pas…

— On est bien d'accord, on est au pied du mur…

Adélaïde soupira, toujours incrédule.

— Bon sang, comment a-t-il pu me faire ça ? parla-t-elle en mettant sa tête entre ses mains. Comment a-t-il pu sans sourciller mentir à sa femme et cheffe en créant un autre service secret ? J'ai tellement envie de lui coller une gifle, là.

Scott la regarda, imaginant sans mal sa colère.

— On fait quoi alors ?

Adélaïde releva les yeux vers lui, et souffla.

— Il faut qu'on agisse vite. On va passer tout le monde au détecteur de mensonges, on va éplucher le parcours de tous les agents au moment où il a disparu fin 2013 début 2014, et enfin on va changer tous les codes. Tous nos accès, on va refaire toute la sécurité.

— Bien, et toi, comment tu tiens le coup ?

Adélaïde ricana.

— Je suis allée dormir chez mes parents, et mon fils n'a pas voulu me dire au revoir ce matin quand je lui ai annoncé que je me séparais de son père.

Scott se leva, et surprenant Adélaïde, il se permit de passer de l'autre côté du bureau et vint la prendre dans ses bras.

— Courage, annonça-t-il chaleureusement.

— Merci, accepta étonnée Adélaïde.

Elle se blottit contre lui quelques instants, puis quelqu'un toquant à la porte, ils se décollèrent l'un de l'autre.

— Oui ? demanda *M* en se rasseyant.

La porte s'ouvrit, et une agente entra dans le bureau.

— Bonjour madame, j'ai vos médicaments. Et Lagarde vous demande de vous reposer, déclara-t-elle.

— D'accord, merci.

Adélaïde prit le sachet de médicaments, et regarda les poches de glace.

— Pour faciliter la guérison, lui expliqua l'agente.

— Bien, merci.

L'agente médicale repartit en les saluant de la tête, et Adélaïde commença à déboutonner son chemisier. Révélant à Scott son soutien-gorge en dentelle qui laissait transparaître ses tétons, elle posa les poches sur ses côtes. Puis elle prit un ibuprofène et l'avala avec de l'eau.

— Je vais nommer une commission d'enquête interne, annonça-t-elle, dirigée par Bella. Cela ne leur plaira pas forcément, mais je sais qu'elles je peux leur faire confiance, alors Karen et Céline en seront aussi. Et je vais également demander à *Double-zéro Vingt-Cinq* d'en être.

— *Double-zéro Vingt Cinq* ? s'étonna Scott.

— Ma nouvelle agente. C'est une bonne enquêtrice, répondit Adélaïde.

M regarda dans le vide, perdue un instant dans ses pensées. Oui, elle ne pensait pas que Céline, Karen, Bella et Noémie étaient des infiltrées de son mari. Noémie était jusque-là de la section d'Australie, c'est elle qui avait personnellement nommé Karen, longtemps après la trahison de Phileas, quant à Céline et Bella, elle ne pensait pas que la première soit capable d'une telle chose, et ayant eu une longue liaison avec la seconde alors que Phileas créait justement ses *Artificiers*, elle était certaine de son innocence.

— Tu ne me fais pas confiance, conclut toutefois Scott, n'ayant pas été nommé.

Adélaïde leva la tête vers son agent, toujours debout à côté d'elle.

— Que je te fasse confiance ou non, tu es son plus proche ami au *Service*. Je ne peux pas me permettre de te mettre dans l'enquête. Tu seras le premier interrogé.

— Bien, je l'accepte, annonça-t-il amer. Mais dans ce cas, pourquoi la confier à ses maîtresses ?

Adélaïde regarda Scott en faisant des yeux ronds, surprise.

— Je le connais depuis des années, lui annonça-t-il, tu crois vraiment que je ne remarquerais pas tout ça ? Que vous couchiez avec elles ?

Adélaïde termina son verre d'eau et souffla.

— Quel merdier ! s'emporta-t-elle.

Elle se leva, et appuya sur le bouton de son interphone.

— Daniels, je pars, je veux voir Céline, Karen et Bella dans mon bureau à mon retour, annonça-t-elle.

— *« Bien. J'ai déjà demandé à un agent d'aller voir l'agente Double-zéro Six chez elle pour faire le portrait-robot. Je lui dirai de venir avec elle du coup. »*

— Parfait.

— *« Combien de temps vous absentez-vous ? »* demanda Daniels.

Adélaïde ricana froidement.

— Tout dépendra de si mon mari est réveillé.

Adélaïde retira les deux poches de glace de sur ses côtes et referma son chemisier. Il fallait qu'elle rentre chez elle récupérer des affaires pour elle et les enfants, et elle préférait le faire maintenant plutôt qu'après. Mais sortant de son bureau, elle regarda toutefois Scott avec franchise.

— Je les connais mieux que je ne te connais. Elles auront du ressenti, mais elles étaient ses maîtresses oui. Alors elles sauront si les blancs dans son emploi du temps sont vraiment des blancs.

Chapitre III

Tensions

Phileas se réveilla en sursaut, son téléphone vibrant comme un marteau piqueur sur la table de chevet. La bouche pâteuse, il se retourna donc dans le lit, et le saisissant, lut le message qu'il venait de recevoir.

« Tu es un enfoiré papa ! Adélaïde vient de m'appeler, Marianne aurait eu honte de toi ! Tu n'es vraiment qu'un connard ! »

Phileas ne répondit même pas au SMS de sa fille. Reposant son téléphone, il se redressa juste dans son lit, et soupira. Cela allait être comme ça maintenant, il allait devoir s'y faire. Il mit la tête entre les mains, ne se sentant pas du tout prêt à se faire rejeter de tous, mais son téléphone vibrant de nouveau, il le regarda avec curiosité. Il venait cette fois de recevoir un message d'un numéro inconnu.

« Votre femme m'a repéré. »

Phileas fit une moue, déçu.

— Trop tard pour l'info, déclara-t-il.

Son téléphone en main, l'homme du club se résolut à se lever et partit prendre sa douche. Appréciant immédiatement le jet salvateur comme un lot de consolation, il savoura sa chaleur rédemptrice sur sa peau. Mais triste de la situation, accablé, il ne trouva cependant rapidement plus cœur à profiter de l'instant. S'asseyant sur le sol de la douche, il ramena ses genoux à son torse et déprima, amer. Il comprenait parfaitement la réaction d'Adélaïde, en tant que femme et en tant que cheffe. Il l'avait trahie et il s'en rendait bien compte. Mais il s'était trouvé dans une impasse. Il avait ressenti le besoin d'agir différemment, d'aller plus loin, et elle n'aurait jamais accepté ses idées. Il savait pertinemment que d'utiliser la peur comme vengeance pour rendre justice au lieu d'agir en parallèle du système ne lui conviendrait jamais. Alors il avait fallu qu'il lui cache ses projets. Maintenant il en payait les frais, avec douleur même, mais les *Artificiers* lui semblaient pourtant toujours aussi justes et nécessaires. Il espérait simplement qu'Adélaïde le réaliserait un jour.

En attendant que cela arrive, Phileas était pour le moins affligé. Il se sentait mal, il avait brisé quelque chose chez sa femme. Elle ne lui ferait plus jamais confiance et le prenait pour un traître. Comment la blâmer ? Elle avait raison en un sens. Pourtant Phileas l'aimait, et qu'elle l'ait quitté le mettait dans un désarroi monstre. Il était tellement abattu, si malheureux…

Phileas se releva, se nettoya rapidement avec du gel douche, puis se rinça. Sortant de sa douche, il s'essuya alors, et nu, saisit son téléphone. Il avait reçu neuf nouveaux SMS et un message vocal.

« *T'es vraiment un connard Phileas, tu me dégoutes ! Quand je pense que je couchais avec toi tout ce temps ! Tu me répugnes !* »

Phileas supprima le message de Bella avec peine, et lut le suivant.

« *Franchement, t'es un salaud ! Tu t'es bien foutu de nous toutes !* »

— Tiens, Céline aussi était remontée, parla-t-il ironiquement.

Il supprima son message, et continua sa lecture.

« Tu es un GROS CONNARD Phileas ! Un enfoiré de première ! Comment as-tu pu faire ça ? Tu as quoi à dire pour ta défense ? » ; *« Réponds putain ! Espèce de lâche ! »* ; *« Réponds bordel ! »* ; *« Enfoiré ! »*

Phileas, soupira le cœur de plus en plus lourd, effaça les SMS de Scott sans y répondre, et passa aux suivants, du même acabit. Agathin lui envoya un *« N'essayes même plus de me contacter, pas après ce que tu as fait »*, Bella lui renvoya un *« Sale traître ! Ne t'avise plus jamais de m'adresser la parole ! »* ; et finalement, il reçut un *« Pourquoi ? »* de la part de Corie.

Phileas expira douloureusement. C'était ce message-là qui le blessa le plus. Il les décevait tous, ils se sentaient tous trahis, mais ce simple *pourquoi* était si innocent, si teinté de tristesse… Phileas pouvait encaisser les insultes, il acceptait d'être un paria, mais ce simple mot d'une femme qui l'aimait sincèrement lui fit mal comme aucun autre. Et écoutant le message vocal laissé sur son répondeur, il découvrit que Corie avait en plus malgré ses larmes essayé de le joindre.

« Pourquoi monsieur ? Pourquoi donc ? Comment avez-vous pu faire ça ? Je… je… bon sang, vous nous avez tous trahis. Comment avez-vous pu nous trahir ? Votre femme, moi, le Service, D, comment avez-vous pu agir contre nous de la sorte ? »

Corie pleura encore un peu sur son répondeur, et finalement, le message vocal s'arrêta.

Phileas raccrocha, défait, et posant son téléphone sur la commode à côté de lui, partit dans la chambre s'habiller. Il disposait d'une mémoire photographique. En un instant, il se souvint de toute sa vie depuis qu'il avait rencontré Adélaïde, de toute leur relation, et aussi de tous ses moments avec Corie, Bella et Céline… Il se remémora tout, chaque rire, chaque nuit d'amour, chaque discussion… et ne put que s'en vouloir, démoralisé. Il avait tout détruit. Tout. Alors oui, il méritait tout cela.

Une fois habillé, Phileas fit le lit, et s'asseyant au bord, mit de nouveau la tête entre les mains, pris de regrets. Pourquoi avait-il conçu les *Artificiers* ? Avait-il tellement eu besoin de justice ? Ne pouvait-il pas prendre le monde tel qu'il était au lieu de chercher à tout prix à l'améliorer ? Pourquoi ne pouvait-il pas se contenter des actions du *Service* ? Phileas douta réellement. Avait-il eu tort de créer les *Artificiers* ?

Puis il souffla. Tâchant de ne pas se laisser abattre, pas maintenant, Phileas se leva en bloquant ses sentiments, et sortant de la chambre, prit son téléphone sur la commode du couloir, et descendit prendre son petit-déjeuner. Faisant le vide dans sa tête pour lutter contre la tristesse, il se fit couler un thé, mangea du raisin, et se fit une tartine de confiture de fraise. Son téléphone vibra alors de nouveau. Le regardant, il venait de recevoir un autre SMS de Bella.

« Comment as-tu pu nous trahir Phileas ? Pas seulement le Service, mais ta femme, nous, D… »

Phileas supprima le message sans y répondre. À quoi bon ?

— Allez… Cerebro ?

Le labrador blond surgit de son panier, et venant à sa rencontre, Phileas s'accroupit et le caressa.

— On va se balader mon grand ? lui demanda-t-il.

Cerebro sembla enjoué à ces mots, et ouvrant la baie vitrée du salon, l'homme du club sortit avec lui. Se baladant dans le terrain, il marcha ainsi pendant une bonne demi-heure, essayant de se changer les idées, mais hélas sans succès. Il était accablé par le remord, la situation lui devenant de plus en plus réelle. Phileas savait que ce qu'il avait fait était juste, mais il réalisait qu'il aurait dû en parler à Adélaïde. Cela lui faisait mal de le dire, mais il aurait dû être honnête avec elle. Bon sang, il avait tout foutu en l'air quand tout allait enfin bien.

— Parfois, j'ai envie de te tuer Phileas, se dit-il à lui-même.

Il décida de rentrer à la maison et rebroussant chemin, arriva près de la piscine, quand la voiture d'Adélaïde remonta le chemin pour venir se garer au garage. Sceptique, amer, Phileas parvint au salon quand elle y entra justement.

— Bonjour, se montra-t-il poli.

— Bonjour Phileas, se voulut tout aussi respectueuse Adélaïde.

Les deux époux se toisèrent, et finalement la jeune femme monta à l'étage.

— Je prends juste quelques affaires pour les enfants et moi, et je repars.

— Attends !

Phileas la suivit dans l'escalier.

— On peut parler ? demanda-t-il.

— Non, je n'en ai pas envie, répondit-elle.

Elle entra dans leur chambre, et se dirigeant vers son dressing, prit un sac de voyage, et le remplit de vêtements, de sous-vêtements et de chaussures.

— Écoutes, je suis désolé chérie, je m'en veux…

— Phileas, je ne veux pas te parler. Là, tout de suite, je viens juste récupérer de quoi m'habiller et habiller les enfants, et je n'ai pas le temps de discuter. Parce que devine quoi, je dois gérer un service secret rempli hypothétiquement de traîtres.

Phileas la regarda chercher dans sa lingerie assez de dessous pour la semaine, ne releva pas qu'elle en prit des très sexy ni qu'elle lui avait lancé une pique des plus satiriques, et s'adossant à la glace, soupira.

— Est-ce que tu veux que je te laisse la maison ? demanda-t-il alors. Cela ne me dérange pas, et je préfère que toi et les enfants soyez ici. C'est à moi de partir, pas à toi.

Adélaïde se redressa, et le fixant d'un œil toujours aussi furieux, elle se voulut sincère et ferme.

— À dire vrai, je préférerais aussi, pour les enfants, mais je ne veux pas me sentir redevable envers toi.

— Ce ne sera pas le cas Adélaïde…

Adélaïde replongea le nez dans ses affaires, prit tout ce qu'elle pensait nécessaire pour tenir la semaine, et répondit franchement.

— Je serais chez mes parents, en attendant de trouver un appartement ou une maison.

Phileas s'attrista en entendant ces mots. Elle voulait emménager ailleurs… Elle ne comptait plus vivre avec lui…

— À ce point ? réalisa-t-il.

À peine eut-il dit cela qu'il remarqua qu'elle ne portait plus ses bagues de mariage. Elle avait pris la décision de les enlever et cela lui déchira le cœur.

— Oui, à ce point, je compte prendre le temps de réfléchir à ce que tu as fait. Et tu devrais en faire autant.

Elle se redressa, ses affaires terminées, et le regarda dans les yeux pour l'accabler.

— Tu es sûre que tu ne vas pas aller chez Billy ? l'interrogea-t-il alors en souriant nerveusement.

60

Adélaïde le fixa, offusquée et en colère.

— De toute façon cela ne te regarderait pas, annonça-t-elle.

Phileas souffla, et quitta le dressing démoralisé pour s'assoir sur le lit. La tête baissée, il était malheureux. Il ne savait pas si elle disait cela parce qu'elle était sincère ou parce qu'elle était toujours en colère et voulait lui faire mal, mais en tout cas sur ce dernier point, c'était réussi.

Et Adélaïde passant devant lui pour sortir et aller dans la chambre des enfants sans un mot, insensible, Phileas fut encore plus démuni. Sa femme lui en voulait et cela lui faisait mal. Elle était hermétique au dialogue, et il n'y avait rien de pire. Bon sang, il avait envie de la serrer dans ses bras et de l'embrasser. Elle était si proche et pourtant si inaccessible. Puis Phileas en eut assez. Il se leva, se rendit dans la chambre des enfants, et regardant sa femme, ne put s'empêcher de répliquer.

— Tu sais, tu m'en veux pour les *Artificiers*, mais je te rappelle qu'en termes de mensonges, tu ne vaux pas mieux, lui rappela-t-il, tu m'as fait coucher avec ma propre fille. Et tu te l'es tapée !

Adélaïde se releva, le regarda, et se gêna. Un instant il vit dans ses yeux qu'elle était mal, honteuse de ce qu'elle avait fait. Mais cela ne dura pas longtemps. Sa rage envers lui reprit rapidement le dessus.

— Ce n'est pas en me balançant ce genre de choses que tu vas me récupérer Phileas. Je sais que j'ai mal agi. Je sais que mes fantasmes sont particuliers. Mais ne fais pas comme si tout d'un coup tu m'en voulais. C'est pathétique.

Les affaires des enfants empaquetées, elle sortit de la pièce avec ses deux sacs, et passant à côté de lui, descendit les escaliers, Phileas sur ses talons.

— Je subis tes mensonges et tes manipulations depuis trop d'années, déclara-t-elle en conclusion. Et j'en ai assez !

— BON SANG ! J'AI CRÉÉ LES *ARTIFICIERS* POUR AIDER ! ET JE L'AI FAIT PARCE QUE L'ENLÈVEMENT DES ENFANTS NOUS DÉSEMPARAIT ! s'époumona Phileas.

Adélaïde se retourna furieuse dans l'escalier et le pointa du doigt.

— JE T'INTERDIS D'UTILISER LE KIDNAPPING D'ADRIEN ET DE JEAN POUR JUSTIFIER TES ACTES !

Phileas se calma instantanément, surpris et ne voulant pas se disputer, et Adélaïde en fit de même, ne voulant pas céder à la colère.

— Je n'ai pas créé un autre service secret parce que les enfants me manquaient, s'exclama dédaigneuse la jeune femme.

Phileas la regarda en serrant les dents.

— Ne vas pas dire que tu ne comprends pas le désarroi dans lequel j'étais, lui lança-t-il.

Adélaïde le fixa, et n'ayant pas envie de répondre, se décida à s'en aller.

— Je comprends surtout que tu n'as pas eu confiance en nous, annonça-t-elle.

Phileas balança la tête négativement. Ce n'était pas ce qu'il voulait dire.

— Si, j'ai confiance en vous ! Je n'ai pas créé les *Artificiers* parce que je n'avais pas confiance en vous mais pour vous aider ! déclara-t-il en la suivant.

— C'est ça, sans nous le dire ! rétorqua Adélaïde.

— Mais enfin, regardes les faits bon sang, sans même parler d'aide, s'ils n'avaient pas été là pour me prévenir, tu serais toujours cousue à Céline à l'heure qu'il est !

Adélaïde s'arrêta, se tourna vers lui, et sourit sarcastique. Elle savait qu'il dirait cela. Elle avait prévu ce coup-là.

— Karen nous aurait trouvées, elle savait où on était, on aurait été délivrées, annonça-t-elle. Tes *Artificiers* n'ont fait que tuer nos cibles à notre place !

Phileas soupira, et abandonna.

— Très bien, alors désapprouve tout, vas-y ! Quitte-moi, quitte la maison, renie-moi. Que veux-tu que je dise ? Tu refuses de m'écouter !

Adélaïde le regarda, consternée.

— Non mais tu t'entends ? Tu veux me faire passer pour la coupable ? Tu me manipules sans cesse, tu me caches des choses, et c'est moi la mauvaise personne dans l'histoire ?

Phileas regarda sa femme, et voulut s'approcher d'elle pour la prendre dans ses bras, mais elle s'écarta immédiatement.

— Je t'aime Adélaïde… je ne peux rien dire d'autre que je suis désolé et que je t'aime.

La jeune femme plongea dans ses yeux de chien battu, mais ne s'en émut pas du tout.

— Tu n'as même pas cherché à me retenir hier soir, alors j'ai un peu du mal à le croire.

Phileas leva un sourcil, et pouffa, la mine triste.

— T'attraper par le bras et te forcer à rester contre ton gré ? Non, ce n'était pas la chose à faire.

Adélaïde sourit, moqueuse.

— Je vois, encore une fois tu avais prévu quelles auraient été mes réactions…

La jeune femme prit ses sacs, et se dirigea vers la porte.

— Au revoir Phileas.

Adélaïde passa dans le garage avec ses deux sacs, et monta dans sa voiture. Phileas la suivit, et en silence, la regarda s'en aller. Une fois qu'elle fut partie, il se massa la bouche perplexe. Bien qu'abattu, il fallait qu'il réagisse, qu'il se prépare au pire. Il fallait qu'il s'organise.

Chapitre IV

Joseph York

Ses écouteurs dans les oreilles, Sublime défit son corset, le retira, et le posa délicatement sur le dossier de sa chaise. Puis s'asseyant sur le lit, elle détacha son bas gauche du porte-jarretelles, et l'enroula délicatement sur lui-même pour ne pas l'abimer. Elle fit ensuite de même avec son bas droit, et se redressant, elle ôta son porte-jarretelles et son string. Entièrement nue, elle plia alors sa tenue de Reine sur le lit pour qu'un Cavalier la lave, et se tournant vers la coiffeuse, récupéra ses vêtements civils. Elle passa sa culotte toute simple le long de ses jambes pour couvrir son bas-ventre, elle habilla sa poitrine de son vieux tee-shirt des Pink Floyd, puis elle enfila son jeans et un pull léger, et enfin, elle remit ses chaussettes et ses chaussures. Prête à partir, Sublime quitta alors sa loge pour regagner la tour Sud-Est et redescendre dans le souterrain. Là, montant dans un wagon, elle prit la direction du quai du pont Clément, pour pouvoir, une fois arrivée là-bas, remonter les escaliers et rejoindre la lumière du jour.

Mais Sublime soupira. Assise dans la voiture durant le court trajet vers la sortie, elle retira ses écouteurs de ses oreilles et les rangea dans sa poche, lassée d'écouter de la musique. Adélaïde n'était pas venue au Club depuis des semaines à cause des enfants et Mélisande était en vacances. Cela elle le comprenait. Mais Chloé et Camilla évitaient tout le monde et ne répondaient plus aux messages, et Caroline avait elle aussi finalement décidé de ne plus venir, si bien qu'au lieu d'être avec elles, elle était désormais seule, à son grand désarroi. Il y avait certes d'autres Reines avec qui elle pouvait passer ses journées quand elle ne voyait pas les membres, mais sans ses amies, la Cathédrale l'ennuyait. Le Club des Damnés avait beau être un lieu magique, elle n'aimait pas y être sans ses proches, sans le reste de ses amies. Ce n'était pas pareil, ce n'était pas aussi captivant. En tout cas, elle ne savait pas ce qu'il se passait, mais cela ne lui plaisait guère. Cela ne ressemblait pas à Camilla et Chloé de couper ainsi les ponts sans raison. Personne n'avait de nouvelles, et Caroline avait beau avant de partir s'être confondue en explications gênées et en excuses bidon, elle s'inquiétait. Ou plutôt elle ne savait pas quoi en penser. Au fond, elle ne les connaissait pas tant que ça, et peut-être qu'elles n'étaient pas les amies qu'elle croyait être. Tout cela n'avait-il été qu'une illusion ? Sublime était en tout cas triste de ne plus les revoir. Pour elle, c'eut été de véritables amies, et en son for intérieur, elle avait le sentiment qu'il se passait quelque chose de grave et qu'elles s'enfermaient dans une autarcie plutôt que de lui en parler. C'était dommage, car elles ne devraient pas avoir de secret entre amies. Pas après tout ce qu'elles avaient traversé ensemble. Mais après tout, peut-être effectivement qu'elles n'étaient pas de vraies amies, simplement des collègues ? Peut-être qu'elle avait cru à tort qu'elles étaient proches alors que les trois femmes se jouaient d'elle ?

Sublime soupira encore, cette fois triste. C'était dans ces moments-là, pensa-t-elle, qu'elle regrettait Jean, Pâris et Eugénie. Elles avaient leurs propres vies et leurs secrets, mais au moins si elles avaient encore été en vie, elle aurait pu passer du temps avec elles, car elle savait qu'elles auraient été là pour discuter. Jamais elles ne se seraient comportées ainsi. Elle avait été sûre de la sincérité de leur amitié…Sublime eut les yeux rouges. Elle se sentait seule, abandonnée par ses plus proches amies. Camilla, Chloé et Caroline refusaient ses appels ou n'étaient pas disponibles, et là tout de suite, elles lui manquaient terriblement.

Le wagon s'arrêta au vieux quai du pont Clément, et nostalgique en montant les marches, Sublime regretta toujours le bon vieux temps, lorsque tout allait pour le mieux et qu'elles étaient toutes réunies. Quand en ouvrant la porte menant à l'extérieur, elle se retrouva nez à nez avec un homme ensanglanté.

— Il faut que je vois Phileas, s'exclama à bout de souffle l'individu.

— Aaaah ! s'écria Sublime.

Prise de stupeur en voyant cet inconnu en sang se tenir dans le chambranle, la Reine ne put que s'effrayer. Puis elle s'effara instantanément devant sa mine déplorable.

— Mon dieu, mais il faut aller à l'hôpital ! déclara-t-elle.

L'homme perdit pied, flanchant, et se retint à elle, salissant son haut.

— Ce n'est pas la peine… c'est… oh bordel, mon ex-femme me disait toujours que la clope me tuerait… Je voulais juste m'en allumer une, et je n'ai pas vu cette voiture arriver… Bordel je…

Il tomba au sol, ne tenant plus du tout sur ses jambes, et Sublime le retenant pour amoindrir sa chute, tâcha de l'aider du mieux qu'elle put sans savoir quoi faire.

— Je veux parler à Phileas, je veux, je veux… Rybinsk, elle est à Rybinsk, annonça l'homme.

La bouche pleine de sang, écorché de partout et ses vêtements déchirés, il la regarda affolé, et sentant la mort venir, saisit un ticket de caisse et un stylo dans sa poche, et écrivit dessus.

— Dites-lui qu'elle est à Rybinsk, dites-lui que sa…

L'individu ne termina pas sa phrase. Trop affaibli par ses blessures, il mourut dans les bras de Sublime, et choquée, cette dernière regretta plus que jamais quand tout était plus simple.

Chapitre V

Plan B

Phileas était installé à son bureau, réfléchissant en silence, les yeux fermés. Sa femme l'avait quitté, il fallait donc qu'il prépare la suite. Il avait besoin d'un plan B. Il fallait qu'il prenne ses dispositions et envisage toutes les possibilités à partir de maintenant pour assurer son avenir et celui de ses enfants. Il fallait aussi qu'il réfléchisse à comment sauver son couple. Il se devait de la jouer fine, il devait être subtile et agir en respectant la colère et le sentiment d'avoir été trahie d'Adélaïde. Assis dans son fauteuil, perdu dans son esprit, il visualisait donc tous les scénarii possibles, imaginant chaque situation, de la plus pessimiste, Adélaïde décidant de divorcer et de le faire arrêter, à la plus optimiste, un pardon et une réconciliation. En tous les cas, il se devait d'agir selon ses convictions, et en accord avec son amour pour elle. Puis il ouvrit finalement les yeux. Le mieux à faire était décidé, il avait pris une décision. Il saisit donc un stylo, et proprement, nota son plan sur une feuille pour sortir tout ça de son esprit. Il fallait qu'il prenne toutes les dispositions pour faire face à toutes les situa…

Son téléphone portable sonna, l'arrachant à la préparation de son plan. Phileas souffla de dépit, leva les yeux de sa feuille, et regarda l'écran du smartphone posé non loin.

L'appel venait du Club des Damnés. Interrompant son écriture, il le prit donc, et décrocha irrité.

— Ici Phileas ? répondit-il.

— « *Bonjour fils* », le salua son père.

— Bonjour Papa.

— « *Dis, j'ai eu Wanda au téléphone, elle est furieuse. C'est quoi cette histoire, tu aurais créé un autre service secret ?* »

Phileas s'enfonça dans son siège, chagriné. Il n'avait pas besoin d'un autre sermon là tout de suite. Il n'en avait vraiment pas besoin.

— Écoute papa, je ne veux pas en parler, je n'ai pas la tête à recevoir un énième…

— « *Je ne t'appelle pas pour ça* », l'interrompit net Alfred, « *Je ne vais pas me mêler de tes affaires, mais écoutes, un type s'est présenté à la sortie du pont Clément, il s'est salement fait tapé par une bagnole, il est mort ici, et il voulait te parler.* »

Phileas soupira.

— Papa, j'ai besoin de réfléchir à propos de mon couple… Tu ne veux pas demander à Adélaïde ? Après tout c'est elle qui va gér…

— « *Bon, Phileas, arrête tes conneries* », s'impatienta le Cavalier. « *Je me doute que tu souffres, et que tu as mieux à penser en ce moment, mais un homme est mort. Alors bouge ton cul.* »

L'homme du club grommela.

— Oui P'pa.

Il se leva à contrecœur, et sortant de son bureau, descendit les escaliers pour aller au garage rejoindre sa voiture.

— Il ressemble à quoi ton cadavre, tu as regardé ses papiers ? Pourquoi est-ce qu'il voulait me voir ?

— « *Je ne sais pas, Sublime dit qu'il avait à te parler, qu'il disait l'avoir trouvée. Il était assez confus, il a griffonné le nom d'une ville pour toi. Sinon bah il est de type caucasien, brun, les cheveux courts, dans les un mètre quatre-vingt, et signe distinctif, il a une cicatrice sous l'œil gauche.* »

Le cœur de Phileas battit à cent à l'heure en entendant ce dernier détail. Son sang n'en fit qu'un tour.

— J'arrive tout de suite ! déclara-t-il paniqué.

Une vingtaine de minutes plus tard.

Phileas se gara près du pont Clément, et sortant de son Aston Martin, se précipita vers la porte d'accès au quai secret. Arrivant sous le pont, il y trouva Alfred, qui l'attendait patiemment.

— On a descendu le corps, déclara-t-il pour le tenir informé.

— Bien, annonça Phileas le cœur battant.

Il s'approcha de son père pour lui faire la bise, mais celui-ci lui colla à la place une rapide claque derrière la tête.

— Comment tu as pu mentir à ta femme crétin d'andouille ? le sermonna-t-il.

L'homme du club soupira.

— Je sais que j'ai fait une erreur, mais je n'avais pas le choix, se justifia-t-il.

— Si, tu pouvais le lui dire ! le pointa du doigt Alfred.

Phileas ouvrit la porte, et descendit les escaliers. Il n'avait pas envie de se faire engueuler, mais visiblement, il n'y échapperait pas.

— Adélaïde n'aurait jamais accepté ce que j'ai fait, annonça-t-il simplement.

— Alors pourquoi l'avoir fait ?

Phileas se tourna vers son père. Tout le monde semblait croire qu'il avait fait ça par pur plaisir, car il était juste un connard. Alors que ce n'était pas le cas, c'était un choix difficile.

— Parce que c'était nécessaire, que ma femme, ma fille et mes amis le veuillent ou non, les *Artificiers* sont utiles, déclara-t-il.

Les deux hommes se fixèrent dans les yeux, s'affrontant du regard, le père contrarié que son fils ait fait une telle sottise, et le fils irrité que même son père pense qu'il l'ait faite le sourire aux lèvres. Puis finalement Alfred déglutit et son visage au lieu de s'aggraver, se déconfit au contraire.

— C'est juste que tu venais juste de réunir ta famille, lui rappela-t-il amer.

Phileas ferma les yeux, démoralisé devant cette constatation.

— Je sais, je sais…

Revenant à la réalité, nonchalants, le père et le fils reprirent toutefois leur descente des marches. Arrivant finalement sur le quai, ils observèrent alors ensemble le cadavre.

— Où est Sublime ? demanda l'homme du club.

— Je l'ai faite raccompagnée chez elle par Hector. On va s'arranger avec le *Service* pour la faire suivre psychologiquement.

— D'accord.

Phileas s'agenouilla près du cadavre, et inspecta des yeux le corps. La voiture ne l'avait pas raté. Il avait des fractures ouvertes, des écorchures sur tout le corps, et il y avait assez de sang sur les marches et le quai autour de lui pour repeindre un mur. Soufflant de dépit, il regarda donc l'homme avec amertume, triste qu'il soit mort ainsi.

— On est sûr que c'est bien un accident ? interrogea-t-il.

72

— On n'est sûr de rien, mais il l'a dit lui-même à Sublime, annonça Alfred. Il faudra essayer de retrouver le chauffeur de la voiture.

Phileas hocha de la tête, et se releva. Puis soufflant, se tournant vers son père, s'autorisant le cœur lourd à accepter ce que cet événement signifiait, il récupéra alors le ticket de caisse sur lequel avait était noté le nom de la ville de Rybinsk, et le fixa avec appréhension. Déjà chamboulé par sa séparation, il trembla imperceptiblement. Ce n'était pas le moment idéal, mais ce ticket de caisse valait tellement pour lui… il avait presque du mal à y croire. Bon sang, si, il était bien réel.

— Qui est cet homme ? lui demanda Alfred, ne se doutant pas ce que ce ticket signifiait.

Phileas leva les yeux vers son père, et nerveux, ne put s'empêcher de sourire les yeux rouges. Malgré cette mort horrible, malgré ce qu'il venait de se passer dans son couple, malgré le fait que ses amis lui en veuillent, il était empli de joie et au bord des larmes. Cela y était peut-être enfin.

— Il s'appelait Joseph York. Il s'agit d'un des privés que j'ai engagés pour rechercher maman…

Le visage d'Alfred devint immédiatement blême et ses yeux se remplirent d'eau.

— Tu veux dire que… ? lâcha-t-il confus.

Phileas hocha de la tête… acceptant que c'était enfin possible, que c'était peut-être finalement la fin de leur questionnement.

— Je vais aller à Rybinsk, annonça-t-il en essuyant ses yeux et en se reconcentrant sur le présent, il faut juste que je m'organise. Tu veux bien appeler Adélaïde ? Que le *Service* s'occupe du corps et tout…

— Euh oui, oui bien sûr…

— Et ne dis rien à personne, tant qu'on n'a rien, je ne veux pas que cela se sache. Wanda ne doit pas savoir.

— Oui d'accord, c'est entendu je…

Alfred sourit, en larmes, et prit son fils dans ses bras. Fermant les yeux, il se surprit à espérer que c'était peut-être enfin le moment qu'ils attendaient depuis des années.

— Mon dieu, si seulement c'était la bonne…

Phileas serra chaleureusement son père contre lui, et lui massa le dos.

— Je l'espère aussi…

L'ancien agent trouva réconfort dans les bras de son père quelques instants, mais se détacha finalement de lui et se dirigea vers les escaliers. Sortant son téléphone de sa poche, il composa alors un numéro, et l'appelant, attendit qu'on décroche.

— *« Oui ? »*, demanda une voix numérique.

— J'ai besoin d'un jet privé et d'un expert en informatique, déclara-t-il d'une voix ferme.

— *« Bien, rendez-vous où ? »*

Chapitre VI

Polygraphe

— L'ancien agent Phileas Queneau vous a-t-il informé de son envie de créer un autre service secret ?

Bella regarda l'agent Cooper assis en face d'elle, et répondit honnêtement, sans hésiter.

— Oui.

Cooper regarda les résultats tracés par les aiguilles, et fronça les sourcils. Surpris, il fixa le miroir sans tain derrière laquelle *M*, Samantha Dan, la cheffe de sa section, et une dizaine d'autres agents observaient la scène. Puis il écrivit le numéro de la question sur le tracé du polygraphe et observa sa collègue.

— Avez-vous trahi le *Service* ? demanda-t-il alors.

— Non, répondit Bella.

Cooper nota le numéro de la réponse à côté du tracé, et posa une nouvelle question.

— Connaissiez-vous les intentions de Phileas Queneau à propos des *Artificiers* ?

Bella tourna les yeux vers la glace, en direction de là où elle s'imaginait se tenir *M*.

— Non, annonça-t-elle.

Depuis la salle d'à côté, Adélaïde regarda la scène se dérouler, impassible. Elle savait que Bella avait répondu vrai jusqu'à maintenant, mais cela ne la surprenait pas.

Phileas lui avait dit qu'il avait eu une idée, suite à l'affaire *Hécatombe*, il avait dans l'avion les ramenant utilisé le dénominatif *Artificiers*. C'est d'ailleurs comme ça qu'elle l'avait appris, parce que Bella le lui avait répété. Mais tout comme elle, jamais la jeune femme n'aurait pensé qu'il comptait les trahir. Il avait disparu des mois, et maintenant cela leur paraissait évident qu'il avait occupé son temps à concevoir cette traitrise, mais à l'époque, jamais elles n'auraient cru ça. Bon sang, il avait aidé à créer le *Service*, comment imaginer cela ?

— Avez-vous déjà couché avec Phileas Queneau ? demanda l'agent Cooper.

Bella fit la moue, surprise.

— Oui, répondit-elle gênée.

Le rythme cardiaque de la jeune femme s'accéléra un peu, comme l'indiqua le tensiomètre. La plupart des agents savaient que Phileas et elle avaient eu une liaison au cours d'une mission il y a de cela des années. *M* le savait aussi, ce n'était pas un scoop. Mais cette question la surprit. Elle ne s'y attendait pas.

— Votre dernière relation sexuelle avec lui remonte-t-elle à moins de six mois ? l'interrogea soudain l'agent Cooper.

Bella cligna des yeux, interloquée. Son visage se figea cette fois complètement. Elle déconfit, honteuse, et l'aiguille du tensiomètre s'affolant, son cœur battit à tout rompre. Elle ne pourrait pas mentir. Elle avait été entraînée à le faire, mais reliée à des électrodes, la dilation de ses yeux filmée et les micro-expressions de son visage analysées, elle ne pourrait pas nier l'évidence, elle exposerait tout. Là tout de suite, elle voudrait disparaître dans un trou de souris.

— Oui, avoua-t-elle toute rouge.

L'agent Cooper regarda sa réponse sur le tracé, et leva les yeux vers elle, surpris. Puis il fixa *M* derrière la vitre sans tain, bouche bée devant les résultats. Ses agents tournant gênés la tête vers elle, Adélaïde, elle, se mordit embarrassée la lèvre inférieure. Elle n'avait pas prévu cette question, et croisant à travers la glace les yeux de son agente, pesta intérieurement.

— Dans quelles circonstances ?

Bella souffla en regardant de nouveau Cooper.

— Comment je réponds par oui ou par non à cette question ? demanda-t-elle.

Cooper changea d'approche.

— Bien, étiez-vous amants ? la questionna-t-il.

La jeune femme regarda en l'air, toujours rouge et franchement incommodée.

— Oui, concéda-t-elle encore.

Bella ne savait plus où se mettre. Elle voulait en rester là à tout prix. Elle apparaissait aux yeux de ses collègues comme la maîtresse du traître, et celle qui faisait donc cocue la directrice. Elle se trouvait dans une situation embarrassante, et plaçait encore plus *M* dans une situation inconfortable.

— Je peux me justifier, déclara-t-elle confuse pour tenter de rectifier le tir. J'ai une explication…

— Nous verrons cela en temps voulu, coupa court Cooper. Avez-vous…

L'agent s'apprêta à poser une nouvelle question, mais on toqua à la vitre sans tain pour l'interrompre. Tournant étonné la tête vers son reflet, il attendit donc, docile, aux ordres de sa cheffe. Puis moins de dix secondes plus tard, *M* entra dans la salle, et se dirigea vers les résultats du polygraphe.

— Elle a dit la vérité ? demanda-t-elle d'une voix ferme.

— Oui, répondit Cooper, à chaque fois.

Adélaïde regarda Bella, embarrassée par la situation.

— Répondez faux. Avez-vous déjà travaillé pour l'*Organisation* ? lui demanda-t-elle.

— Oui, répondit l'agente sans hésiter.

Adélaïde regarda l'aiguille du polygraphe s'agiter frénétiquement.

— Avez-vous tué John Fitzgerald Kennedy ?

— Oui, déclara Bella.

L'aiguille s'agitait encore.

— Êtes-vous pro-Trump ?

— Oui.

Adélaïde regarda le résultat de ses réponses, et les trouva concluantes.

— Elle n'a pas aidé Phileas, restons-en-là, conclut-elle.

— Mais madame, vous ne voulez pas savoir pou…

Adélaïde encore honteuse fixa la glace en croisant les bras pour s'adresser à ses autres agents et couper court aux interprétations.

— Je savais déjà que l'agente *Double-zéro Quatre* était l'amante de mon mari. Je le sais car elle était également la mienne.

Puis elle se tourna vers Cooper et pointa les résultats de l'index.

— Il n'est plus nécessaire de poser ces questions, croyez-moi, s'il y a une chose que Phileas ne me cachait pas, c'était sa vie sexuelle, ordonna-t-elle.

— Bien madame, déclara-t-il.

Adélaïde hocha de la tête, satisfaite, et sortit de la pièce.

Bordel. Voilà, cela y était, c'était révélé.

*

Dix minutes plus tard.

Installée dans son fauteuil, Adélaïde avala son whisky d'une traite. Amère, une fois la bouche vide, elle fit la moue, les yeux perdus dans le vide. Une partie de ses agents savaient désormais qu'elle était bisexuelle, et qu'elle et Phileas avaient eu une liaison avec Bella. C'était super. Voilà pour ta vie privée *Méphala*, tu marqueras la postérité en étant la cheffe du *Service* qui mettait ses agents doubles-zéro dans son lit, qu'ils soient hommes ou femmes.

— Merci à toi Phileas. Encore un de tes cadeaux, souffla-t-elle irritée.

Adélaïde soupira, et se resservit à boire. *Bah, au moins ils ne savent pas pour Céline, Corie, Billy et Karen*, pensa-t-elle.

Elle but une nouvelle gorgée de son breuvage, et se tournant vers son bureau, regarda les dossiers en suspens déposés dessus. Pestant, elle appuya découragée sur l'interphone la reliant à son assistant.

— Billy, vous êtes seul ? demanda-t-elle.

— *« Oui madame, pourquoi ? »*

Adélaïde ouvrit le premier dossier, et commença à le lire.

— Quand vous passerez au détecteur de mensonges, soyez gentil de ne pas évoquer notre liaison aux autres agents, s'il vous plait.

— *« Bien madame, je ferais de mon mieux »*, répondit Daniels.

Adélaïde regarda l'interphone, sceptique… Elle décida de ne pas répondre, et se mit au travail pour récupérer son retard.

*

Une demi-heure plus tard.

— Je suis désolée madame, s'excusa encore embarrassée Bella.

Adélaïde leva la tête vers son agente, mais ne voulut pas s'attarder sur le sujet.

— Il n'y a pas de mal Bella, de toute façon, il fallait bien que cela arrive un jour.

Adélaïde prit la pile de dossiers déjà traités, en frappa la tranche sur son bureau pour les aligner bien droit, et les déposa sur un coin de son bureau. Puis elle rangea ceux encore non traités en quinconce dessus, et son espace de travail dégagé, prit son rapport et l'ouvrit.

— Bien, vous avez fait avancer mes dossiers, vous avez parfaitement géré les affaires en cours que vous aviez à chapeauter, je ne peux donc que vous féliciter, déclara-t-elle alors en le reparcourant.

— Merci madame, s'exclama la jeune femme.

— Quelle a été votre impression durant cette semaine où vous avez occupé ma fonction ? Comment avez-vous perçu ce poste ? demanda-t-elle en fixant son agente dans les yeux.

Bella regarda sa cheffe avec honnêteté.

— Je l'ai trouvé éreintant. Vous avez du mérite, lui reconnut-elle.

Adélaïde sourit.

— Vous n'avez pas idée, avoua-t-elle. Vous avez signé du nom *Griffon*, j'aime beaucoup, révéla-t-elle ensuite.

Bella la regarda en souriant en coin.

— J'ai hésité avec *Balafre*, mais finalement j'ai opté pour celui-ci. J'ai trouvé qu'il faisait moins apitoiement.

— Je vois ce que vous voulez dire…

Adélaïde lut un paragraphe en particulier, et releva la tête vers la jeune femme.

— Concernant la mission de l'agent Stevenson, vous avez décidé de ne pas envoyer d'agent double-zéro sur place, pourquoi ? demanda-t-elle.

— J'ai estimé que la force létale n'était pas nécessaire. Le rapport de Stevenson soulevait la question d'une forme de justice que méritait la victime de notre cible.

— Vous pensez donc que l'individu en question…

Adélaïde regarda dans le rapport.

— Monsieur Provolio, reprit-elle, ne devrait pas être inquiété pour le meurtre qu'il a commis sur la personne de Sarah Liseur ?

Bella regarda sa cheffe, certaine.

— Il l'a tuée et a échappé à la justice, mais sa victime était une personne abjecte.

— Mais qu'en est-il de ses implications dans la vente de drogue et dans des affaires de racket ? l'interrogea soudain Adélaïde.

Bella regarda sa cheffe toujours le plus sincèrement possible.

— Ces crimes ne valent pas la mort, c'est pourquoi j'ai demandé à ce qu'il soit juste sanctionné et menacé. S'il s'avère qu'il recommence, là nous pourrons décider d'une solution plus radicale.

— Bien, parfait.

Adélaïde referma la chemise du rapport et la déposa sur la pile de dossiers à ranger. Elle approuvait sa façon de voir les choses, elle aimait sa vision du poste de direction. Elle la trouvait parfaite pour lui succéder. Se renfonçant dans son fauteuil, elle ne désirait toutefois pas aborder le sujet suivant avec autant de professionnalisme. Elle ne voulait pas son expertise, elle voulait son ressenti.

— Que pensez-vous de la trahison de Phileas ? lui demanda-t-elle.

— Honnêtement ?

— Oui, je veux savoir comment ça vous travaille.

Bella fixa sa cheffe, et soudain s'adressa à son ancienne amante.

— J'ai envie de le gifler, voire de l'étrangler à mains nues. Et je lui ai envoyé des SMS incendiaires, mais il n'y a pas répondu.

— Bien.

Adélaïde hocha de la tête. Cela lui retournait l'estomac à elle aussi, c'était parfait.

— « *Pardon madame, mais les agentes Double-zéro Six et Double-zéro Neuf sont ici* », annonça soudain Daniels à l'interphone.

— Bien, merci, faites les entrer, répondit Adélaïde.

— Dois-je m'en aller ? demanda Bella.

— Non Bella, restez.

La jeune femme acquiesça, et Karen et Céline entrant, Adélaïde leur indiqua les fauteuils disponibles.

— Comment allez-vous Karen ? l'interrogea tout de suite *M.*

— On fait aller madame, merci…

La jeune femme s'assit, encore endolorie, et la fixa, se demandant pourquoi elle était là.

— Désolée de vous faire sortir de votre convalescence, mais j'avais besoin de vous avoir à cette réunion, s'excusa Adélaïde.

— Il n'y a pas de soucis *M,* accepta la jeune femme.

— Bien.

Adélaïde regarda tour à tour ses trois agentes, et joignit les mains sur son bureau.

— Vous avez toutes les trois réussi le test du polygraphe. Je m'y attendais, bien entendu, mais il fallait remplir cette formalité.

— Je comprends, approuva Céline.

— Karen, on vous a expliqué la situation ? demanda *M*.

— Oui madame, s'exclama cette dernière.

— Bien.

Adélaïde souffla.

— Cette affaire chamboule tout. Elle devient de priorité Une et je compte sur vous. Constituez votre équipe avec des personnes de confiance, agissez en douce, faites comme bon vous semble, mais je veux savoir si nous sommes infiltrés et surveillés par les *Artificiers*.

Ses trois agentes acquiescèrent de la tête.

— Nous enquêterons donc sur nos collègues ? comprit Céline.

— Je pense que chacun sera assez intelligent pour comprendre que nous nous devons de faire cela.

— Je suis d'accord, s'exclama Bella, ravie de recevoir ce dossier.

— Bien, l'agente Noémie Mitchell arrivera prochainement d'Australie, elle se joindra à vous pour enquêter, conclut Adélaïde.

— Que des agents doubles-zéro ? s'étonna Céline.

— Oui, je veux que si nous sommes infiltrés, les *Artificiers* sachent que je suis prête à faire usage de la force.

— Bien madame.

Adélaïde apprécia de voir que ses trois agentes de confiance acceptaient la tâche qu'elle leur confiait, et le portrait-robot d'un *Artificier* déjà dressé, estima que sa traque pouvait commencer.

— Parfait. Vous pouvez disposer. Organisez-moi ça rapidement.

Les trois jeunes femmes hochèrent de la tête, puis se levant, quittèrent son bureau. Adélaïde se retrouvant seule, elle se renfonça alors dans son siège et soupira.

— *« Le docteur Martin aimerait vous voir »*, annonça Daniels à l'interphone.

— Pas maintenant, répondit catégorique *M*.

— *« Bien. Il insiste mais je lui transmets l'info. »*

Le regard fuyant, Adélaïde regarda la bibliothèque contre le mur, et vit un cliché d'elle et de Phileas, le jour de leur mariage. Son époux la serrait dans ses bras et elle souriait. Ils étaient heureux sur cette photographie, ils étaient dans le meilleur des mondes. Adélaïde soupira, triste. Son monde s'était brisé maintenant, bafoué par celui qu'elle aimait.

— Pourquoi as-tu fait ça Phileas ?

La jeune femme eut soudain les larmes aux yeux. Cette fois vraiment rattrapée par les événements, elle était abattue, démoralisée, et fut submergée par l'émotion au-delà de sa colère. Elle avait du mal à y croire tellement cela lui semblait inconcevable. Et pourtant…

Adélaïde sombra en larmes, les mains sur les yeux. Elle pleura doucement, sa vie s'écroulant presque. Tout cela paraissait irréel mais c'était bien en train d'arriver. Phileas l'avait trahie, il agissait pour une autre entité. Il était pour ainsi dire un agent ennemi, lui, l'amour de sa vie, son âme sœur, le père de ses enfants…

Son téléphone portable sonna soudain sur son bureau. Adélaïde le fixant surprise, elle tacha tant bien que mal de se ressaisir et essuya ses yeux. Puis elle l'attrapa et regarda qui l'appelait. C'était Alfred, son Cavalier confident à l'époque du Club, mais aussi surtout le père de Phileas. Gênée, elle décrocha et essaya d'avoir une voix présentable.

— Allo ? demanda-t-elle.

— *« Bonjour Adélaïde. Tu vas bien ? »* l'interrogea immédiatement Alfred.

— On fait aller, mentit la jeune femme.

— *« Je l'imagine bien... Dis, je t'appelle pour te dire que je pars avec Phileas. On a eu une information sur là où se trouverait peut-être sa mère et on va s'y rendre pour enquêter. »*

Adélaïde se surprit à cette annonce. Mon dieu, ils l'avaient enfin trouvée ? C'était fantastique ! Après tout ce temps, c'était tout bonnement incroyable !

— Bien, d'accord, acquiesça-t-elle. Bonne chance, j'espère sincèrement que vous la retrouverez !

— *« Je l'espère aussi ! »*

— Je croise les doigts pour vous en tout cas…

Adélaïde souhaita de tout cœur que Valentina D'Allegra soit encore vivante et qu'Alfred et Phileas la retrouvent. Bon sang, ce serait si merveilleux. Ils la recherchaient depuis si longtemps, elle n'osait imaginer la joie qu'ils ressentiraient s'ils la retrouvaient. Puis elle repensa à Phileas, au fait qu'ils s'étaient séparés, à sa trahison.

— Écoute Alfred, déclara-t-elle hésitante, concernant ton fils et moi, je voudrais que…

— *« Stop Adélaïde »*, l'interrompit Alfred, *« tu es la mère de mes petits-enfants et je t'adore. Alors sache une chose, je resterai neutre. Votre situation me chagrine, mais je m'en moque, c'est votre problème, pas le mien. De ma fenêtre, rien ne change entre nous. »*

Adélaïde fut étonnée de cette déclaration, mais s'en sentit fort soulagée.

— Bien parfait, c'est ce que je voulais entendre, merci, déclara-t-elle rassurée qu'ils restent en bons termes.

— *« Il n'y a pas de quoi. Du coup par contre, peux-tu m'envoyer une équipe ici au Club ? Le détective privé qui a transmis l'info est mort dans les bras de Sublime après s'être fait taper par une voiture et on commence tous à se faire un peu vieux ici, alors transporter le corps et gérer la paperasse, cela sera compliqué. »*

— Quoi ? s'étonna Adélaïde horrifiée. Bon sang, et Sublime va bien ?

— *« Ce serait bien que tu la vois, ou un psy du Service »*, avoua Alfred.

— D'accord, je vais arranger ça. Et pas de soucis pour le corps. Je fais ça tout de suite.

— *« Parfait merci ! Bisous. »*

— Bisous Alfred, et prenez soin de vous.

— *« Promis. »*

Ils raccrochèrent tous les deux en même temps, et Adélaïde se renfonçant dans son siège, réfléchit à propos de Phileas. Indépendamment de sa trahison, et de sa prise de position obligatoire en tant que *M*, elle tenait toujours à lui, elle en était consciente. Adélaïde l'aimait sincèrement, et elle savait qu'il l'aimait aussi. Mais comment lui pardonner ? Comment accepter et concilier sa trahison avec son amour pour lui ? Adélaïde céda de nouveau à la colère. Elle enragea rien qu'en repensant à ce mensonge et aux autres, à la fausse mort de Jarod ou à toutes les fois où il l'avait manipulée… Furieuse elle ne voyait qu'une solution. Elle ne voulait pas le tromper parce que ce serait la fin, mais elle en avait envie, pour se venger. Si elle devait un jour revenir vers lui, elle devait d'abord le lui faire payer. Bon sang, le tromper ce serait la pire des punitions. Et s'il voulait la récupérer, il devrait l'accepter, accepter qu'elle soit allée voir ailleurs le temps qu'il fallait pour le pardonner.

Adélaïde souffla. Mais en était-elle vraiment capable ? Voudrait-elle vraiment tomber aussi bas ?

Elle déverrouilla son téléphone portable, et composant le numéro de Chloé, réessaya de l'appeler pour se confier à elle. Sa meilleure amie ne répondit toutefois toujours pas, et elle tomba rapidement sur la messagerie. Triste, elle laissa donc un nouveau message.

— Salut Chloé, s'il te plait, réponds. Je risque de faire une connerie, déclara-t-elle.

Chapitre VII

Au revoir

Phileas se gara dans l'allée devant le garage de chez Brigitte et Robert, et coupa le moteur. Puis il défit sa ceinture, sortit de l'Aston Martin, et refermant la voiture derrière lui, se rendit jusqu'à la porte de la cuisine et sonna. Brigitte arriva presque immédiatement, mais le voyant à travers la porte vitrée, elle se figea incertaine et inquiète. Pensa-t-elle un instant qu'il était venu reprendre les enfants de force ? L'idée lui traversa l'esprit, l'image de traître à sa fille désormais imprimée dans son être. Mais tâchant de rester neutre, elle lui ouvrit malgré tout et l'accueillit poliment.

— Bonjour Phileas, le salua-t-elle.

— Bonjour Brigitte, répondit-il en entrant. Je suis désolé, je ne passe pas longtemps, je dois partir alors je viens juste dire au revoir aux enfants.

— Tu pars ? fut surprise Brigitte, pensant un instant qu'il abandonnait sa fille et ses petits-enfants.

Elle referma la porte, et regarda son beau-fils, toujours incrédule de ce qu'il venait de se passer dans son couple.

— Oui, j'ai une affaire personnelle à boucler en Russie, révéla-t-il, et je voulais saluer les enfants car je ne sais pas dans combien de temps je rentrerais.

— D'accord…

Brigitte et Phileas se regardèrent, et un silence gênant s'installa… Puis Brigitte ne put plus se contenir.

— Pourquoi Phileas ? Pourquoi lui avoir menti ? lui demanda-t-elle.

L'homme du club soupira.

— J'ai fait ce que je croyais nécessaire. J'estimais qu'il fallait plus, qu'on avait besoin des *Artificiers*… Et je sais que jamais Adélaïde n'aurait accepté cela. Alors je le lui ai caché…

— Mais enfin, tu l'as trahie ! s'effara Brigitte.

— Je sais, je sais… et j'en paye les conséquences, je l'accepte.

Phileas hocha amer de la tête, et lui tournant le dos, se dirigea vers les escaliers. Montant alors calmement les marches, il alla voir ses enfants dans leur chambre.

— Papa ! s'écria Jean en le voyant ouvrir la porte.

Phileas sourit à sa fille, et s'accroupissant, lui tendit les bras.

— Papa ! reprit Adrien.

Phileas embrassa ses deux enfants, les serra fort contre lui, puis regarda son beau-père, assis non loin.

— Bonjour Robert.

— Phileas, le salua-t-il.

L'homme du club tendit la main, et le père d'Adélaïde la lui serra.

— Tu viens manger avec nous ? demanda Jean.

— Non, je dois partir pour quelques jours, alors je venais vous faire un petit coucou ! sourit Phileas.

— C'est à cause de toi et maman qui vous séparez ? questionna Adrien.

L'homme du club amena la tête de son fils près de lui, et lui déposa un baiser sur le front.

— Non, pas du tout, c'est pour autre chose.

— Pourquoi maman et toi vous vous séparez ? demanda alors Jean, triste.

Phileas sourit à sa fille, et regarda ses deux enfants tour à tour.

— Maman et moi on ne se sépare pas, c'est juste compliqué en ce moment, déclara-t-il. Mais quoi qu'il arrive, aussi bien maman que moi on vous aime tous les deux, et on ne vous quittera jamais.

— D'accord, déclara Jean.

— Comprenez-moi bien les enfants, papa et maman vont vivre séparés quelque temps, mais cela ne change rien, vous restez nos enfants chéris !

— Est-ce que je peux venir avec toi ? l'interrogea Adrien.

— Non Adrien, ce n'est pas possible, je dois y aller seul.

Le jeune enfant baissa les yeux, déçu.

— Je reviendrais rapidement, d'accord ? se voulut réconfortant Phileas.

— D'accord, répondit Jean.

— Adrien ? lui demanda son père.

— D'accord, acquiesça finalement son fils.

— Bien…

Phileas leva les yeux vers Robert.

— Est-ce que tu pourrais nous laisser seuls un petit peu ?

Le grand-père accepta et se leva.

— Je serai en bas avec mamie, annonça-t-il.

— Merci, hocha de la tête Phileas.

Robert sortit de la pièce et referma la porte derrière lui, et Phileas se retrouvant seul avec ses enfants, il les serra dans ses bras, triste, et tout en jouant avec leurs cheveux, repensa à son plan B. Il fallait que malgré son départ, il continue à le mettre en place. Amer, il les écarta donc de lui et les regarda avec gravité.

— Adrien, je vais avoir besoin que tu fasses quelque chose pour moi. Et Jean, il va falloir que tu me promettes de garder tout comme ton frère le secret. Il ne faudra rien dire, ni à papi, ni à mamie, ni à maman. À personne, d'accord ?

Les deux enfants regardèrent leur père, étonnés, et hochèrent de la tête.

— D'accord, déclara Jean d'une petite voix.

— Promis, accepta Adrien.

— Bien…

*

Dix minutes plus tard, Phileas descendit les escaliers en pliant deux feuilles A4 en trois qu'il mit dans sa poche. Arrivant dans le salon salle à manger cuisine, il fit alors face à ses beaux-parents, réellement inquiets devant leur situation.

— Je ne peux pas prétendre saisir tous les tenants et les aboutissants de vos vies, mais pourquoi ? Pourquoi avoir fait ça ? l'interrogea Robert en venant vers lui.

Phileas le regarda dans les yeux, mais ne répondit pas. À la place il le serra simplement dans les bras, et apprécia sa sollicitude. Ils étaient les rares personnes à ne pas lui en vouloir, et cela comptait beaucoup pour lui.

— Prenez soin des enfants et d'Adélaïde. Je ne sais pas quand je reviendrais, mais cela peut prendre du temps. Et merci… merci d'être là pour mes enfants et ma femme.

Phileas se détacha de Robert, et lui tendit la main. Puis il fit la bise à Brigitte, et se dirigea vers la porte.

— J'ai parlé avec Adrien, je lui ai dit d'obéir à sa mère. Il ne comprend pas pourquoi mais je lui ai fait promettre de l'écouter. Il n'a pas à la blâmer pour sa décision.

— Bien, merci, je lui dirais que tu as fait ça, s'exclama Robert.

Phileas hocha de la tête.

— Dites-lui que je l'aime… et encore merci.

Puis il s'en alla.

*

Une demi-heure plus tard, Phileas était rentré chez lui. Prenant des vêtements, des chaussettes, des sous-vêtements et son arme, il les mit dans son sac à dos, puis se rendant dans la salle de bain, prit ses affaires de toilettes et revint pour les charger aussi. Il se rendit ensuite dans son bureau, attrapa la photographie de sa mère, son appareil photo, son ordinateur portable et des chargeurs pour son arme, et termina son sac. Descendant dans le salon, il vérifia alors les gamelles de Cerebro et de Blanche, les remplit pour tenir quelques jours, et certain de n'avoir rien oublié, d'avoir éteint ce qu'il y avait à éteindre, il enclencha les systèmes de sécurité. Puis il sortit par la baie vitrée du salon, referma la porte et se dirigea vers le fond du terrain quand une voix surgit du coin de la maison.

— Tu pensais partir tout seul petit con ? Tu n'as pas assez fait de conneries déjà ?

Phileas se retourna, surpris, et voyant son père le rejoindre, sourit. Le vieil homme avait troqué sa défroque de Cavalier contre un vieux jeans et un pull, et un sac à dos porté en bandoulière, il semblait prêt pour l'aventure.

— Ainsi soit-il, vieux singe, rétorqua l'homme du club.

— C'est ça moque toi !

Alfred lui remit une claque derrière les oreilles, et Phileas continuant à marcher en direction de la grange, il le suivit.

— On fait quoi ? On prend un train jusqu'à Paris, on s'envole pour Saint-Pétersbourg, et on loue une voiture pour aller à Rybinsk ? demanda-t-il.

— Non, s'exclama Phileas, on va prendre un raccourci.

Ils se rendirent dans la clairière derrière la grange, et là, l'homme du club posant son sac, il attendit tout simplement en regardant le ciel.

— On attend quoi ? Ou plutôt qui ? demanda Alfred en fixant lui aussi les cieux.

Le Cavalier termina à peine sa phrase, qu'un avion furtif apparut parmi les nuages.

— Bon sang…

En moins de deux minutes le véhicule se posa verticalement dans l'herbe devant eux, et Alfred ne put qu'être impressionné. Il s'agissait d'un blackbird actualisé et modifié aux lignes dures et entièrement noir, mais surtout très silencieux.

— Tu as la réponse à ta question ? sourit Phileas en se tournant vers lui.

Alfred le regarda, et rétorqua avec cynisme.

— Appelle ta femme Ducon.

Le visage de Phileas se déconfit immédiatement.

— Ce n'est pas le moment… C'est trop tôt, elle a besoin de respirer…

Alfred regarda son fils, et fit la moue, conscient qu'il avait raison, quand la passerelle de l'avion s'ouvrit et qu'un homme en sortit.

— Bonjour monsieur, se présenta le nouvel arrivant à Phileas.

— *Artificier*, le salua l'homme du club.

Le jeune homme tendit la main à Alfred, et le salua.

— Bonjour monsieur.

Alfred lui serra la main, mais ne sembla pas s'en ravir.

— Vous vous appelez comment ? demanda-t-il.

L'*Artificier* regarda Phileas embarrassé de cette question. Il ne donnait jamais son nom, il était un *Artificier*, point, c'était tout ce qu'il y avait à savoir. Mais observant son créateur, il demanda son aval. Est-ce que cet homme était digne de confiance ? Phileas hochant de la tête, l'*Artificier* sut que oui et rassuré, accepta donc de révéler son identité.

— Je m'appelle Devon Miles, annonça-t-il. Enchanté.

Alfred acquiesça, et se décontracta.

— Bien mon garçon, allons-y.

Le jeune homme remonta, satisfait que les formalités soient expédiées, et Phileas voulut le suivre, quand Alfred le retint par le bras.

— Tu es sûr que c'est le moment idéal pour travailler avec les *Artificiers* ? l'interrogea-t-il en désignant l'individu du menton.

Phileas soupira. Non, en effet, ce n'était pas le meilleur moment pour travailler avec eux, il en avait bien conscience. Mais il ne pouvait pas réellement compter sur le *Service*, et son nouvel avion était à sec.

— Je veux retrouver maman, je n'ai pas le choix, répondit-il simplement.

Alfred acquiesça, acceptant à contrecœur cette fatalité. C'était vrai, là tout de suite, c'était leur seule solution. Amer, il monta donc dans l'avion à la suite de son fils, et la passerelle se refermant, ils décollèrent.

Chapitre VIII

Daniels

Adélaïde retira la poche de glace désormais trop chaude de sur ses côtes, la jeta par-dessus son bureau sur l'un des fauteuils lui faisant face, et referma son chemisier. Puis tout en replongeant le nez dans le dossier ouvert devant ses yeux, elle gratta machinalement son bras, absorbée par sa lecture difficile, quand elle réalisa qu'elle avait du sang sur les doigts. Fixant son bras, surprise, elle constata embêtée qu'elle avait arraché une de ses croûtes.

— Et merde…

Adélaïde ouvrit le tiroir où se trouvait sa boîte de mouchoirs, et en prit un pour essuyer son bras. Puis elle aspira avec les lèvres le sang sur ses doigts, et tout en pressant sur la petite plaie pour arrêter le saignement, elle continua à lire le rapport très mal écrit de son agent. Puis levant les yeux en l'air, soufflant, elle réalisa qu'elle pouvait alléger son calvaire.

— Billy, tu peux venir s'il te plait ? demanda-t-elle à son assistant en appuyant sur son interphone.

— *« J'arrive madame. »*

Adélaïde regarda si sa plaie saignait encore, et remarquant que oui, continua à appuyer dessus. Son assistant entrant à cet instant dans la pièce, elle l'observa alors, ravie.

— Tu fais quelque chose d'important là ? l'interrogea-t-elle sur un ton plus amical que professionnel.

— Euh, non madame, pas spécialement, je rédigeais le mémo concernant l'affaire de l'agent de *Double-zéro Deux*. Mais cela peut attendre.

— D'accord. Du coup, tu pourrais me faire un massage ? J'ai le dos tendu.

Billy sembla se surprendre à cette demande, mais rougissant, il hocha immédiatement de la tête.

— Oui, bien sûr, bafouilla-t-il.

Il referma la porte, et s'avançant vers elle, contourna le bureau, et se plaça derrière son siège. Adélaïde passa tous ses cheveux de son côté gauche, et défaisant les boutons de son chemisier jusque sous sa poitrine, l'abaissa sur ses épaules.

— J'ai pas mal de rhumatismes et je dois dire que tes doigts me feraient du bien, souffla-t-elle reconnaissante.

Daniels acquiesça, et posant ses mains sur ses épaules, commença à les frictionner.

— Oh bon sang, merci, savoura-t-elle immédiatement.

— Avec plaisir.

L'assistant détendit instantanément et avec efficacité ses muscles, et la voyant fermer les yeux, penchant la tête, il en profita pour discrètement regarder son soutien-gorge. Tout en dentelle noire très souple, il moulait la forme de ses seins et laissait transparaître la couleur et la raideur de ses tétons. Daniels eut immédiatement une érection et une irrésistible envie de les presser. Il n'avait qu'une idée là, c'était de sortir son engin de son pantalon, et de faire pivoter son fauteuil pour la lui coller dans la bouche.

— Bon, continuons…

Adélaïde se repencha sur son rapport pour en finir la lecture, et Billy continuant à lui masser les épaules et la nuque, n'osant pas tenter quoi que ce soit de peur de se prendre une gifle, il essaya alors d'engager la conversation.

— Tu lis quoi ? se permit-il de la tutoyer de nouveau après des mois de rapports uniquement professionnels.

— Le rapport de *Double-zéro Un*, répondit Adélaïde, l'esprit ailleurs. Mais c'est un vrai boucher, il écrit des phrases trop lourdes et trop longues. C'est assez difficile de comprendre, je suis obligée de relire plusieurs fois son texte…

Daniels approuva, connaissant un peu la prose de l'agent, et continuant à détendre ses muscles, tenta une autre approche.

— Je peux abaisser tes bretelles de soutien-gorge ? Elles gênent.

— Oui, vas-y, annonça Adélaïde toujours plongée dans sa lecture.

Daniels s'en donna à cœur joie, et essayant de ne pas paraître intéressé, saisit la lingerie, et l'abaissa sur ses épaules en espérant lui donner assez d'élan pour que les bonnets perdent de leur teneur et découvrent ses seins. Ils tinrent toutefois en place, et contrarié, le jeune homme reprit donc son massage sans pouvoir en voir plus. Il pressa de ses pouces dans sa nuque, il tira sur la peau de ses trapèzes, et descendit un peu sur ses clavicules et sur ses omoplates. Adélaïde continuant à parcourir le rapport de son agent, elle était absorbée, et n'en décrocha les yeux que pour prendre son verre d'eau et avaler un cachet, dénudant un peu plus sans s'en apercevoir son sein gauche.

— Bon sang, il faut vraiment que je lui dise de soigner ses tournures de phrase, c'est une catastrophe, s'effara-t-elle.

Trouvant une faute, elle saisit même par réflexe son stylo pour la corriger, et tournant la page, lut la fin du rapport avant de souffler, heureuse que son labeur soit fini. Son assistant dénouant toujours ses épaules, elle fit craquer sa nuque, et savoura pleinement son travail. Elle se sentait déjà plus détendue. Elle n'avait plus mal.

— Cela fait un bien fou, merci…

Fermant les yeux, elle se renfonça dans son siège pour savourer son massage, et Daniels ayant désormais une pleine vue sur sa lingerie, banda encore plus. Il voyait presque son téton… Il était là, à portée de ses doigts, et il n'avait qu'une envie, c'était de le mordiller de nouveau, de sentir sa raideur contre ses lèvres et sa langue. En plus, Phileas ayant réussi à la rendre assez furieuse pour qu'elle le quitte, elle se laisserait certainement faire. Peut-être même qu'elle lui demanderait de lui faire un petit cunnilingus ou de la sodomiser contre le bureau ? Daniels se prit à imaginer mille et une situations charnelles avec *M*, et caressa de sa main gauche sa clavicule en descendant lentement vers sa poitrine, quand soudain, elle soupira fortement. S'affolant, il se reconcentra sur ses épaules et regarda son visage, et se repenchant sur son bureau, Adélaïde lut un nouveau dossier. Relaxée et fatiguée, elle n'avait toutefois plus le cœur à la tâche.

— Bordel, je n'ai pas envie… souffla-t-elle, fatiguée.

— Tu veux sortir boire un verre ? lui demanda alors Billy.

— Non, je crois que je vais plutôt rentrer, annonça-t-elle, les enfants m'attendent…

— Ah…

Daniels cacha tant bien que mal sa tristesse, mais Adélaïde ne sembla même pas la remarquer.

— Merci en tout cas, déclara-t-elle en se dégageant.

Elle remonta les bretelles de son soutien-gorge sur ses épaules, réajusta les bonnets sur sa poitrine, et remettant convenablement son chemisier, en ferma les boutons et se leva.

— Merci beaucoup, le remercia-t-elle en lui déposant une bise sur la joue.

Adélaïde saisit son manteau, et l'enfilant, prit ses médicaments sur le bureau, et se rendit vers la porte.

— Je peux te demander de verrouiller mon bureau ? Tu serais un ange, lui demanda-t-elle alors. Je te revaudrais ça.

— Bien sûr, annonça Billy en faisant bonne figure, ne t'inquiète pas.

Il la regarda partir, déçu, et tenant son siège, soupira. C'était manqué…

— Bonne soirée, à demain.

— Au revoir madame.

Adélaïde se rendit jusqu'à l'ascenseur, quand arrivée près de lui, le docteur Martin arriva en face d'elle depuis un autre couloir.

— *M*, puis-je vous…

— Pas maintenant, l'interrompit-elle de la main.

Le psychologue la regarda en fronçant les sourcils appeler l'ascenseur.

— Madame, vous venez de découvrir que votre mari vous avait tra…

— Pas maintenant ! lui ordonna-t-elle cette fois sèche.

Elle le fusilla du regard, ne voulant pas du tout aborder ce sujet pour le moment, et exaspéré mais obéissant, le docteur Martin accepta son comportement.

— Bien madame. Bonne soirée à vous, la salua-t-il.

— Merci !

Adélaïde fixa les portes de l'ascenseur irritée en attendant qu'elles s'ouvrent. Quand ce fut le cas, elle y entra d'un pas pressé, et appuyant sur le bouton du niveau de la sortie, le fixa dans le couloir d'un œil noir. Elle ne voulait pas parler de Phileas. Là, tout de suite, elle ne voulait pas en entendre parler du tout.

*

Adélaïde arriva chez ses parents aux alentours de 19h. Fatiguée de sa journée, elle accrocha son manteau en entrant, passa en retirant ses chaussures devant la gazinière où la cocotte-minute relâchait sa vapeur, et se dirigeant vers le frigo, prit une des bières de son père, l'ouvrit, et commença à la boire. Bon Dieu que cela faisait du bien, savoura-t-elle. La journée avait été chargée, et de rentrer, de n'avoir rien à faire à part boire une bière, c'était l'idéal.

— Dure journée ? lui demanda Robert en descendant les escaliers.

Adélaïde hocha de la tête en se tourna vers lui.

— Tu n'as pas idée… j'ai super mal aux côtes, si je tousse ou ris je souffre le martyre, et outre mon travail habituel, je dois faire face à comment gérer le problème des *Artificiers*. En gros, si mon mari était là, tout de suite, je lui donnerais un violent coup de genoux dans les couilles.

Robert s'approcha de sa fille, et vit bien qu'elle essayait de masquer sa rage et sa frustration. Il devinait sans mal derrière les rouages de son visage une fureur qu'il n'avait plus vue en elle depuis ses années d'adolescente, quand elle était rogne à cause de garçons, de professeurs ou des manifestations anti-CPE. C'était une rage viscérale, une rage qui ne pouvait être apaisée car elle découlait d'une incompréhension, d'un sentiment d'injustice… d'un besoin de frapper quelqu'un sans pouvoir le faire. Robert ne pouvait pas vraiment saisir la masse de travail que cela impliquait, toute cette histoire avec le nouveau service secret créé par Phileas, mais il devinait en tout cas aisément, qu'effectivement, si son gendre était là, elle le giflerait, le frapperait et lui hurlerait dessus jusqu'à ne plus en avoir la force.

— Il est passé dire au revoir aux enfants. Il t'embrasse et voulait que tu saches qu'il t'aime, annonça-t-il alors pour rappeler que son mari n'était pas qu'un traître.

Adélaïde haussa un sourcil, et but une nouvelle gorgée de son alcool, indifférente.

— Il ne manque pas d'air…

— En tout cas il a parlé à Adrien et tu recevras des excuses pour ce matin, voulut-il montrer encore les bonnes actions de Phileas.

Adélaïde acquiesça, sarcastique, mais toujours insensible.

— Mon mari, ce héros qui convainc mon fils de ne pas m'en vouloir de le quitter à cause de ses mensonges…

La jeune femme soupira, ne voulant plus songer à lui, et regarda son père dans les yeux.

— Les enfants sont en haut ? lui demanda-t-elle.

— Oui, ta mère leur donne leur bain…

— Bien, parfait.

Adélaïde sourit, et tendant sa bouteille à son père, se dirigea vers l'escalier.

— Ce soir on se regarde un film ? lui proposa-t-il alors pour lui changer les idées.

— Volontiers ! fit-elle en montant les marches. Cela me fera du bien une soirée en famille.

                                    *

— ...et après le chien du voisin, il a plongé dans la mare !
On aurait dit Cerebro quand il saute dans la piscine quand il
a trop chaud ! raconta Jean en rigolant.
Adélaïde sourit à sa fille, et mangeant un peu de chou, lui
caressa les cheveux.
— Et tu as fait quoi après ta balade alors ? l'interrogea-t-
elle.
— On est rentrés ici et on a regardé un dessin animé,
répondit l'enfant.
— D'accord. C'était un bon dessin animé ?
— Oui, avec une jolie princesse. Je veux être comme elle
quand je serai grande.
Adélaïde esquissa un nouveau sourire à sa fille, qui était
déjà sa princesse, puis regarda son fils, qui juste avant de
passer à table, s'était excusé pour son comportement du
matin.
— Et toi Adrien ? Tu t'es bien amusé aujourd'hui ? lui
demanda-t-elle.
— Oui, lui répondit enjoué l'enfant.
La jeune mère se satisfit que son fils ne soit plus en colère,
et continuant à manger, observa ses parents.
— Si j'ai le temps, ce week-end, je travaillerais dans le
jardin, d'accord ? annonça-t-elle. Depuis le temps que je
n'ai pas planté d'amaryllis.
— Avec joie, sourit Brigitte.
— Ces mauvaises herbes ne vont pas s'arracher toutes
seules, confirma amusé Robert.

Adélaïde sourit à ses parents, et termina son assiette.

— Comme papa n'est pas là, est-ce qu'on pourrait prendre Cerebro avec nous ? demanda alors gentiment Jean.

— Oh oui ! s'exclama Adrien.

— Euh… souffla Brigitte en regardant son époux.

— S'il te plait maman ! supplia sa mère Jean.

Adélaïde regarda tour à tour ses enfants, et lut la joie dans leurs yeux à l'idée que Cerebro soit ici avec eux.

— Je ne sais pas, il faut demander à papi et mamie, révéla-t-elle en regardant ses parents, c'est chez eux.

Brigitte et Robert se regardèrent, puis observèrent leurs petits-enfants qui les fixaient en souriant.

— S'te plait mamie ! déclara Jean.

— Il est propre au moins ? questionna Brigitte.

— Oui, il l'est, répondit du tac au tac Adrien.

— Alors on verra demain.

Les deux enfants s'émerveillèrent de cette promesse, Jean passa une mèche de cheveux derrière son oreille, et redoublant d'appétit, ils finirent leur repas le plus rapidement possible pour pouvoir voir le film en entier.

Robert avait Adrien sur ses genoux dans son fauteuil, et Jean était installée sur ceux de sa mamie sur le canapé. Assise sur le second fauteuil, Adélaïde elle détourna un instant les yeux du film pour fixer sa famille. Leurs visages éclairés par la lumière de la télévision, la jeune mère voyait ses enfants absorbés par ce qu'ils regardaient… tout comme leurs grands-parents. Adélaïde sourit, un instant heureuse pour la première fois depuis plusieurs jours. L'image devant elle était attendrissante, ils étaient une famille réunie devant le film du soir. La jeune femme apprécia d'être ici pour voir ça. À ce moment précis, elle n'aurait voulu rater cela pour rien au monde. C'était quelque chose qu'ils n'avaient jusque-là maintenant jamais vécu et qu'elle aimait. Elle était là, avec ses enfants et ses parents, et de les voir interagir en tant que petits-enfants et grands-parents, cela lui mettait du baume au cœur. Elle était heureuse, sa famille était réunie et elle était mère. Bon sang, elle était mère, et ici, dans la maison où elle avait passé toute son enfance, elle avait enfin le plaisir de voir ses enfants dans les bras de ses parents. Pourtant son enfance lui paraissait si loin, si profondément abstraite après tout ce qu'elle avait vécu… Bon sang, ce lieu était si ancien dans sa vie.

Adélaïde reporta son attention sur le film, et mangea quelques pop-corn, enjouée. *Le Retour du Jedi*[1] restait le meilleur, c'était certain.

Une heure et demie plus tard.

Adélaïde venait de coucher les enfants et de dire bonne nuit à ses parents. Tirant les draps de son vieux lit, elle se glissa fatiguée en dessous, et éteignant la lumière de sa lampe de chevet, elle regarda le plafond en attendant le sommeil. Elle avait une fraction de seconde eu envie de se relever pour aller discrètement au Club des Damnés, mais elle se retint. Dans son état ce ne serait pas raisonnable. Autant se montrer en lingerie à des inconnus elle s'en moquait, autant avec les côtes en aussi piteux état, même si elle les maquillait pour être présentable, elle ne se voyait pas de prendre le risque de faire plus que de raison des mouvements brusques. Sans compter que tout là-bas lui

---

[1]— *Le Retour du Jedi* © 1983 Lucasfilms.

rappellerait Phileas. Soupirant, Adélaïde s'allongea de côté et fixa nonchalamment un vieux poster accroché au mur qu'elle ne distinguait pas clairement dans l'obscurité. Il s'agissait probablement d'un acteur d'une série dont elle était fan durant son adolescence, elle n'avait pas fait attention en rentrant et ne s'en souvenait pas. Habillée d'une vieille culotte rose et d'un vieux tee-shirt avec une licorne dessus, elle ne put toutefois que constater encore une fois le temps passé depuis la dernière fois qu'elle avait dormi ici. Elle avait certes recyclé en pyjama ses anciennes fringues, mais dans la chambre d'à côté dormaient désormais ses deux jeunes enfants. Elle était aujourd'hui à cent lieues de la fille qu'elle était alors, et elle aurait même pu apprécier la nostalgie d'être en vacances chez ses parents après toutes ces années, si la situation n'était pas aussi compliquée. En tout cas, une chose était sûre, Adélaïde en avait fait du chemin depuis lors. Elle allait sur ses vingt-neuf ans, et vraisemblablement à un certain moment de sa vie porter un tee-shirt avec une licorne dessus lui avait semblé cool. Comme quoi, on faisait tous des erreurs de goût. Bon sang, cette licorne déféquait des petites crottes en arc-en-ciel en chantant « *Je suis la plus belle !* ». Adélaïde en avait presque honte.

Chapitre IX

Valentina D'Allegra

Alfred regarda son fils discuter avec l'*Artificier* dans le cockpit, et fronça les sourcils, contrarié. La situation ne lui plaisait guère. Il n'aimait pas l'idée d'être en présence d'un des hommes à l'origine de sa séparation d'avec sa femme. C'était une idée stupide et dangereuse, ce n'était pas comme ça qu'il risquait d'améliorer sa situation. Alfred soupira, dépité. Mais Phileas était grand, s'il ne le comprenait pas tout seul, il ne pouvait rien faire pour lui. Tachant donc de ne plus y penser, le Cavalier se réinstalla confortablement dans son siège pour essayer de dormir. Il prit appui contre la carlingue de l'appareil, il fit un oreiller avec sa veste, mais en vain. Quelle que soit la position, il ne trouvait pas le sommeil, il n'était pas fatigué. Abandonnant l'idée de se reposer, Alfred s'exaspéra et regarda au-dehors la mer de nuage par le hublot. Valentina… ils partaient à la poursuite de Valentina… Alfred repensa à son seul et unique amour, cette femme qu'il avait rencontrée il y a une vie de cela et qui lui avait donné un fils. Elle hantait toujours ses rêves, et cette expédition ravivait en lui des questions qui l'assaillaient depuis déjà quarante ans. Allaient-ils enfin découvrir ce qui s'était passé à l'époque ? Allaient-ils enfin la retrouver ? Était-elle seulement vivante ?

Sortant son portefeuille de la poche intérieure de sa veste, Alfred prit sa photo en main. C'était le seul souvenir qu'il avait d'elle, un cliché aux bords flétris qu'il conservait avec lui depuis maintenant quatre décennies. Bon sang, Phileas allait avoir quarante ans déjà. Comme le temps passait vite. C'était plus de la moitié de sa propre vie… Alfred eut les larmes aux yeux en repensant à tout ça, au destin qui les avait séparés… Pourquoi donc ? Pourquoi ?

*

11 août 1977

— L'entrepôt a l'air bien gardé, s'exclama Edmond Thil, en le fixant avec ses jumelles.

Lui aussi des jumelles sur le nez, Alfred hocha de la tête. Leur cible était située à une centaine de mètres d'eux de l'autre côté de la route, et elle était entourée d'une vingtaine d'hommes.

— Il faudra probablement tuer deux ou trois types avant de pouvoir placer les explosifs, déclara-t-il.

— D'après l'agence, le gros du chargement arrive demain c'est ça ?

— C'est ça Edmond, acquiesça Alfred en abaissant ses jumelles.

— Donc le mieux c'est de tout faire péter demain dans la nuit une fois que tout sera chargé.

Alfred approuva l'idée et frotta sa moustache, pensif, quand Thomas Dumont les interpella.

— Hey, il y a une fille qui arrive, venez donc nous filer un coup de main !

Alfred et Edmond acquiescèrent, et revenant vers la Citroën DS 19, cachèrent leurs jumelles sous le siège avant.

S'agenouillant ensuite auprès de leurs camarades, ils les aidèrent à changer la roue qu'ils avaient crevée pour les besoins de leur couverture.

— Ben alors, on n'arrive pas à le faire tout seul ? sourit Alfred.

Albert Black le regarda en sueur.

— Tu faisais moins le malin à Marrakech…

Alfred sourit, et essuya son front. Par cette belle journée d'été sur une route de campagne, il faisait une chaleur monstre. Il regrettait vraiment de ne pas avoir mis un short.

— Allez…

Il retira la roue, et l'amena vers le coffre pour l'y charger. Puis prenant en main la roue de secours, il voulut l'apporter auprès de ses camarades, lorsque la civile arriva face à lui et que sous le charme, il ne put s'empêcher de la regarder. Faisant tranquillement du vélo, il s'agissait d'une jeune demoiselle vêtue d'une robe jaune légère, et portant un foulard rouge dans ses cheveux noirs et bouclés, légèrement mais parfaitement maquillée, elle le fixa en passant, lui souriant gentiment avant de continuer sa route. Fasciné par sa beauté, Alfred la suivit du regard, la roue de secours toujours en main. Bouche bée, il était subjugué.

— Hey, le rêveur, amène donc ça par ici, l'appela Dumont.

Alfred sortit de sa contemplation, et revint vers ses collègues.

— Mignonne la petite, se moqua Edmond.

— Très, fit Albert.

— Oh, ça va hein, s'exclama Alfred.

Albert prit la roue pour la mettre en place, et souffla, transpirant sous une telle chaleur.

— Bon sang, je te jure…

— Ne t'inquiète pas, dès qu'on sera revenus en ville, on ira boire un bon verre, sourit Thomas en essuyant son visage avec un mouchoir en tissu.

— Tu crois qu'ils ont du pastis ici ? demanda Edmond.

— Oh, je ne pense pas, ricana Alfred.

Se relevant, il regarda la jeune fille déjà loin, songeur.

— Ouais, ben tant qu'ils ont de la bonne bière ces Italiens, moi ça me va, s'exclama Albert.

Ils continuèrent à remonter la roue de secours, et quelques minutes plus tard, chacun y ayant mis de son coup de crique, ils purent repartir et firent demi-tour pour retourner à Côme. Arrivant une petite vingtaine de minutes plus tard à leur hôtel, ils se rendirent alors au bar de celui-ci, et trouvant Mendels, Lupin, Desmont, Bazin, Thibaut et Fisher attablés à une table, ils se joignirent à eux.

— Alors ? demanda Nicolas Desmont, le plus gradé d'entre eux.

— Alors l'entrepôt est gardé par une vingtaine d'hommes armés. Mais en passant par la forêt, il ne devrait pas y avoir trop de soucis.

Alfred s'installa à la table, et regarda le reste de ses collègues en joignant les mains.

— Je pense qu'on sera obligé d'en liquider discrètement quelques-uns pour atteindre l'entrée du bâtiment. Puis on pénètre, et on pose les charges explosives.

— D'accord, accepta Arnaud Bazin. On s'y met quand ?

— Le gros chargement arrivera à l'entrepôt demain dans la soirée, reprit Robert Fisher, ne tardons pas, faisons tout exploser juste après, disons sur les coups de trois ou quatre heures du matin.

— Nous étions arrivés à la même conclusion, s'exclama Edmond Thil, en buvant dans la bière de Fisher.

— Alors c'est décidé ? conclut Lupin, sa pipe en bouche, expulsant un peu de fumée. Disons pour quatre heures du matin ?

— C'est décidé ! reprirent les autres.

— Parfait…

— En attendant, si on profitait un peu des saveurs locales ? proposa Black.

Dumont le regarda en souriant.

— On est là pour ça, et rien d'autre !

Ceux qui avaient une chope la levèrent et trinquèrent, et désireux de se lâcher un peu, les autres en commandèrent chacun une. Leur gros coup n'aurait lieu que le lendemain soir, cela leur laissait donc près de trente-six heures pour s'amuser. Faisant la tournée des bars, draguant, ils profitèrent ainsi des joies du célibat, comptant sur leur charme français pour faire fureur auprès des belles Italiennes, et la nuit tombant bien vite, ils s'amusèrent gaiement, testant même la boîte de nuit locale. Puis il fut rapidement temps d'aller se coucher, et la matinée déjà bien entamée quand ils se levèrent, ils prirent le temps de s'entraîner un peu en courant, de charger leur matériel dans la Citroën DS 19, la Peugeot 604 et l'Audi 100 allouées par la DGSE, et faisant ensuite un dernier point, vérifièrent que leurs informations étaient toujours exactes, que la mafia n'avait pas changé ses plans. Les repérages des lieux effectués, ils se retrouvèrent alors sur les coups de vingt heures pour boire un dernier verre dans un bar.

— À la France ! leva sa chope Gérard Thibaut.

— À la France ! reprirent en chœur les autres.

Buvant comme une bande de joyeux lurons, ils commencèrent leurs bières avec plaisir, toujours enclins à s'amuser une dernière fois avant chaque mission.

110

— On arrête de boire à minuit, s'exclama toutefois Desmont en regardant sa montre, et ne consommez pas trop !

Tous levèrent leurs chopes, acquiesçant.

— Yes boss !

Desmont sourit. Il n'était pas le boss. Sur le papier oui, et c'est lui qui prenait les ordres, mais leur équipe fonctionnait comme une horloge, chacun était un rouage et tous étaient vitaux, chacun tout aussi important qu'un autre pour son bon fonctionnement. En somme, sur le terrain, ils étaient tous logés à la même enseigne.

— Allez, profitez bien…

Ses neuf compagnons levèrent encore leur verre, et se séparant, quittèrent la table pour se mêler aux autres gens et pourquoi pas, faire de belles rencontres. Après tout, ils étaient là presque en vacances. La mission était pour ainsi dire facile, comme ils en avaient souvent, et ayant fait du repérage, ils n'avaient pas grand-chose à craindre. Alors pourquoi se priver ? Alfred se balada ainsi en discutant avec Edmond, sa chope en main, quand en passant à travers un groupe de jeunes dansant et fumant, il remarqua une fille lisant seule dans un box. Un verre de vin posé près d'elle, sa clope en main au-dessus d'un cendrier, elle avait les yeux plongés dans sa lecture et semblait se désintéresser de la bonne ambiance qui régnait dans le bar. C'est alors qu'Alfred la reconnut. C'était la demoiselle qui était passée près d'eux en vélo sur la route longeant l'entrepôt. Ravi de la revoir, la dévisageant pour en saisir toute la beauté, il la trouva encore plus belle que la veille, et tentant sa chance, il s'approcha d'elle lorsque levant les yeux en le voyant s'approcher, elle le reconnut elle aussi.

— Bonsoir, la salua-t-il.

La jeune femme hocha de la tête en souriant, et repassant une mèche de cheveux derrière son oreille, porta sa cigarette à sa bouche.

— Je ne suis pas un peu jeune pour vous ? lui demanda-t-elle.

Alfred sourit, et se glissant dans le box, la fixa avec amusement.

— Votre présence ici suggère pourtant que vous avez largement dépassé l'âge de raison, non ? lui répondit-il sans en démordre.

La demoiselle plissa les yeux, et rétorqua du tac au tac.

— Avoir dépassé l'âge de raison ne signifie que j'ai envie de côtoyer votre dernière saison.

— Mais dernière saison ne signifie pas dernière oraison, lui déclara immédiatement Alfred.

La jeune femme l'observa, de plus en plus intriguée.

— Et pourtant vous êtes là, accostant une jeune femme deux fois plus jeune que vous. Franchement, c'est gênant, je pourrais être votre fille, le taquina-t-elle alors en éteignant sa cigarette.

— Si vous étiez ma fille, vous ne seriez pas ici, s'exclama alors Alfred.

Jouant le jeu, le jeune trentenaire avait toujours le sourire aux lèvres, amusé d'un tel échange, d'un tel défi de la part d'une jeune demoiselle.

— J'espère bien que si j'étais votre fille, vous seriez avec moi à la maison, le tacla-t-elle.

— Notre présence ici résolvant la question, vous pourriez très bien être ma femme, conclut-il donc.

La jeune femme esquissa un sourire, et se penchant un peu vers lui, lui lança un regard audacieux.

— Si j'étais votre femme, nous ne serions pas ici non plus, annonça-t-elle.

Alfred se satisfit d'une telle réponse, et même plus, de lui avoir soutiré un nouveau sourire, et lui tendit la main.

— Je m'appelle Alfred, Alfred Collenly, se présenta-t-il.

La jeune femme le regarda, regarda sa main, puis sourit espiègle en se repenchant en arrière.

— Vous avez gagné le droit de rester à ma table, pas de connaître mon nom !

Alfred s'amusa de cette réplique. Quel plaisir de parler avec une femme qui avait de l'intelligence et de la répartie, du caractère. C'était un délice. Et plus Alfred plongeait dans ses yeux, plus il la trouvait belle. Cette demoiselle avait vraiment tout pour plaire. Songeur, curieux à son propos, il porta sa chope à sa bouche pour se désaltérer, quand la jeune femme la lui prit des mains et la goûta.

— Mmmh, excellente. Une bière belge, apprécia-t-elle.

— Voyageuse ? l'interrogea alors Alfred.

— Non, découvreuse, répondit-elle. Belge ?

— Français, précisa-t-il. En exploration ?

— Résidente.

La jeune femme rebut une gorgée de sa bière, la reposa sur la table, puis se penchant vers lui, son verre de vin à la main, plongea ses yeux dans les siens.

— Alors comme ça, vous êtes de passage ? lui demanda-t-elle en souriant.

— En effet, mais j'ai de plus en plus le cœur attaché à cette ville.

La jeune femme sourit encore, de plus en plus charmée par ce voyageur, et s'approcha un peu.

— Ce vin est français vous savez ? désigna-t-elle sa boisson du regard.

— Un gage de qualité, s'exclama Alfred en fixant ses grands yeux marron.

— Mais peut-être que j'ai assez de français sur la langue pour ce soir ? répondit-elle.

Alfred croisa les bras sur la table, et pencha la tête vers elle, assuré.

— Mais peut-être que ce n'est pas cette nuit que je veux, mais toutes les autres ?

La jeune femme sourit, et se repencha en arrière pour prendre appui sur le dossier matelassé du box.

— C'est une promesse ? demanda-t-elle en allumant une nouvelle cigarette.

Alfred acquiesça.

— Ou un défi ? proposa-t-il.

— Mmmh, j'aime les défis, déclara la jeune femme en tirant sur sa cigarette. Dites-moi monsieur Collenly, homme dans la fleur de l'âge, vous fumez ?

— Non, confessa Alfred. J'avoue ne pas être fan.

— C'est une répugnante habitude, je vous l'accorde.

La demoiselle le regarda, passionnée.

— Préféreriez-vous que j'arrête de fumer ? l'interrogea-t-elle.

— Jamais je ne vous dicterai ce que vous devriez faire, répondit Alfred.

Elle l'observa, le regard pétillant.

— Alors peut-être que vous avez gagné cette première nuit…

Alfred la regarda, et pouffa, à regret.

— Malheureusement, je suis pris ce soir, révéla-t-il à contrecœur.

Alfred fut chagriné de cette indisponibilité, et pour la première fois depuis le début de leur échange, le visage de la jeune femme se déconfit. Ses yeux jusque-là enjoués semblèrent déçus, et elle le lui signifia avec franchise.

— Vous allez retrouver votre femme ? lui demanda-t-elle amère.

— Non, pas du tout… j'ai juste… un travail à faire.

— Et bien monsieur, déclara-t-elle en éteignant sa cigarette, je connais ce genre de fausses promesses, et je n'en veux pas.

Sur ce, la jeune femme termina son verre, récupéra son livre, et se levant, quitta le box.

— Mais enfin…

Alfred faisait des yeux ronds, et se levant, la suivit jusqu'à l'extérieur, sa chope à la main.

— Cette nuit est peut-être perdue, mais il y en a d'autres ! l'interpella-t-il motivé à lui faire la cour jusqu'à chez elle.

— Je ne suis pas une jeunette à hommes mariés, déclara-t-elle toutefois.

— Mais puisque je vous dis que je ne suis pas marié ! sourit-il.

— L'absence d'anneau ne signifie pas l'absence d'engagement, lui rappela-t-elle.

Alfred la rattrapa, et se tenant à ses côtés, la regarda amusé.

— L'engagement d'une nuit ne signifie pas l'engagement de toutes les nuits.

— Alors dites-moi, sourit la jeune femme en se tournant vers lui, quel est donc le défi que vous avez à me proposer ?

Alfred la fixa et but une gorgée de sa bière.

— Dites-moi votre nom, et demain, je serai là à la même heure, avec le meilleur rouge que vous n'ayez jamais bu.

La demoiselle le regarda, et plissa les yeux, peu satisfaite.

— Mmmh, si je vous donne mon nom, il faudra me donner bien plus qu'une promesse ! déclara-t-elle.

— Que diriez-vous d'un baiser ? suggéra alors Alfred.

La jeune Italienne enjouée, écarquilla des yeux, et s'approcha de lui.

— Je n'offre pas mes lèvres à n'importe qui, fit-elle mine d'être offusquée.

— Alors me ferez-vous la promesse de revenir demain ? lui souffla-t-il.

— Seulement si vous me promettez de bien m'embrasser…

— C'est promis…

— Alors voyons cela…

Se hissant sur la pointe des pieds, la demoiselle approcha fougueusement sa bouche de la sienne, et Alfred se penchant sur elle, il l'embrassa en l'enlaçant. Immédiatement passionnés, les deux jeunes gens restèrent ainsi, s'échangeant un baiser durant un temps qui leur sembla à la fois infini et trop court. Se perdant l'un à l'autre, ils étaient tous les deux habités d'une flamme qui les dévorait, d'un désir qui les subjuguait… et quand finalement ils s'écartèrent, la demoiselle retirant avec malice sa langue de la bouche de cet homme plus âgé qu'elle, ils se sourirent, épanouis.

— Demain même heure ? demanda-t-il.

— Promis...

Elle passa sa main derrière sa nuque et déposa une dernière fois ses lèvres sur les siennes. Puis elle s'en alla avec le sourire, satisfaite d'elle.

— Je m'appelle Valentina ! s'exclama-t-elle à son intention sans se retourner.

— Quel joli nom, pour une si jolie créature ! s'enjoua Alfred.

— Soyez à l'heure demain, et vous pourrez le prononcer à nouveau, déclara-t-elle espiègle.

— C'est promis ! rigola le jeune homme.

Sept heures et demie plus tard.
La mission se passa merveilleusement bien. Venant depuis la forêt, Alfred et ses compères menèrent l'assaut contre l'entrepôt avec une efficacité exemplaire, une maitrise parfaite de leur art. Se mouvant discrètement, ils égorgèrent sans attirer l'attention cinq hommes se trouvant sur leur route, et pénétrant dans la bâtisse, ils placèrent leurs explosifs sur les piliers porteurs. Ressortant quelques minutes plus tard, avant même que le reste des gardes ne tombent sur leurs collègues morts, le bâtiment explosa dans un brouhaha assourdissant. Immédiatement ensevelies, les armes furent alors pour les jours à venir inaccessibles et surtout inutilisables. Repartant joyeux, la bande de dix compagnons au service de la France put alors se satisfaire d'une nouvelle victoire. C'était une cargaison d'armes qui n'arriverait pas sur le sol français, qui ne serait pas revendue dans la rue, et la police rapidement alertée par l'explosion de l'entrepôt, ces armes seront même bien vite scellées voire détruites.

— La mafia n'a qu'à bien se tenir, l'Escadron français est en Italie ! s'écria Edmond en repartant.

— Et vive la France ! s'exclama Arnaud.

Leurs comparses ricanèrent, amusés par leur jovialité. La mission était un franc succès, et sans se jeter de fleurs, il est vrai que là, tout de suite, la mafia italienne leur sembla faite d'amateurs.

Sept heures plus tard.

Alfred se réveilla dans sa chambre d'hôtel, et sortant du lit, ouvrit immédiatement les fenêtres pour apprécier la chaleur, la vue, et le chant des oiseaux italiens. Puis admirant les bacs de fleurs qui y étaient accrochés, il savoura une odeur de lavande des plus agréables, et vivifié pour la journée, il se rendit à la salle de bain, se rasa, tailla sa moustache, puis prit une douche. Il voulait se faire beau pour Valentina. Impatient de la revoir, il n'avait pas arrêté de penser à elle et voulait être parfait pour leur seconde rencontre. Une vingtaine de minutes plus tard, habillé, il rejoignit donc ses collègues dans la chambre de Desmont, où leur matériel d'écoute et de communication était entreposé.

— On vient de recevoir un télégramme, annonça Mendels à son intention, un casque d'écoute sur la tête, assis devant le poste émetteur récepteur. Ils nous demandent de rester pendant trois jours de plus, histoire de voir s'il y a du nettoyage à faire.

— Parfait, s'exclama Alfred.

Il lui sourit, satisfait de pouvoir profiter un peu plus du merveilleux paysage du Lac de Côme, et se rendant auprès de Desmont, le salua.

— Alfred ? l'interrogea celui-ci.

— Monsieur, je vous demande une permission pour ce soir. J'aimerais pouvoir disposer de la soirée, annonça-t-il très formel.

— À partir de quelle heure ? lui demanda Desmont.

— De 19h30, répondit Alfred.

Son supérieur et ami regarda sa montre, ses collègues, puis acquiesça volontiers.

— Nous avons ordre de rester de toute façon, alors profitez bien, concéda-t-il.

— Merci monsieur !

Alfred sourit, et satisfait, se rendit auprès de Thil qui retranscrivait une discussion qu'il entendait via son matériel d'écoute.

— Hey Edmond, ça va ?

Son collègue le regarda avant de replonger le nez sur sa feuille.

— Que puis-je pour toi Alfi ? lui demanda-t-il.

Alfred le regarda, ravi.

— Il te reste une bouteille de Bordeaux familial ?

Le soir.

Alfred se rendit pour vingt heures au bar où il avait rencontré Valentina. Une bouteille de Bordeaux d'une grande cuvée en main, se dirigeant vers le box où elle se trouvait la veille, il fut impatient de la revoir, de rediscuter avec elle, et pourquoi pas, d'échanger un autre baiser avec ses si délicieuses lèvres. Mais il trouva hélas la banquette vide. Triste et le cœur déchiré, il crut un instant qu'elle lui avait fait faux bond, quand tournant la tête, il la vit sortir des toilettes avec le sourire.

— Monsieur est en avance, annonça-t-elle ravie de le voir.

— Mademoiselle aussi…

Alfred voulut lui faire la bise, mais Valentina l'embrassa immédiatement, portée par leur échange de la veille.

— Mon français… souffla-t-elle une fois l'avoir libéré de son emprise.

— Tu as passé une bonne journée ? lui demanda Alfred.

— Elle fut longue sans toi… Viens…

Elle l'attrapa par la main, et le menant jusqu'à l'extérieur du bar, l'entraîna en direction du lac.

— Tes engagements de la soirée se sont bien passés hier soir ? l'interrogea-t-elle.

— Oui, très bien.

Se baladant main dans la main, Valentina le guida tout en se collant à lui.

— J'ai cru un instant que tu ne viendrais pas, avoua-t-elle.

— Et pourquoi cela ? s'étonna Alfred.

— Je ne sais pas… J'ai pensé que tu étais peut-être comme les autres.

Alfred s'arrêta, la retint par la main, et l'amena à lui pour l'embrasser, elle, cette jeune fille qu'il trouvait si belle.

— Je voulais au moins avoir la chance de redécouvrir ces lèvres, et d'y retrouver ce beau prénom caché juste derrière.

— Il te plait Alfred ? lui demanda-t-elle.

— Oh oui, je le donnerais à mon enfant si j'en ai un un jour, sourit-il. Un petit Valentin serait parfait.

Valentina sourit elle aussi, se sentant heureuse, légère, et le tenant toujours par la main, l'emmena un peu à l'extérieur de la ville. Ils se baladèrent ainsi en discutant et rigolant, oubliant chacun leur vie pour savourer le temps présent passé ensemble, lorsqu'après une vingtaine de minutes de marche, ils arrivèrent près des vignes. S'avançant parmi elles, Valentina l'amena alors jusqu'à une nappe étalée sur l'herbe. Un panier de pique-nique posé dessus, le reflet du ciel sur le lac juste devant eux, la jeune femme l'invita à s'assoir, et sortant du panier deux verres et un tire-bouchon, lui tendit ce dernier.

— Cela n'est pas trop brusque ? lui demanda-t-elle.

— Non, pas du tout pourquoi ?

Alfred débouchonna le Bordeaux, et Valentina tenant les deux verres, il les servit. Puis ils trinquèrent, et le goûtèrent.

— Mmmh, l'année 71 était bonne, je le reconnais, déclara-t-elle en savourant son verre.

— Tu connais ? l'interrogea Alfred.

— Oui, mon père en a quelques bouteilles dans sa cave. Malheureusement pour lui, je les ouvre plus vite qu'il ne les reçoit.

— Un fin gourmet, ne put qu'acquiescer le jeune homme.

Valentina lui sourit, puis déposant son verre sur le panier, s'approcha de lui. Se tenant sur ses genoux, elle passa alors ses bras autour de son cou, et l'embrassa passionnément.

— Bon sang, cela ne me ressemble tellement pas, confia-t-elle enjouée en se serrant contre lui.

— Ah bon ? s'étonna Alfred.

— Non… je ne me laisse pas approcher si facilement, et je n'embrasse certainement pas le premier soir.

— Alors qu'est-ce qui a changé ? demanda Alfred.

Valentina le regarda dans les yeux, encore un peu incertaine.

— Tu es différent, et tu me fais me sentir différente…

Alfred l'embrassa et se plut à glisser sa langue entre ses lèvres, comme elle l'avait fait la veille. Valentina l'accepta, et répondant, se colla encore plus à lui.

— J'ai dix-neuf ans… ce n'est pas trop jeune ? le questionna-t-elle toutefois, espérant qu'il ne la repousserait pas.

Alfred la regarda, et lui sourit pour la rassurer.

— Non, pas du tout.

— Même si… même si je suis vierge ? demanda-t-elle honteuse.

Alfred plongea ses yeux dans les siens. Il ne voulait pas la brusquer, il ne voulait pas la précipiter… mais surtout, plus il la regardait, plus il tombait amoureux. C'était presque instantané, mais il se sentait amoureux d'elle, il se sentait épris d'elle d'un amour véritable, chose qui ne lui était jamais arrivé avant. Oh, il avait connu des filles, mais aucune qui fasse date. C'était plus des amourettes d'un soir que de réelles conquêtes. Avec Valentina, c'était toutefois différent... Il se sentait... il sentait qu'elle avait quelque chose qui lui manquait. Alfred loin de la repousser, l'embrassa donc, désireux de sentir le contact de ses lèvres. Il se moquait de toutes ces préoccupations, tout ce qu'il voulait, c'était elle.

— Que tu sois vierge ou non ne change rien... je te veux telle que tu es...

Valentina sembla émue par ses mots, ressentant pour lui la même attirance, la même connexion que celle qu'il éprouvait pour elle, et heureuse d'avoir enfin trouvé une personne avec qui elle se sentait bien, elle voulut faire le grand pas. Elle avait dix-neuf ans maintenant, et depuis des années qu'elle s'en sentait prête, elle avait enfin rencontré celui qu'elle désirait... Alors, calmement, elle le fixa dans les yeux, et se penchant sur lui, les fit basculer. Ils s'embrassèrent ainsi passionnément, allongés sur la nappe, et timide, Valentina descendit sa main le long de son torse qu'elle devinait poilu à travers sa chemise, jusqu'à son entrejambe. Le touchant alors, elle sentit sa grosseur, et ne put que rougir. Puis Alfred roula sur elle, et écartant ses jambes, souleva le pan de sa robe, pour découvrir sa culotte.

— Tu es sûre ? fit-il.

Valentina hocha silencieusement de la tête.

— Je ne sais pas combien de temps tu vas rester, la vie est trop courte et je veux en profiter un maximum. Et je sens que tu es celui que j'attendais, déclara-t-elle finalement.

Alfred sourit.

— Je reste trois jours de plus finalement, je ne repars pas avant mardi.

Valentina sembla heureuse d'une telle nouvelle, s'attendant jusque-là à ce qu'il reparte le lendemain, mais cela ne la fit pas changer d'avis.

— Cela ne change rien, je me sens prête.

Alfred acquiesça, et délicatement, passa ses doigts sur sa culotte tout en l'embrassant. Il sentit tout d'abord ses poils pubiens, puis deux lèvres, qu'il écarta un peu à travers le tissu pour la caresser. Valentina sembla immédiatement savourer, et souffla fortement. Son sexe se préparant en mouillant, Alfred retira son dessous, et s'installant entre ses cuisses, déposa des baisers sur sa vulve pour lui faire goûter ses délices. La jeune Italienne appréciant immédiatement ses flatteries, elle ressentit un plaisir qu'elle n'avait jamais connu. Une chaleur parcourant son corps depuis son bas ventre jusque dans l'extrémité de ses doigts, des sensations nouvelles la traversant, assaillie de bonheur, elle trouva ce qu'il faisait merveilleux. Puis Alfred mordillant son clitoris, elle fut électrisée de milliers de décharges et poussa un cri de jouissance. Oh mon dieu, elle adorait ça.

— Alfred, je n'avais jamais ressenti ça ! s'exclama-t-elle émerveillée.

Elle savoura pendant près de cinq minutes ses attentions, ne pensant pas qu'un tel plaisir était possible, quand portée à son paroxysme, elle jouit, et mouillant de plaisir sur sa bouche, se voulut malencontreuse.

— Je suis désolée, s'exclama-t-elle embarrassée.

Alfred sourit en essuyant son menton et sa moustache.

— Ce n'est pas grave…

Il s'approcha d'elle, et l'embrassa comme si de rien n'était, trouvant ce moment le plus beau de sa vie. Puis ouvrant sa braguette et abaissant son slip, il sortit son sexe, et l'approcha du sien.

— Elle est grosse, s'émerveilla Valentina.

Délicatement, Alfred se glissa entre ses lèvres, et la déflora.

— Oh Alfred…

Valentina le sentit rentrer en elle, écartant ses chairs, et découvrant cette toute nouvelle sensation et son partenaire faisant des va-et-vient, elle expérimenta les joies de l'amour. Se tenant à lui, pliant les jambes, elle l'aida alors à faire comme les autres, elle l'aida à mieux se mouvoir en elle. S'embrassant, ils firent ainsi l'amour, Alfred sur elle, s'activant entre ses cuisses, et Valentina allongée sur la nappe, un ciel bleu sans nuages comme spectateur. Et ce qui devait arriver à Valentina arriva. Un homme éjacula en elle, et elle fut désormais une femme. Faiblissant de plaisir sous les spasmes de cette verge qu'elle sentait à l'intérieur d'elle, sentant ce chaud liquide remplir son antre intime, Valentina se sentit bien, épanouie, heureuse. Elle fut comblée.

Alfred se retira alors et s'allongea à ses côtés.

— Je n'ai pas été trop brusque ? lui demanda-t-il.

Valentina savourant ce qu'ils venaient de faire, elle hocha négativement de la tête en venant se coller à lui.

— Pas du tout, c'était parfait…

Frottant ses jambes l'une contre l'autre, elle apprécia toujours ce qu'ils venaient de faire, et curieuse, posa sa main sur sa verge pour la caresser.

— Tu es d'accord pour qu'on se revoit ? lui demanda-t-elle gênée.

Alfred la regarda, et tenant son menton, déposa un baiser sur ses lèvres.

— Bien entendu ! l'accepta-t-il comme une évidence.

Puis il la serra dans ses bras, se sentant le plus heureux des hommes.

— Je n'étais pas trop mauvaise ? l'interrogea-t-elle alors.

— Non, pas du tout, tu étais parfaite !

Elle le regarda dans les yeux, amoureuse.

— C'est vrai ?

— Oh oui.

Puis ils s'embrassèrent de nouveau, et restant allongés sur la nappe, regardèrent les étoiles.

— J'aimerais que cet instant ne s'arrête jamais, déclara-t-elle.

Alfred la serra un peu plus contre lui, et savoura l'odeur de son parfum, puis reprenant leurs verres, lui tendit le sien et l'invita à trinquer.

— S'il ne s'arrête pas, comment pourrions-nous en vivre de nouveau ? l'interrogea-t-il alors.

Valentina sourit en buvant une gorgée du Bordeaux, et le regarda, les yeux pétillants.

— Mon bel homme, mon beau français. Serais-tu en train de faire de la poésie ?

Alfred ricana et se laissa choir pour poser sa tête sur ses cuisses.

— Si poésie tu demandes, poésie tu auras !

Valentina rigola, et déposa ses lèvres sur les siennes. Se sentant bien, heureux, n'ayant besoin de rien d'autre que leur présence, ils restèrent là, flânant et discutant l'un avec l'autre, se faisant rire. Puis se rhabillant quelque peu, ils terminèrent la bouteille, et se baladèrent main dans la main sur le retour vers Côme. Et lorsqu'il fut temps pour Valentina de rentrer, ils se séparèrent sur un baiser.

— On se voit demain ? demanda Alfred.

— Bien sûr ! Rendez-vous au bar à onze heures, pour un autre pique-nique !

— Avec plaisir !

La jeune femme s'en alla, et après un quart d'heure de marche, la tête dans les nuages, elle arriva chez elle. Pénétrant la propriété familiale, une splendide demeure du bord du lac, elle sourit au majordome qui la salua d'un « *Bonsoir Contesse !* » et montant à l'étage pour aller à sa chambre, passa un instant devant le bureau de son père. Entendant distraitement ce qu'il disait, il lui sembla furieux.

— ...Toute la marchandise ! Alors tu as intérêt à me trouver qui est le responsable, sinon je t'assure que tu regretteras de ne pas avoir été dans l'entrepôt hier soir !

Mais Valentina n'y prêta guère attention. Elle était amoureuse, elle en était certaine, et elle était désormais une femme. S'allongeant sur son lit, plus rien ne comptait à part son français Alfred, et à partir du lendemain, ils se revirent tous les jours jusqu'à ce que son séjour à Côme prenne fin.

— Tu me promets de revenir ? demanda abattue Valentina.

Alfred sourit malgré l'émotion.

— Je rentre, et avant même d'avoir défait mes bagages, je repars... Je demanderais une permission de quinze jours. Je suis là samedi au plus tard, lui jura-t-il en prenant ses mains entre les siennes pour les embrasser.

— D'accord. Je t'attendrais...

Valentina se serra contre lui, triste, les yeux rouges, certaine qu'il ferait tout pour tenir sa promesse, et Alfred s'apprêtant à rejoindre ses collègues, il l'embrassa passionnément.

— Bon sang, comment ai-je pu tomber amoureuse de toi aussi vite ? sourit nerveusement Valentina.

— Tu m'aimes ? s'émerveilla d'entendre ces mots Alfred.

— Oui... oui je t'aime.

Le jeune homme sourit.

— Je t'aime depuis que j'ai posé les yeux sur toi, roulant sur cette bicyclette, un foulard dans les cheveux.

L'Italienne sourit, leur première rencontre lui semblant si loin, et l'embrassa une dernière fois. Puis elle le laissa s'en aller.

Tenant sa promesse, Alfred revint avant la fin de la semaine, et louant une chambre d'hôtel, les deux amoureux passèrent alors quinze jours à se balader, à discuter, à se découvrir, et à s'aimer éperdument. Ils ne se le cachaient plus, ils avaient eu un coup de foudre, une passion sentimentale l'un pour l'autre qui défiait leur logique, et pourtant, ils s'étaient trouvés sur un hasard et tout de suite aimés. Ils étaient jeunes et ils étaient insouciants, ils étaient amoureux.

Voyageant sur un coup de tête, ils allèrent à Rome, Alfred craqua et se moqua de son effroyable accent quand elle parlait en français, Valentina le lui rendit bien en le voyant essayer de comprendre le sicilien, et finalement, un soir, ne tenant plus, ils se marièrent en secret dans une église, totalement épris l'un de l'autre. Alfred Collenly, agent secret français, et Valentina D'Allegra, fille du conte D'Allegra, s'unirent ainsi pour le meilleur et pour le pire, et leur noce romaine immortalisée par les clichés d'un polaroïd, cadeau d'un époux à sa sublime femme, la semaine qu'ils passèrent ensuite ensemble fila en un éclair. Tous les deux rappelés par leurs obligations, ils durent alors de nouveau se séparer. Alfred retourna en France, et Valentina, enfant du conte, retourna auprès de son père. Ils se promirent de s'écrire et dès qu'il le pourrait, Alfred jura de revenir, mais malheureusement, il ne put le faire qu'au bout de trois semaines. Envoyé en mission en RDA, il n'eut aucun moyen de la contacter durant cette période, et lorsqu'il put finalement revenir à Côme, ce ne fut que pour constater avec horreur que sa maison était calcinée, et que son amour et sa famille avaient disparu.

— C'est arrivé il y a une semaine, annonça un voisin. La maison a brûlé sans qu'on ne sache pourquoi, et la famille a disparu...

Alfred regarda les ruines de la demeure de Valentina, amer et abattu, incrédule. En larmes, il s'effondra sur le sol. Sa femme avait disparu.

*

Alfred se réveilla en sursaut dans l'avion le menant à Rybinsk. Les larmes aux yeux, il se souvint de cet instant qui avait brisé son cœur, quand il était arrivé il y a de cela quarante ans devant leur maison détruite. En une fraction de seconde, il se remémora alors ému de Valentina dans leur chambre d'hôtel à Rome, chantant ridiculement sous la douche, sa brosse faisant office de micro, puis de son sourire alors qu'elle lui chatouillait les pieds sous la couette, ou encore de l'instant figé sur cette photo d'eux qu'il n'avait jamais revue, où, lunettes de soleil sur le nez et foulard dans les cheveux, habillée d'une robe rouge, elle l'avait embrassé sur la place Saint-Pierre. Puis il repensa à cette première rencontre, à cette jeune femme sur sa bicyclette qui ne fit tout d'abord que passer dans sa vie, et qui finalement la transforma. Pleurant à chaudes larmes, Alfred se demanda encore une fois où était passé son amour. Il savait par Phileas qu'après sa naissance ils avaient

128

vécu tous les deux en France, puis la maison reconstruite, ils étaient revenus quelque temps à Côme auprès de ses parents, mais en 1985, elle le déposa à l'orphelinat à Paris et disparut cette fois définitivement. Lorsqu'il l'avait retrouvée, son fils avait appris de sa grand-mère qu'à ce fameux moment, elle n'était jamais partie avec son mari et sa fille, qu'elle s'était enfuie en Sicile dans sa propre famille, là où il avait retrouvé sa trace en 1995. Elle lui avait alors restitué son titre de conte, à lui, dernier descendant des D'Allegra, mais même elle ne sut dire ce qu'il s'était passé. Pourquoi il avait été abandonné et pourquoi son époux et sa fille étaient partis. Alors Alfred pleura de plus belle. Que s'était-il passé ?

— Où es-tu Valentina ? implora-t-il dans le vide, abattu. Où es-tu ma chérie ?

Alfred s'effondra de chagrin, et mit la tête entre les mains, les yeux toujours emplis de larmes. Durant les quatre années après l'incendie, il était revenu à chaque permission à Côme pour enquêter, pour tenter de comprendre et de la retrouver. Hélas sans succès. Accablé par le remord, il avait été peiné des années plus tard de découvrir en rencontrant son fils que quelque temps seulement après, la maison avait été reconstruite, et que s'il était revenu à ce moment-là, il aurait pu la retrouver elle et leur enfant. Le cœur lourd, il n'avait pourtant pas pu à l'époque. Sa femme perdue, après des années de recherches, il n'avait plus trouvé le courage de revenir dans cette ville si traumatisante.

Chapitre X

Jarod

— Je ne sais pas ce que je vais faire, je suis un peu perdue, avoua Adélaïde.

— Oui, ben ça c'est normal, on en serait à moins étant donné la situation, déclara Wanda en lui apportant son thé.

— Merci.

Adélaïde en but une gorgée, et tandis que sa belle-fille s'installa à ses côtés sur le canapé en cuir blanc, Jarod assis lui dans le fauteuil, soupira, décontenancé.

— Comment a-t-il pu nous faire ça ? demanda-t-il toujours incrédule. Comment a-t-il pu à ce point ne pas nous faire confiance pour préférer créer un autre service secret tout en continuant à faire comme si de rien n'était, à travailler avec nous ?

Adélaïde le regarda, amère.

— Honnêtement, j'aimerais bien l'avoir sous la main pour le gifler ! s'exclama-t-elle. J'ai envie de le frapper d'une telle force…

— Et qu'est-ce que tu vas faire ? l'interrogea alors Wanda. Tu ne peux pas l'arrêter, tu ne peux même pas le juger… je veux dire, du coup comment tu vas lui faire comprendre que tu lui en veux ?

Adélaïde se gratta le cuir chevelu, embarrassée. Elle ne savait pas. Elle n'en avait aucune idée.

— À part le quitter, je ne vois pas, déclara-t-elle.

— Ouais, mais ce n'est pas comme ça que tu vas le faire enrager ! Comment vas-tu lui faire payer ?

M regarda son agente et belle-fille, interrogatrice. Que voulait-elle qu'elle fasse ?

— C'est ton père et mon mari… Que veux-tu que je fasse ? la questionna-t-elle.

Wanda la regarda, et balança nonchalamment la tête, n'ayant pas de réponse à lui fournir.

— Je ne sais pas… je n'en ai aucune idée.

Elle sembla plongée dans ses pensées un instant, puis regarda son compagnon, curieuse.

— Tu as une idée toi Jarod ? lui demanda-t-elle.

— Non, pas du tout s'exclama le jeune homme.

Déçue, Wanda passa la main dans les cheveux d'Adélaïde, songeuse.

— Je ne sais pas, peut-être que tu pourrais lui faire payer en allant voir ailleurs, suggéra-t-elle alors.

Adélaïde tourna la tête vers la jeune Italienne en haussant un sourcil.

— Si je fais ça, ce sera définitivement fini entre ton père et moi, révéla-t-elle.

Wanda fit une moue, incertaine de cela.

— Tu ne peux pas le punir autrement je pense, déclara-t-elle. Si tu le trompes, et qu'il ne peut pas le supporter, il partira, et ce sera bien fait pour lui. Mais s'il t'aime, il n'aura qu'à faire avec en sachant que c'est sa punition pour ce qu'il a fait. Et tu auras ta vengeance.

— Tu te rends compte qu'on parle de mon mariage avec ton père ? la regarda incrédule Adélaïde.

— Oui, sourit Wanda, je sais.

La demoiselle sembla ne pas se soucier outre mesure de leur union, et s'en moquait même visiblement. Elle voulait apparemment lui faire payer tout autant qu'elle sa trahison, et trouvait que c'était le moyen le plus rapide et efficace. Adélaïde baissa les yeux et réfléchit. Ses paroles avaient du sens. Phileas serait obligé de l'accepter comme punition, ou bien il n'aurait qu'à partir, ce serait son choix. Et elle y avait déjà pensé en fait, à le tromper. Car elle savait que ce serait le seul vrai moyen de le blesser au moins autant qu'il l'avait blessée... Il n'y avait que comme ça qu'il comprendrait la souffrance qu'elle ressentait, le sentiment de trahison qu'elle éprouvait.

— Tu sais, Jarod se masturbe souvent sur ma poitrine en pensant à toi, annonça alors Wanda. Il adorerait voir tes seins.

Adélaïde leva les yeux vers sa belle-fille, étonnée, puis fixa Jarod perplexe. Le jeune homme fut rouge, pris de court, un peu embarrassé, mais il soutint son regard sans sourciller.

— J'adorerais pouvoir jouir sur ton corps, déclara-t-il quelque peu honteux.

Adélaïde fut surprise à cette annonce et rebut une gorgée de son thé, mal à l'aise. Voulaient-ils lui signifier qu'elle n'aurait pas besoin d'aller bien loin pour trouver sa vengeance ? En tout cas cette déclaration était brutale et inconvenante. Elle était la femme du père de sa compagne, pour ainsi dire la grand-mère de son futur enfant à naître, et elle était aussi sa cheffe. Mais installée là avec eux, Adélaïde réfléchit aux propos de Wanda, à ce qu'elle avait dit. Et lorsque tendant la main, cette dernière ouvrit sans lui demander son accord le premier bouton de son chemisier pour découvrir sa poitrine, calmement, elle n'opposa pas de résistance. Regardant Jarod, elle la laissa défaire un à un les boutons, révélant au fur et à mesure sa lingerie en dentelle, lui offrant la vision de sa féminité. Spectatrice de la situation, Adélaïde décida de se laisser porter par les événements, pour voir où cela les conduirait.

— Tu veux les toucher ? interrogea son compagnon Wanda.

Jarod la regarda en rougissant, gêné, puis fixant Adélaïde, n'observant aucune réponse négative de sa part, il tendit la main et effleura du bout des doigts sa poitrine, caressant ses seins à travers sa lingerie.

— Je pense qu'étant donné ce que papa a fait, s'exclama Wanda, tu as le droit à plus mon chéri.

Se glissant dans le dos de sa belle-mère, la jeune femme abaissa son chemisier sur ses épaules, puis sur ses bras, et Adélaïde ne protestant toujours pas, se mordant simplement la lèvre, elle le lui retira. Saisissant ensuite les agrafes de son sous-vêtement, Wanda les défit alors, et faisant glisser ses bretelles le long de sa peau, découvrit sa poitrine pour que son conjoint puisse les voir, et les toucher sans entraves.

— Cela te plait ? demanda alors la jeune Italienne.

— Oui, beaucoup, sourit Jarod.

Adélaïde souffla, le cœur battant. Sa poitrine se soulevant sous sa respiration, ses tétons dressés par le contact froid de ses doigts, le jeune homme la caressa pleinement, et elle lui sourit. La situation était étrange, mais elle lui plaisait, elle devait le reconnaître. Elle n'aurait pas pensé que leur discussion se terminerait ainsi, mais cela la satisfaisait.

— Est-ce que cela te plairait qu'elle et moi on s'embrasse, puis que la femme de mon père te prenne en bouche ? interrogea alors Wanda.

Jarod hocha frénétiquement de la tête.

— Bien…

Wanda lui sourit, puis regardant Adélaïde dans les yeux, esquissa un sourire.

— Tu es si belle, souffla-t-elle.

— Toi aussi…

Les deux femmes approchèrent leurs visages l'un de l'autre, et lentement, puis passionnément, s'embrassèrent pour le plus grand plaisir de Jarod, mais également le leur. Car le jeune homme avait beau être excité par ce qu'il voyait, en les voyant faire, en les regardant ainsi s'embrasser avec la langue et en s'enlaçant des mains, il ne put que déduire l'évidence, ce n'était pas la première fois qu'elles étaient intimes. Elles étaient familières l'une de l'autre, elles s'étaient déjà embrassées et touchées, c'était certain. Et cela l'excita encore plus.

— Adélaïde, j'aimerais que tu me suces… avant que tu ne te réconcilies avec ton mari, avant que tu ne sois plus disponible, j'aimerais que tu me fasses la meilleure de tes fellations, lui demanda le jeune homme en sortant émoustillé son sexe de son pantalon.

Adélaïde se détacha de Wanda, et fixa Jarod et son sexe, un peu hésitante.

— Je te préviens, ce ne sera pas la peine de me demander ça aux repas de famille ! lui signala-t-elle.

— Oui, promis…

— Je suis d'accord pour cette fois, mais c'est tout, n'espère pas que je te suce régulièrement ! réaffirma-t-elle. C'est juste pour punir Phileas.

Jarod hocha de la tête, tout en décalottant sa verge.

— C'est entendu…

Satisfaite qu'ils soient sur la même longueur d'onde, Adélaïde s'agenouilla devant lui, et prenant son sexe dans sa main droite, elle le mit en bouche. Tranquillement, elle lui offrit alors ses délicatesses. Elle se moqua de son mari, elle n'eut que faire que ce soit sa fille et son gendre. Là tout de suite, elle était avec eux, et trouvant l'idée sympa, se demandant *pourquoi pas*, elle avait accepté de se donner à Jarod. Suçotant son sexe, aspirant son gland, léchant ses testicules, elle le pompa ainsi énergétiquement et avec dévotion.

— Bon sang chérie, ta belle-mère suce tellement bien ! lâcha-t-il en se léchant les babines.

— Cela te plait de l'avoir entre les jambes ? sourit Wanda.

— Oh oui ! C'est un fantasme qui se réalise, se taper la femme de ton père.

Jarod apprécia de sentir la langue d'Adélaïde cajoler sa queue, et passant sa main dans ses cheveux, il la força à la prendre en entier dans la bouche. Puis après près d'une minute, il ne put plus tenir.

— Je peux t'embrasser ? lui demanda-t-il.

Adélaïde sortit son sexe de sa bouche, et acquiesça. Animée par une frénésie sexuelle, elle s'installa sur lui, passant ses jambes sur les accoudoirs du fauteuil, et tenant son visage avec les mains, elle l'embrassa avec passion, glissant sa langue dans sa bouche, lui offrant un baiser des plus expressifs. Ils s'embrassèrent ainsi longuement, quand Adélaïde lui lécha puis lui mordilla l'oreille.

— Tu veux me prendre ? lui susurra-t-elle.

— Oui, déclara-t-il en jouant avec ses tétons.

Adélaïde sourit, et soulevant derrière ses fesses le pan de sa jupe, elle tira son string sur le côté pour libérer l'accès à son minou.

— Mets-la-moi ! lui ordonna-t-elle alors en l'embrassant de nouveau fougueusement.

Jarod acquiesça, et passant sa main entre leurs cuisses, saisit son sexe, et le glissa entre ses lèvres en poussant un râle de satisfaction.

— Oh, oui…

Adélaïde souffla de plaisir, et les jambes surélevées par rapport à son bassin, bien calée, fit des va-et-vient, le sexe de Jarod en elle.

— Tu veux jouir où ? En moi, ou sur mes seins ? l'interrogea-t-elle.

Jarod soupira en la saisissant aux fesses pour l'aider à se mouvoir plus énergétiquement.

— J'ai envie que tu boives mon sperme, j'ai envie de maculer tes seins, j'ai envie de fourrer ta petite chatte…

Adélaïde jubila presque à l'entente toutes ces promesses, et tournant la tête, regarda Wanda.

— Viens là toi, s'excita-t-elle.

La jeune Italienne accepta son invitation, arriva derrière elle, et passant ses mains par-dessus ses épaules, tout en lui caressant les seins, l'embrassa langoureusement. Elles se roulèrent longuement et amoureusement une pelle, comblant les désirs de Jarod de voir sa compagne et sa belle-mère fricoter ensemble, puis Adélaïde réembrassant le jeune homme, elle se reconcentra sur sa pénétration.

— Je te jure, si j'avais imaginé ça, souffla-t-elle haletante en s'agrippant autour de son cou.

— Tu ne le croirais pas ? demanda amusée Wanda en lui faisant des bisous dans le cou.

Adélaïde passa une main derrière elle pour la glisser dans le leggin de la jeune femme et lui caresser le sexe.

— Je dois aller chercher ton frère et ta sœur tout à l'heure. Alors oui, jamais je n'aurai cru que juste avant, je serais à califourchon sur ton copain, sa bite bien au fond de ma chatte.

Wanda lui pressa un sein, et sourit avant de l'embrasser de nouveau. Puis Adélaïde continua à se faire prendre, quand Jarod sentit qu'il venait.

— Je vais jouir en toi, annonça-t-il.

— Bon sang Jarod, on ne pourra plus se regarder comme avant après ça !

— J'ai tellement envie de toi ! Si tu savais depuis combien de temps j'ai envie de t'avoir toi aussi !

— Et bien tu m'as maintenant, annonça espiègle Adélaïde. Tu m'as même plutôt bien !

Elle fit un mouvement du bassin et le jeune homme lécha ses seins, puis ne pouvant plus tenir, il jouit. Emportée, Adélaïde s'écroula alors elle aussi de plaisir, son vagin inondé de sa semence.

— Bon sang Jarod, lâcha-t-elle en se serrant contre lui, bon sang, tu viens de jouir en moi… Tu es le copain de ma belle-fille et tu viens de me baiser… Si Phileas apprend ça, il sera fou de rage et ne voudra plus que je te vois, il ne voudra plus t'inviter à la maison…

Adélaïde se tut, à bout de souffle, et savoura son orgasme en collant sa poitrine contre lui, tête sur son épaule.

Puis retrouvant ses esprits, elle se releva, réajusta son string pour empêcher son sperme de couler, remit sa jupe correctement, et se penchant sur le jeune homme, déposa un baiser sur ses lèvres. Puis elle remit son soutien-gorge, son chemisier, et embrassa Wanda, prête à s'en aller.

— Bon sang, il ne faudra dire à personne ce qu'on vient de faire, cela doit rester entre nous trois, d'accord ? leur demanda-t-elle.

— C'est promis, sourit la jeune Italienne.

Adélaïde passa ses bras autour de son cou et l'embrassa amoureusement, quand Jarod se colla soudain derrière elle et l'enlaça pour lui peloter les seins d'une main, et de l'autre, lui glisser un doigt sous sa jupe.

— Bon sang Jarod, tu ne crois pas qu'on en a déjà assez fait comme ça ? Tu viens de me baiser, parla-t-elle.

Le jeune homme déposa des baisers dans son cou avec allégresse, insouciant.

— Je viens de jouir dans ta merveilleuse petite chatte… Je ne crois pas qu'on peut faire pire, si ?

Le jeune homme la força à tourner la tête, et l'embrassa avec fougue. Appréciant qu'on la désire autant mais surtout encore chamboulée par tout ça, Adélaïde accepta ses avances et se laissa faire. Puis Wanda se joignit à eux, et mêlant leurs langues, ils s'embrassèrent tous les trois avec passion.

— Tu dois aller chercher Jean et Adrien à quelle heure ? lui demanda alors Jarod.

Adélaïde le regarda, puis tourna les yeux vers sa belle-fille.

— Je dois aller les chercher à quatre heures, annonça-t-elle.

Jarod regarda l'horloge au mur, et sourit.

— Cela nous laisse une heure alors…

Il releva sa jupe, et tira son string sur le côté pour dégager l'entrée de son orifice anal, qu'il dilata du doigt.

— Tu veux me prendre par-là ? l'interrogea un peu timide Adélaïde.

Jarod frotta son nez contre le sien.

— J'ai envie oui…

Adélaïde le regarda mal à l'aise, et sembla chercher dans ses yeux une réponse qu'elle ne trouvait pas. Puis elle hocha de la tête.

— On n'a qu'une heure, alors fait vite…

Le jeune homme acquiesça, et présentant son gland à son orifice en amenant son bassin en arrière, s'inséra entre ses fesses.

— Bon sang, fit Adélaïde en se collant à Wanda.

Sentant son membre s'immiscer en elle, incrédule, elle n'arrivait toujours pas à croire ce qu'elle faisait. Elle se faisait sodomiser par son gendre… et se collant à sa belle-fille qu'elle embrassa, il la tint fermement par les hanches et lui donna de puissants coups de reins dans le cul. Adélaïde poussa des cris, ses fesses claquant sous leurs à-coups, et retirant le haut de Wanda, elle se mit à lui lécher les seins pendant que Jarod la prenait fermement.

— Phileas ne te pardonnera jamais ça Jarod, souffla Adélaïde, trouvant un plaisir incroyable dans leur rapport sexuel. Il ne te pardonnera jamais d'avoir baisé et sodomisé sa femme !

— Tu crois ? l'interrogea le jeune homme, un bras passé devant son ventre et de l'autre, lui tenant fermement la nuque.

— Oui… oui… Tu es en train d'enculer sa femme, il ne le tolérera pas…

Jarod fit une moue moqueuse.

— S'il ne t'avait pas trahie, tu ne m'aurais pas dans le cul ! Adélaïde souffla tout en trouvant le réconfort sur les lèvres de Wanda. Puis Jarod la prit un peu trop fort et elle poussa un cri de douleur. Adélaïde se redressa alors en sursaut dans son lit, haletante. Le cœur battant, en sueur, elle réalisa qu'elle venait de rêver et le souffle difficile, elle mit la main sur sa poitrine pour regagner son calme.

Bon sang, tout ça n'était qu'un rêve, se rassura-t-elle.

Elle reprit sa respiration, épuisée, et soulagée que ce ne soit pas réellement arrivé, elle prit le temps de bien se calmer.

Elle était bien dans sa chambre, chez ses parents, et ce n'était qu'une élucubration de son esprit. Bon sang, cela avait été si... étrange. Adélaïde tâcha de retrouver ses esprits, mais s'essuyant la bouche, elle sentit sa main gauche dans le noir, et constata sur ses doigts l'odeur de sa féminité. Puis regardant vers son entrejambe, elle glissa sa main sur sa culotte pour vérifier. Surprise, elle vit qu'elle était trempée, qu'elle avait mouillé durant son sommeil et qu'elle s'était inconsciemment masturbée. Soupirant, Adélaïde se rallongea sur le côté et ferma les yeux, honteuse de sa propre imagination. Bon sang, c'était quoi ce rêve ? Raffermissant l'oreiller sous sa tête, elle ne sut si elle était excitée ou si elle s'en voulait d'avoir eu un tel rêve érotique. Une chose était certaine en tout cas, elle avait rêvé qu'elle se faisait baiser et enculer par Jarod pour punir Phileas, et un court instant, bien qu'honteuse, elle regretta que sa bite ne soit pas en elle pour ressentir le plaisir d'un rapport sexuel.

Chapitre XI

Rybinsk

Mardi 16 mai 2017

— Voilà, là ce sera parfait, annonça Devon Miles en désignant une étendue d'herbe au sein d'une petite forêt.

— Gaffe si Poutine nous trouve, déclara mitigé Phileas.

L'*Artificier* sourit, plus confiant.

— On a quelques contacts au gouvernement. Alors on ne devrait pas trop avoir à s'en faire… Bien, on va atterrir, préparez-vous.

— Papa, attache ta ceinture ! déclara Phileas à son père.

Derrière eux, Alfred obtempéra, et le Blackbird modifié des *Artificiers* décélérant grâce à la poussée de ses réacteurs ventraux, il se posa au sol presque sans bruit ni secousse.

— Nickel, s'exclama Phileas.

— Allez…

Les trois hommes descendirent de l'appareil, et calmement, ils se rendirent jusqu'à l'orée des arbres. L'*Artificier* se repérant avec sa boussole, il fixa alors la direction de l'Ouest.

— On est à une vingtaine de kilomètres de Rybinsk, dans cette direction ! révéla-t-il. On fera le reste en vélo.

Phileas et Alfred se regardèrent, surpris de cette annonce, mais suivant le jeune homme qui retournait dans l'avion, ils y prirent leurs affaires. Puis imitant l'*Artificier*, ils sortirent chacun un des quatre vélos stockés dans un compartiment qu'ils n'avaient pas vus. Légers et pliables, ils ne purent que reconnaître qu'ils leur seraient bien utiles. C'était un moyen de transport standard et discret, et bien que cela ne leur permette pas d'atteindre des vélocités déraisonnables, au moins ils pouvaient se targuer d'avoir à leur disposition un véhicule pour faciliter leur déplacement.

— On doit avoir un ou deux kilomètres de forêt grand max, s'exclama Devon en relevant la passerelle, puis on sera dans les champs. Dans cinq ou six kilomètres on atteindra ensuite la route.

— Bien, s'exclama Alfred. Et pour l'avion ?

L'*Artificier* regarda le Cavalier, et hocha machinalement de la tête.

— Il va se camoufler, annonça-t-il. Je l'ai mis en mode furtif, alors on n'a rien à craindre.

— Comment ça ? s'intéressa Phileas.

— En se posant, l'avion a pris une photographie du sol et il va l'afficher sur sa carlingue. Tenez, regardez !

Devon montra l'avion du doigt, et se retournant, Alfred et Phileas virent toute la partie supérieure de l'avion prendre l'apparence du sol sur lequel il était posé.

— Si quelqu'un s'en approche de trop près, l'avion redécollera pour atteindre cent mètres d'altitude et il me préviendra, déclara-t-il ensuite en commençant à marcher.

— Vous en parlez comme s'il était vivant, rétorqua Alfred en le suivant.

— C'est vrai que cela donne cette impression, mais on a incorporé des conduites de base dans chacun de nos appareils pour qu'ils répondent à certains protocoles, du coup, oui, ils ont une certaine forme d'autonomie.

— Génial ! fut fasciné Phileas en fermant la marche.

— Ouais, je suis sûr que le *Service* adorerait aussi avoir ce genre de technologie ! se montra sarcastique Alfred.

Phileas regarda son père en serrant les dents, irrité.

— Ils l'ont, annonça Devon en continuant à avancer. Seulement ils n'en ont pas besoin, ils agissent sous couverture.

Alfred acquiesça, et suivit le jeune homme sans plus rien dire, chacun tenant son vélo par le guidon. Phileas fermant la marche, il sortit toutefois son téléphone portable de sa poche. Il se souvenait l'avoir éteint avant de partir, mais maintenant qu'ils avaient atterri, il pouvait le rallumer. Il le fit donc, et machinalement le rangea de nouveau. Il n'avait cependant pas avancé de trois mètres qu'il se mit à biper. Le reprenant donc curieux, il le regarda, et découvrit qu'il avait reçu une dizaine de messages.

Le cœur lourd, le moral immédiatement miné, il vit cependant qu'ils étaient tous des messages de colère venant de la part de ses amis. Bella, Céline, Scott, Agathin ou encore Corie, tous lui crachaient leur venin dessus. *« T'es qu'un enfoiré ! »* ; *« Je te déteste tu sais, tu es immonde ! Bon Dieu, tu es un sale traître, comment j'ai pu avoir un béguin pour toi ! »* ; *« Comment as-tu pu faire ça ? Tu peux te regarder dans le miroir sans vomir ? »* ; *« Sale traître ! »* ; *« Je préférerais que tu sois mort ! Tu aurais mieux fait de mourir plutôt que de vivre ! »*

Phileas souffla, et ravala sa fierté et sa tristesse. Il en payait le prix, il perdait tous ses amis du *Service*. Ainsi soit-il. Après tout, il ne pouvait pas leur en vouloir. Il rangea son téléphone, amer, et rattrapant son père et l'*Artificier*, essaya de garder la face.

— On arrivera dans une semaine à ce rythme-là ! déclara-t-il en les dépassant.

Les deux hommes le regardèrent étonnés et accélérèrent l'allure.

— Appelle ta femme ! le bâcha Alfred pour le remettre à sa place.

— Il faut que je la laisse respirer et se calmer ! rétorqua du tac au tac l'homme du club.

Trois heures plus tard.

Phileas, Alfred et Devon arrivèrent au centre-ville de Rybinsk, et après s'être étirés et avoir bu un coup pour se désaltérer, l'*Artificier* réservant leurs chambres, ils s'installèrent dans un hôtel. Puis se réunissant dans la chambre du jeune homme, ils commencèrent leurs recherches. Devon généra à partir de leurs photographies de Valentina un modèle 3D qu'il vieillit de quarante ans de plusieurs façons différentes, pour maximiser leurs chances de succès, et piratant tant bien que mal le système de caméra de la ville, des banques, et des différentes infrastructures filmant les rues, il lança une recherche sur elle. Ce ne fut pas aisé, il s'impatienta plusieurs fois et rouspéta en devant parfois sortir pour connecter directement son matériel au réseau, mais son travail finalement terminé après sept heures d'acharnement, il fit craquer ses doigts, épuisé mais satisfait.

— C'est fait, annonça-t-il avec soulagement.

S'ouvrant une canette de soda, il regarda la recherche commencer, et Phileas et Alfred arrivant derrière lui, il leur montra tout en buvant les différents visages qu'il avait simulés.

— On aura de la chance si on la trouve, déclara-t-il toutefois sceptique.

144

— En effet, fit Alfred.

— Malheureusement, on n'a pas le choix, répondit Phileas. Maintenant il n'y a plus qu'à attendre…

Devon but presque d'une traite le reste de sa boisson, puis reprit la conversation.

— Je vais vous imprimer des photos pour pouvoir faire du porte-à-porte, on ne peut pas se reposer uniquement sur ça, suggéra-t-il.

— Je suis d'accord, soupira Phileas.

Fatigué, l'homme du club s'assit sur le lit, et n'ayant rien d'autre à faire pour l'instant, patienta, songeur. La nuit allait tomber, cela ne servirait à rien de sortir maintenant. Il avait autant à attendre le lendemain. Il faisait froid et les gens étaient en grande majorité chez eux. Mais il rongeait son frein. Il avait passé toute l'après-midi à faire des recherches de mots clés sur Valentina et Rybinsk, essayant de trouver une quelconque trace sur internet pouvant lier sa mère à cette ville, mais sans succès. Et de n'avoir rien à faire pour pouvoir la trouver, il avait l'impression de perdre du temps. Pourtant il n'avait pas le choix. Il se devait d'être patient, d'attendre le lendemain pour aller dans la rue enquêter. Que pouvait-il faire d'autre ? Aigri, ne tenant pas en place, Phileas se leva pour retourner dans sa chambre et tâcher de réfléchir seul, quand le téléphone portable de l'*Artificier* sonna. Devon le saisissant il lut ses messages, puis il le reposa chagriné.

— Que se passe-t-il ? l'interrogea Phileas.

Devon souffla, nerveux.

— Le *Service* lance une chasse aux sorcières, répondit-il. Ils vont passer tous leurs agents au détecteur de mensonges pour découvrir s'ils sont infiltrés.

— Ah, fit triste Phileas, je suis désolé.

Il se rassit sur le lit, mal, et le regardant, se voulut sincèrement de tout cœur avec lui, affligé qu'une telle situation se présente. Pris de remords, la réalité lui rappelait sans cesse qu'il était temps de payer les conséquences de ses actes. Seulement il ne serait pas le seul à le faire, d'autres en pâtiraient aussi. Ce n'était pas uniquement son mariage qui souffrirait de tout ça, c'était aussi ces *Artificiers* désormais sur la sellette, ou son entourage qui était en proie au doute par sa faute. Il avait fait bien plus que de créer une situation délicate, il avait ébranlé la confiance du *Service* et de ses proches, et elle ne pourrait jamais être restaurée. Il avait détruit quelque chose qu'il ne pourrait jamais réparer. Et Alfred comprenant justement les tenants et les aboutissants de cette annonce, il s'emporta de rage.

— Attends, tu veux dire que tu as des espions *Artificiers* parmi les agents du *Service* ? s'exclama-t-il furieux envers son fils.

Phileas le regarda dans les yeux, et peut-être que ce fut à cause de la fatigue, mais cette fois irrité, il s'énerva. Il était démoralisé, et là tout de suite, déjà accablé par les problèmes qu'il avait causés, il avait mieux à faire que de subir un énième sermon.

— Lâche-moi la grappe papa, si tu n'es pas content de ma façon de faire, retourne donc chez toi ! Je ne t'ai pas invité à venir !

Alfred regarda son fils, choqué… Puis il se leva de son siège, s'en approcha, et le gifla.

— Tu devrais avoir honte de toi ! le pointa-t-il du doigt.

Phileas fixa son père en se massant la joue… Il préféra ne pas répondre, et Devon restant silencieux, se faisant tout petit, l'homme du club observa son Cavalier d'un œil qu'il ne chargea pas en haine, mais en colère. Puis finalement, il se décida quand même à dire ce qu'il pensait, à déballer ce qu'il avait sur le cœur.

— Toi comme Adélaïde et Wanda, vous pensez que je suis un traître, mais si vous avez un problème avec mes décisions, vous n'avez qu'à retourner à vos pathétiques vies d'avant ! annonça Phileas. Tu préfères quoi papa ? Potager dans ta vieille bicoque ou chercher la femme que tu as perdue ?

Alfred regarda son fils, indigné, fou de colère, mais Phileas lui tint tête sans broncher, impassible, insensible à la dureté des mots qu'il avait utilisés. Puis il préféra partir. Sortant de la chambre de Devon, il rejoignit en silence la sienne, les yeux humides. Phileas désormais seul avec l'*Artificier*, il souffla dépité, furieux. Il en avait marre que tout le monde le prenne pour un connard égocentrique et imbu de lui-même. Comme si aucun d'eux ne faisait d'erreur, ou n'avait pas un jour estimé faire quelque chose de juste alors que les autres pensaient que c'était une mauvaise chose. Tous, son père, sa fille, sa femme, ses amis, ils étaient là, à le critiquer, mais lequel d'entre eux n'avait pas un jour envoyé paître ses valeurs, ses promesses ou son sens moral ? Bon sang, quelle bande d'hypocrites ils faisaient tous ! Les trahir ? Phileas fulmina. Il avait créé un autre pion sur l'échiquier pour les aider, en quoi c'était un crime de vouloir un deuxième avis, un deuxième joueur ? Bon sang, ils étaient en guerre, il aurait dû faire quoi ? Se tourner les pouces et attendre ? Ou au contraire essayer de trouver une autre solution, un moyen différent de résoudre les problèmes qu'ils affrontaient ? C'était lui l'égoïste ? Ou eux de penser que leur façon de voir les choses était la seule façon de voir les choses ? Les *Artificiers* étaient utiles, ils étaient nécessaires ! Pourquoi ? Parce qu'ils fonctionnaient différemment du *Service* ! C'était aussi simple que ça. À autres méthodes, autres résultats… Et ses proches étaient fous de croire qu'ils pourraient rester purs dans un tel monde ! Bonté divine, ils étaient en guerre, ils espéraient quoi ? S'ils voulaient rester des bisounours et ne jamais être confrontés à des décisions difficiles, il fallait se contenter d'aller voter pour un de ces connards qui promettaient monts et merveilles aux élections présidentielles.

Chapitre XII

Un jour comme un autre

Les portes de l'ascenseur s'ouvrirent, et Adélaïde entra dans le hall du *Service*. Habillée d'un pantalon de tailleur noir avec un haut blanc en soie, les cheveux coiffés et ramenés sur son côté gauche, elle avança en direction de son bureau, sublime et séduisante, mais perdue dans ses pensées. Amère en réfléchissant à sa vie, elle venait tout juste de réaliser que son parcours en tant que *M* avait pris le même tournant que la saga James Bond au cinéma. Se rendant vers son bureau, elle ne pouvait en effet que constater la vérité ; alors que Blofeld était conçu au début comme l'ennemi juré que James Bond avait croisé au fil du temps sur sa route, il était maintenant suite au reboot son demi-frère. Pour elle, là où son principal ennemi était jusque-là Dru, un adversaire rencontré sur son chemin, maintenant il s'avérait que c'était son mari, l'être de qui elle était le plus proche… Adélaïde soupira. Elle était ravie que les producteurs aient validé sa vie avec autant d'ironie.

— Bonjour, s'exclama le docteur Martin en venant à sa rencontre.

Adélaïde sortit de sa rêverie, et regarda le docteur en soupirant.

— Pas maintenant, déclara-t-elle immédiatement.

Le psychologue l'observa, chagriné.

— Madame, il faut vraiment qu'on parle, déclara-t-il. Et pas seulement de votre mari, mais aussi de ce qu'il s'est passé dans cette usine !

Adélaïde le regarda avec lassitude, fatiguée de se répéter. Mais le vieil homme maintint son regard. Il devinait dans ses yeux qu'elle allait mal, qu'elle vivait douloureusement tous ces derniers événements, et elle le savait, elle s'en rendait compte. Pourtant, elle continua malgré tout à refuser son aide.

— Oui, mais pas maintenant, reprit-elle.

Le docteur Martin se permit d'insister.

— Nous devons pourtant parler de votre ressenti. Ce n'est pas quelque chose à prendre à la légère, lui suggéra-t-il en la prenant par le bras.

M souffla, cette fois ferme, presque énervée.

— On en parlera quand je serai prête, déclara-t-elle fermement. Maintenant, laissez-moi tranquille.

Dorénavant contrariée, elle dégagea son bras et reprit sa marche d'un pas ferme.

— Prête à quoi ? l'interpella alors Martin.

— Prête à accepter que mon mari est un traître, prête à vivre avec tout ça ! annonça-t-elle.

Elle l'entendit soupirer derrière elle, mais n'y prêta pas attention. Adélaïde continua juste à avancer jusqu'à son bureau, quand passant devant celui de Daniels, elle pencha curieuse la tête dans le sien. Instantanément apaisée en voyant son ancien amant travailler, le nez plongé dans un dossier, elle ne put alors qu'oublier ses soucis, que ce soit la traîtrise de son époux ou la discussion désagréable qu'elle venait d'avoir. Charmée elle ne saurait dire pourquoi, elle se remémora à quel point il avait toujours été là pour elle, et à quel point elle avait été bien dans ses bras, heureuse et épanouie. Pour la première fois depuis une époque qui lui semblait bien loin, elle se sentait en effet soulagée d'un poids.

— Salut Billy, se présenta-t-elle d'une voix douce. Dis, tu pourrais me rendre un service ?

Le jeune homme leva les yeux vers elle, et lui sourit.

— Bien sûr, répondit-il, c'est le nom de la boutique non ?

Adélaïde esquissa un sourire, amusée.

— Dis, est-ce que tu pourrais me faire un listing d'appartements et de maisons libres et me prendre des rendez-vous pour les visiter ? lui demanda-t-elle.

Daniels la regarda en acquiesçant, puis fixa son écran d'ordinateur.

— Je vous fais ça madame. À partir du F3 ?

— Oui, ce sera parfait, merci.

Adélaïde le laissa à ses occupations, un sourire aux lèvres pour la journée, et se rendant à son bureau, s'y installa.

— Oh, Billy, peux-tu demander à Bella, Céline et Karen de me faire un rapport toutes les deux heures sur l'avancée de leurs interrogations ? lui demanda-t-elle via son interphone.

— « *Oui, sans soucis. Mais je peux déjà vous dire que Benjamin Johns et une vingtaine d'autres agents ont passé avec succès le test du polygraphe.* »

— D'accord. Nickel.

Satisfaite, égayée, Adélaïde se plongea alors dans les dossiers qu'il avait déposés sur son bureau. Lisant les nouveaux rapports concernant les missions en cours et les requêtes d'enquête, elle passa ainsi toute la matinée dans la paperasse. Au moins, c'était une bonne façon de ne pas penser à Phileas, se dit-elle, même si elle ne pouvait s'empêcher de songer avec rancœur qu'elle travaillait pour le *Service* comme il ne l'avait jamais fait. Préférant toutefois ne pas trop s'énerver, elle chassa bien vite cette virulence de sa tête pour se consacrer pleinement à son analyse des faits qu'on lui énonçait, de la situation en cours de par le monde. Approuvant ou non certaines missions, elle prit ainsi à cœur son travail, estimant en son âme et conscience quelles étaient les meilleures décisions à prendre, et lorsqu'elle eut finalement terminé cet aspect de son travail, jugeant de l'avancée d'une trentaine de missions et en autorisant plus de quarante nouvelles, elle s'apprêta morte de faim à aller manger. Quand elle entendit la voix de Daniels dans l'interphone.

— « *Double-zéro Douze* a été empoisonné en Allemagne ! », déclara-t-il avec gravité.

Adélaïde se leva d'un bon, affolée, le cœur battant, et sortant de son bureau, elle se rendit expressément jusqu'à la salle de conférence.

— Rapport ? demanda-t-elle immédiatement aux agents présents sur place.

— Tan a rencontré l'espionne suédoise, mais après son départ du café, il s'est senti mal, lui répondit Johns en la fixant, bras croisés, lui aussi inquiet.

— Bon sang, ce sont des pays alliés, vociféra Adélaïde.

Elle souffla, irritée des complots et magouilles entre services secrets, lorsque repérant Lagarde, Merkel et Nichols près d'un poste d'ordinateur, se dirigea vers eux pour en savoir plus.

— Les symptômes peuvent désigner l'arsenic ! conclut Jean Luc Merkel.

— Qui aurait été mis dans son café ? supposa Marie Nichols.

— Bien, alors agente Baura, il faut déjà le faire vomir, ce n'est pas l'idéal, mais vous n'avez pas de quoi lui faire un lavage d'estomac ! s'exclama Lagarde en direction du micro.

— « *Je fais quoi ?* » parla paniquée la jeune femme sur les haut-parleurs.

— Deux doigts dans la gorge, au plus profond ! annonça Merkel.

— Si c'était de l'arsenic il aurait déjà vomi, s'opposa Nichols à ses confrères. Un empoisonnement aigu cause aussi des vomissements !

— Si c'est ingéré, il faut quand même le faire vomir ! Il n'a aucune trace de piqûre, son haleine dégage une faible odeur d'ail, il a des crampes abdominales et œsophagiennes et il a une diarrhée sanguinolente ! lui rappela-t-il.

La doctoresse approuva la décision, mais elle n'était toutefois pas sûre de l'efficacité du traitement en cas d'erreur de diagnostic. Puis bien que peu rassurée, Adélaïde entendit son agente faire vomir son collègue à travers la communication. Elle prenait la conversation en route et ne savait pas dans quel état était exactement *Double-zéro Douze*, mais là, tout de suite, elle comptait sur Sarah Baura. Elle n'avait pas besoin de perdre un agent…

— « *Et ensuite ?* » interrogea la jeune femme.

— Dans le kit, regardez, il y a une seringue et une fiole de DMPS ! expliqua Lagarde, prenez-la, et injectez-lui dans la veine du bras.

— Et si ce n'est vraiment pas de l'arsenic ou un métal lourd ? demanda affolée Nichols.

— Là tout de suite, c'est notre meilleure solution, et sinon ce sera l'hôpital ou la morgue ! avoua Merkel.

— « *Bien, ça y est, c'est injecté ! Et maintenant ?* » annonça l'agente.

— Emmenez-le à l'hôpital, et tenez-nous informés !
conclut Lagarde.

— *« Bien, d'accord ! Merci docteur ! »*

— De rien.

La jeune femme coupa la communication, et Lagarde regardant ses deux collègues, il soupira.

— Espérons que c'était bien de l'arsenic ou un métal lourd, déclara-t-il effrayé, sinon on vient de perdre un agent.

Nichols acquiesça, éprouvée, et passant près d'Adélaïde, la salua en partant.

— Bonjour madame.

— Bonjour docteur, lui répondit-elle.

Adélaïde s'avança vers Lagarde et Merkel, et croisa les bras, angoissée quant à l'avenir de son agent.

— Quelles sont ses chances de survie ? les interrogea-t-elle.

— Si on s'y est pris à temps, et que c'était bien de l'arsenic, on sera fixé définitivement dans les trois jours, annonça Lagarde.

— L'injection de DMPS aura stoppé ses effets, ou en tout cas les aura assez amoindris. L'hôpital se chargera du reste, ajouta Merkel.

— Bien, parfait, merci, s'exclama Adélaïde.

Elle soupira, décontenancée. Elle n'avait pas besoin de perdre un autre agent, ce n'était vraiment pas le moment, songea-t-elle. Mais ne pouvant pas plus être fixée pour le moment, faisant demi-tour, elle sortit de la salle de conférence et se rendit à la cafétéria pour manger. Cela lui ferait du bien et cela lui changerait les idées. Elle ne pouvait rien faire de plus dans l'immédiat.

Avançant dans la chaîne, Adélaïde prit du poulet en plat principal, l'accompagna avec du riz et une sauce crème aux champignons, et prenant quelques rollmops comme entrée, choisit une île flottante en dessert. Puis s'installant à l'écart de ses agents, elle mangea en silence et se perdit rapidement dans ses pensées. Elle était toujours aussi incertaine par rapport à son mari. Que faire, ou plutôt que décider de faire ? Elle était furieuse contre Phileas, mais elle l'aimait toujours. Il était son époux, il était le père de ses enfants, et bon sang, ils avaient vécu tellement de choses ensemble que oui, elle aurait beau dire, elle l'aimait toujours autant, ça c'était certain. Mais comment lui pardonner ce qu'il avait fait ? Comment concilier les deux, sa colère et son amour pour lui ? En plus, à côté de ça, elle avait une folle envie de sexe. Cela semblait hors sujet dit comme ça, mais cela pesait pourtant pour beaucoup dans son problème. Elle ne voulait vraiment pas avoir le rôle de la méchante, elle ne voulait pas le tromper, mais elle avait besoin de sexe et elle ne voulait pas recoucher avec lui. Adélaïde était même répugnée rien qu'à l'idée de le toucher ou qu'il la touche là, alors que faire ? Attendre en rongeant son frein ? Ou, comme elle avait envie de se venger, faire d'une pierre deux coups ? Si elle résolvait son besoin de le punir et son envie de sexe en même temps, cela serait si effroyable ? Comment se venger autrement ? En le quittant définitivement ? Ou bien devait-elle tout lui pardonner sans le punir et revivre avec lui ? Adélaïde termina son entrée et soupira, toujours aussi indécise. Elle avait demandé à Daniels de lui chercher un appartement, c'était bien la preuve qu'elle voulait changer d'air, non ? Mais même si elle ressentait le besoin de prendre ses distances, ce qui était normal, en avait-elle besoin définitivement ? Pourrait-elle vraiment lui refuser une seconde chance et ne pas revenir vers lui ? Adélaïde était incapable de le dire, et c'était bien ce qui la chagrinait.

Elle ne savait pas ce qu'elle voulait vraiment, elle était partagée. Il était trop tôt pour être fixée... et pourtant il fallait qu'elle se décide.

— Je peux m'assoir avec vous ? lui demanda soudain Céline.

Adélaïde sursauta et leva les yeux vers son agente, surprise.

— Oui, oui bien sûr, accepta-t-elle en bafouillant.

Elle but une gorgée d'eau, et l'invita à s'assoir en face d'elle. Puis Bella arrivant, elle lui proposa de se joindre elle aussi à elle.

— Merci madame, répondit celle-ci.

Adélaïde hocha de la tête, sourit, heureuse de pouvoir éviter de songer à sa situation amoureuse et conflictuelle, et fixant son assiette, découpa un peu de son poulet, le trempa dans la sauce, et le porta à sa bouche. Tout en mâchant, elle regarda alors machinalement autour d'elle. Étonnée, elle constata qu'on les observait avant de rapidement détourner la tête. Impassible, ne se démontant pas, elle soutint les regards qu'elle croisa, les invitant à retourner à leurs repas, puis finalement, se reconcentrant sur son assiette, elle se découpa une autre bouchée de poulet.

— Je suis désolée madame, s'exclama Bella honteuse en remarquant ce qu'il venait de se passer.

Adélaïde haussa les épaules, d'humeur égale.

— Ils ne jugent pas, lui expliqua-t-elle, ils sont juste étonnés, curieux... humains...

Amusée, elle réfléchit un instant à quel point la vie était ironique. Elles avaient eu des rapports ici au *Service*, sans jamais se faire voir, et maintenant que c'était terminé entre elles, cela avait fini par être exposé... C'était si... désopilant. Mais au fond, Adélaïde s'en moquait bien. Pendant des années, l'idée qu'on sache qu'elles aient une liaison l'avait terrorisée, parce qu'elle se préoccupait de son image, parce qu'elle aurait eu honte d'affronter le regard de ses agents. Mais comme tout le monde, elle avait une vie sexuelle, alors pourquoi en être embarrassé ? Et puis c'était franchement le cadet de ses soucis en ce moment, elle avait mieux à penser.

— Je suis bisexuelle, ce n'est plus vraiment un secret, c'était même dans mon dossier avant que je sois agente double-zéro, annonça-t-elle. Et puis tout le monde savait que Phileas aimait le sexe. Du coup je suis même presque surprise que personne ne s'en soit douté.

Adélaïde regarda son agente, et lui sourit donc pour la rassurer et clôturer le débat.

— Bon, j'aurai préféré que cela reste entre nous, mais ce qui est fait est fait, je ne le regrette pas, et je suis de toute façon plus préoccupée par nettoyer mon service. Du coup, vous en êtes où ?

Céline regarda sa cheffe et s'amusa de son changement de sujet, et tout en prenant des haricots verts avec sa fourchette, lui répondit.

— On a déjà interrogé tous les chefs et les seconds de section. Pour l'instant, personne n'a raté nos tests.

— D'accord, acquiesça Adélaïde.

Céline mangea ses haricots, puis, sortant son téléphone portable de sa poche, elle le regarda machinalement. Visiblement irritée, elle tapa alors rapidement un message, l'envoya, et éteignit l'écran du smartphone avant de le poser sur la table.

— Quelque chose ne va pas ? lui demanda *M*.

Céline la regarda, un peu gênée, mais nerveuse.

— J'écrivais à votre mari... j'espérais qu'il aurait le courage de répondre, mais toujours pas. Et cela me met hors de moi.

Adélaïde soupira.

— Vous n'aurez jamais de réponse, il est trop fier...

— Vous avez probablement raison.

— Je crois qu'on lui a tous exprimé notre dégoût et notre incompréhension... et il n'a répondu à personne, ajouta Bella, même Corie et Scott n'ont pas eu de réponse.

— Quel lâche, s'exclama Céline.

Toujours furieuse contre Phileas, elle avait répondu sur le vif, mais se raidissant mal à l'aise, elle se reprit.

— Pardon madame, je suis désolée...

Adélaïde la regarda sans s'en formaliser.

— Ce n'est pas grave Céline, je n'en pense pas moins, annonça-t-elle. Moi aussi j'aurais aimé avoir une vraie justification pour ses actes...

Elle mangea une autre bouchée de son repas, repensant avec colère à son mari, lorsqu'elle réalisa que Karen n'était pas venue manger avec elles.

— Où est *Double-zéro Six* ? demanda-t-elle curieuse.

Bella termina son entrée, et la regarda tout en se servant de l'eau.

— Elle est allée s'allonger, elle était épuisée.

Adélaïde acquiesça, et imaginant les douleurs que la jeune femme devait encore ressentir, elle se demanda si elle ne ferait pas mieux de la renvoyer chez elle.

— Elle tient le coup ? interrogea-t-elle ses deux agentes pour obtenir plus d'informations.

— Difficilement, avoua Céline, elle a du mal à marcher correctement, elle se retient de crier de douleur, et je sais qu'elle voit le docteur Martin pour discuter de son traumatisme.

Adélaïde but une gorgée d'eau, moyennement rassurée.

— Qu'elle se repose alors, ordonna-t-elle, dites-lui de prendre un congé, aussi longtemps que nécessaire.

— Bien madame.

Céline saisit son téléphone, et transmit rapidement ses ordres.

— Et vous ? la questionna du coup Adélaïde.

La jeune femme la regarda dans les yeux, et pour la première fois de leur entretien, sembla un peu embarrassée. Elles s'étaient retrouvées nues, cousues l'une à l'autre. Cet événement avait été pour le moins éprouvant et méritait tout autant un suivi psychologique.

— J'ai mal dans les muscles et cela me tire à certains endroits, déclara-t-elle. Et j'ai vu le docteur Martin hier pour en parler.

— Moi aussi cela me tire, et j'ai hâte que ces croûtes disparaissent, avoua Adélaïde.

— Vous m'en direz tant…

Les deux jeunes femmes se sourirent nerveusement pour se donner mutuellement du courage, et la conversation se tut d'elle-même, chacune des trois anciennes amantes continuant à manger en silence. Elles restèrent ainsi muettes, réfléchissant à la traitrise de Phileas, chacune marquée par elle, quand Céline reprenant son téléphone pour de nouveau lui envoyer un message plein de colère, Adélaïde sourit presque avec nostalgie en la voyant faire.

— Au début, son côté obscur et mystérieux me faisait fondre. Il était si… intrigant… Bon dieu, j'étais tellement amoureuse de lui, confessa-t-elle les yeux dans le vide.

Bella et Céline la regardèrent un peu gênées. Puis en silence, elles mirent un temps, mais elles s'avouèrent qu'elles l'avaient elles aussi aimé. Se le rappelant, elles se détendirent et se laissèrent aller aux souvenirs.

— J'aimais son côté cultivé, avoua Bella, son intelligence… Quand on a eu notre première nuit, c'est ça qui m'a fait craquer, le fait qu'il soit si brillant en plus d'être un bel homme. J'avais l'impression de voyager et d'apprendre à ses côtés.

Céline repassa une mèche de cheveux derrière son oreille, et soupirant, regarda au plafond. C'était dur pour elle de se calmer, de penser à lui sans être en colère… mais elle accepta d'essayer.

— Pour moi c'était sa façon de poser ses yeux sur moi, sa façon de me regarder… Je me sentais nue…

Adélaïde sourit en regardant les deux femmes. Elle se rappela à quel point ils avaient été heureux, à quel point elle était amoureuse de son époux.

— Vous savez, je m'appelle *M* parce que c'est la première lettre de Méphala, le nom que Phileas m'a donné quand il m'a engagée pour devenir Reine, révéla-t-elle alors. Bon sang, cela m'a l'air si loin maintenant. C'était il y a pratiquement huit ans… Je me souviens, il m'a coupé les cheveux mon premier soir, il m'avait fait une frange, et attachant mes cheveux, il m'avait laissé deux longues mèches libres, une de chaque côté…

Adélaïde termina de manger son dessert, repensant un instant au club des Rodiers, à combien sa vie y était plus simple, et naturellement, revenant au présent, s'aigrit de nouveau. Sa colère contre Phileas reprit le dessus sur son amour, et elle oublia tous ces bons souvenirs pour les remplacer par son incompréhension de ses actes et son sentiment d'avoir été trahie.

— C'était une époque plus simple… moins sombre, se souvint-elle une dernière fois.

Puis son repas fini, elle se leva pour retourner travailler.

— Tenez-moi informée s'il y a le moindre doute sur un agent, annonça-t-elle d'un ton ferme, redevenant *M*.

— Bien madame, acquiesça Bella.

Saisissant son plateau, elle les laissa là et repensant à ses débuts au club, elle se rappelait que ce n'était pas tout rose pour elle, mais qu'à l'époque elle était charmée par les secrets de son mari… La jeune Méphala était une fille bien niaise et manipulable… chose qu'elle ne voulait plus jamais être.

Chapitre XIII

L'enfant de la ruine

1977.

Valentina se pencha sur la cuvette des toilettes et le teint pâle, mal en point, vomit. Prise de nausées depuis deux jours, l'estomac retourné, elle régurgita le repas de midi par petits renvois mélangés de sucs gastriques, et lorsqu'après un temps qui lui sembla interminable, avec soulagement ce fut enfin passé, elle s'adossa au mur catastrophée. Elle était enceinte et elle ne savait pas du tout ce qu'elle allait faire. Restant assise sur le carrelage froid, prise au dépourvu devant cette grossesse imprévue, elle mit la tête entre les mains et souffla de dépit, incrédule devant sa situation. *Je suis enceinte, je suis enceinte*, se répéta-t-elle. *Bonté divine, je suis enceinte.*

Valentina resta là encore quelques minutes, les yeux dans le vide, perplexe, puis se sentant un peu mieux, elle se décida à sortir de sa stupeur et se leva. Elle tira la chasse d'eau, indisposée à la vue de ce qui se trouvait désormais dans la cuvette, elle se rinça la bouche au robinet du lavabo, puis sortant de la salle de bain en se tenant machinalement le ventre, elle retourna dans sa chambre. S'allongeant immédiatement sur son lit, dépassée par un événement aussi inattendu, elle se recroquevilla la tête sur son oreiller, et réfléchit embarrassée. Cela faisait déjà cinq jours qu'elle était rentrée de Rome, et non seulement elle avait caché à ses parents qu'elle s'y était mariée et y avait passé sa nuit de noces, mais voilà en plus qu'elle était tombée enceinte… Bon sang, comment allait-elle faire ? Son père allait la tuer. Valentina s'essuya le nez, attendant avec hâte de revoir Alfred, priant pour qu'il revienne vite. Tremblant un peu, parcourue d'un frisson, l'estomac de nouveau barbouillé, elle se languissait de son époux. Valentina avait peur, elle était tout bonnement terrifiée. Elle était paniquée à l'idée de lui annoncer la nouvelle et regrettait leur départ de Rome, où tout avait été si merveilleux et si plaisant. Oh, elle ne craignait pas sa réaction, elle était sûre qu'Alfred serait fou de joie d'une telle surprise, mais elle était embêtée. Elle l'aimait, elle s'était mariée avec amour, mais cette grossesse… elle n'avait pas vingt ans et elle avait des obligations. Ses sentiments avaient beau être sincères, ils ne pourraient bientôt plus rester secrets et elle redoutait les conséquences.

Quelqu'un toqua soudain à la porte de sa chambre, la tirant de ses soucis.

— Oui ? demanda-t-elle en se redressant.

Elle regarda vers la porte, gênée, et vit sa mère entrer calmement dans la pièce. Vêtue d'une robe rouge et d'un collier de perles blanches, les cheveux bien coiffés, elle dégageait la prestance de son titre de contesse, pourtant, à cet instant, Valentina vit dans ses yeux qu'elle était juste une mère se préoccupant du bien-être de son enfant.

— Ça va Valentina ?

La jeune femme essuya ses yeux malades et rouges, et l'observa en hochant de la tête.

— Oui, oui ça va, mentit-elle.

Isabella D'Allegra s'avança vers sa fille, et s'assit sur le bord de son lit. Puis passant avec délicatesse sa main sur sa joue, elle la regarda avec affection.

— Qu'est-ce qui ne va pas ma fille ? l'interrogea-t-elle.

Valentina plongea ses yeux dans les siens, y cherchant le réconfort que seule une mère pouvait lui offrir, puis à bout, rongée par sa situation, la devinant incapable de l'aider à résoudre son problème, elle posa la tête sur ses cuisses. Se blottissant contre elle, elle se laissa alors silencieusement aller aux larmes, abattue, dépassée par une situation qu'elle s'imagina insurmontable.

— Je suis amoureuse maman, pleura-t-elle juste. Je suis follement amoureuse.

Isabella regarda sa fille, et lui sourit.

— N'est-ce pas une merveilleuse nouvelle ? lui demanda-t-elle.

Valentina souffla et sanglota de plus belle. Non cela ne l'était pas. Cela ne l'était pas du tout car elle n'aimait pas la bonne personne. Elle était amoureuse d'Alfred, cet agent français qui avait ravi son cœur dans un bar et à qui elle avait secrètement dit oui à Rome, mais elle était promise à un autre. Elle était offerte à Fabio Pellegrini, le fils d'Oreste Pellegrini, pour pouvoir unir leurs deux familles. C'était un accord que son père avait conclu pour assurer la pérennité de ses affaires, et maintenant, avec cette grossesse impromptue, elle ne pourrait plus cacher qu'elle aimait un autre homme.

Valentina pleura abattue en se serrant contre les genoux de sa mère. Elle aurait dû se marier avec Fabio à l'orée de ses seize ans, mais découvrant ce qu'on avait arrangé pour elle, elle avait vigoureusement protesté. Elle s'était insurgée contre une telle pratique et avec le soutien d'Isabella, allant jusqu'à menacer de se suicider à l'aide d'un poison, elle réussit à convaincre son père et la famille Pellegrini d'attendre qu'elle en ait vingt. Elle prétexta que c'était pour avoir le temps de devenir une adulte et d'apprendre à connaître son futur époux, mais en réalité profondément horrifiée de ce qu'ils avaient convenu pour elle, elle avait bataillé pour repousser la date du mariage en attendant de trouver une échappatoire. Et à force d'opiniâtreté, elle y était parvenue, jurant de rester intacte pour lui, un garçon qu'elle n'aimait pas et même haïssait depuis l'enfance, un être malhonnête, cupide et condescendant, mais une brute qu'elle se força à côtoyer et à fréquenter durant plus de trois ans. Elle ne lui offrit néanmoins même pas ne serait-ce que le plaisir de goûter à ses lèvres, refusant de toucher ou de se laisser toucher par un homme qu'elle n'aimait pas, repoussant ses avances, détournant la tête à chacune de ses tentatives d'embrassades. Mais elle dut malgré tout promettre que le jour de ses vingt ans, elle se lierait à lui. Et voilà que contre toute attente, elle avait rencontré Alfred, un voyageur, un homme plus âgé qu'elle mais qui contrairement à Fabio ou aux autres garçons qui s'intéressaient à elle, ne l'était pas à cause de son titre, de sa fortune ou même de sa beauté. Il y avait simplement eu une alchimie entre eux, une étincelle qui s'était naturellement et instantanément allumée, et ils s'étaient tout de suite aimés. Cela avait été le coup de foudre, et portée par cette passion, transpercée par cet amour et cette découverte de la vie elle-même, elle avait voulu vivre sa propre existence. Même s'il fallait que ce soit un secret qui lui causerait des problèmes, même si son bonheur ne serait qu'éphémère.

Valentina continua à pleurer, ne sachant pas quoi faire. Comment allait-elle bien pouvoir cacher qu'elle était enceinte ? Le reste elle pouvait le dissimuler, son véritable amour, son engagement, même la perte de son pucelage elle pouvait le cacher, mais comment garder secret l'enfant qu'Alfred lui avait donné ? Elle ne devait même pas être à un mois et demi mais bientôt cela commencerait à se voir, et on découvrirait qu'elle n'avait pas tenu sa promesse. Bon sang, elle aurait dû fuir avec son époux, elle aurait dû partir en France plutôt que de rentrer chez elle. Et en plus elle ne pouvait même pas le contacter. Elle était seule.

Comment allait-elle donc l'annoncer à son père ? Elle avait épousé un autre homme, elle lui avait offert sa virginité, et elle était tombée enceinte. Comment lui révéler qu'elle n'avait pas tenu ses engagements ? Une chose était sûre en tout cas, il allait falloir qu'elle soit forte, qu'elle se montre ferme, qu'elle s'impose pour se faire respecter. Mais Bon Dieu on était en 1977 ! Elle était une jeune femme et elle avait des droits, elle avait le droit de faire ce qu'elle voulait, d'épouser qui elle voulait ! Comment pouvait-on décider pour elle ?

Valentina essuya tant bien que mal ses larmes, et se redressant, regarda sa mère.

— Cela va mieux mon enfant ? lui demanda Isabella.

— Oui maman, merci…

Elle la serra fort dans ses bras, et oubliant son chagrin, Valentina prit finalement une décision, celle que son cœur venait de lui souffler. Elle protesterait, elle refuserait, elle imposerait son libre arbitre. Elle leur expliquerait qu'ils n'avaient pas le droit de lui imposer un mariage qu'elle ne voulait pas, qu'ils n'avaient pas le droit de lui ordonner de s'offrir à un homme qu'elle n'aimait pas, en somme, qu'ils n'avaient pas le droit de lui dicter sa conduite. Repoussant au loin sa détresse et sa peur, elle avait pris une résolution.

Elle leur dirait qu'elle n'était pas une fille qu'on achète. Valentina était une jeune femme, pas une quelconque transaction. Elle ne leur obéirait pas, et s'était même d'ailleurs déjà mariée par amour car elle était libre de faire ce qu'elle voulait. Et s'ils n'étaient pas contents ? Et bien tant pis pour eux, elle était une femme libre et elle allait mettre au monde son enfant, coûte que coûte ! C'était décidé, le moment venu, elle les enverrait tous paître !

Malheureusement, les choses ne se passèrent pas aussi bien que Valentina l'escomptait.

Giuseppe D'Allegra découvrit le pot aux roses le surlendemain soir au cours du repas. Valentina avait la tête ailleurs, et tandis qu'elle jouait dans sa soupe avec sa cuillère, en manque d'appétit, il remarqua l'alliance à son annulaire et comprit ce qu'elle avait fait. Entrant immédiatement dans une colère noire, se levant d'un bond, il la gifla furieux d'avoir une fille aussi effrontée, et lui hurlant dessus, lui demandant avec rage si elle réalisait ce qu'elle avait fait, il la traina avec force par les cheveux jusque dans sa chambre pour la punir. Isabella eut beau essayer de défendre sa fille, de lui faire lâcher prise, il ne la libéra pas tant qu'il ne l'eut pas ramenée à l'étage et projetée sur son lit, et là, alors qu'en pleurs, sa mère essaya de la réconforter, les deux femmes terrorisées par un père et époux qui se montrait soudain d'une atrocité sans nom, Giuseppe, prit une arme à feu, la pointa sans hésiter vers la tête de sa fille, et lui demanda des comptes, l'interrogeant sur ce qu'elle avait fait, à qui elle avait osé se marier. Valentina était en larmes, effrayée, battue et menacée par son propre père, sa nature de femme libre et indépendante tombant en désillusion devant le machisme d'un patriarche armé, et elle n'eut d'autre choix que de révéler la vérité à ses parents. Et sous son regard meurtri, sa mère s'écarta alors d'elle. Incrédule, délaissée et rejetée par ses deux parents, elle les supplia de lui pardonner, annonçant qu'elle était amoureuse, qu'ils n'avaient pas le droit de la forcer à épouser Fabio et qu'ils devaient l'aimer comme elle était. Mais son père la fustigeant toujours de colère et sa mère pleurant à chaudes larmes, elle réalisa avec horreur qu'elle avait fait bien plus que de trahir une quelconque promesse de mariage. Oreste Pellegrini était le chef de la mafia milanaise, et ce mariage arrangé garantissait à Giuseppe de pouvoir garder le contrôle de ses affaires, du territoire de Côme, et de rester en vie. En épousant et tombant enceinte d'un agent secret français, celui-là même qui avait détruit l'entrepôt contenant ses armes, elle avait défié son promis et déclaré la guerre aux Pellegrini... Et maintenant, en représailles, ils allaient probablement vouloir régler ces dettes dans le sang. Valentina les avait tous les trois condamnés.

Réalisant la portée de ses actes, comprenant pourquoi ce mariage avait été si important à leurs yeux et pourquoi ils avaient tant tenu à ce qu'elle s'y plie, la jeune femme supplia malgré tout en pleurs pour pouvoir garder son bébé. Elle aimait Alfred et ne pouvait concevoir de mettre fin à sa grossesse, et sa mère intervenant en sa faveur, proclamant que l'enfant était de leur sang, un D'Allegra, que c'était plus important que tout, qu'il ne pouvait pas l'obliger à avorter, Giuseppe céda finalement. Il accepta de tout sacrifier pour permettre à sa fille de rester libre et de mener sa grossesse à terme, mais ce fut à une condition sine qua non ; il ne voulut pas qu'Alfred ait la moindre chance de les revoir elle et son enfant à naître. Il lui interdit de le recontacter un jour, lui ordonnant même de choisir entre son enfant, qu'il était prêt à tuer lui-même s'il le fallait, et son époux, et horrifiée, forcée de se plier à son terrible ultimatum, Valentina accepta en larmes, cette fois promettant pour de vrai. Faisant passer sa fille avant son petit empire, sacrifiant leur vie telle qu'elle était, riche et bien en vue, le mafieux fit donc brûler sa propre maison et ils s'enfuirent en Sicile pour se cacher des Pellegrini. Emmenée vivre dans la famille loin de chez elle, Valentina dut alors dire adieu à toute possibilité de revoir son époux, et profondément marquée par ces événements, elle vécut avec l'idée que son malfrat de père l'avait utilisée comme monnaie d'échange, comme un parti intéressant dans une transaction bénéficiaire, et qu'elle avait elle scellé son destin et celui de son futur enfant en défiant leurs projets. Elle avait condamné sa famille à la déchéance, à la clandestinité, et lorsque six mois plus tard, trahis par une cousine jalouse et intéressée par la récompense, ils furent malheureusement retrouvés par la mafia, le sacrifice fut encore plus grand. Valentina était toujours promise au fils Pellegrini, et si la perte de sa virginité et son mariage pouvaient être oubliés, si leur fuite pouvait être excusée, sa grossesse ne le pouvait pas. Elle devait donc se séparer de l'enfant. Valentina refusa toujours, incapable de tuer son enfant et d'épouser de force un être qui la répugnait, et pour assurer leur survie à tous les trois, Giuseppe et Isabella n'eurent d'autre choix que de l'exiler pour son affront. Elle fut chassée et destituée de son nom et envoyée en France pour y être cloîtrée dans une des demeures familiales, sans possibilité de retour. Là, recluse, coupée de sa famille, prisonnière dans une demeure gardée qu'elle n'avait que peu le droit de quitter, elle fut condamnée à vivre seule avec son enfant. Et quand après quelques semaines, elle eut les contractions annonciatrices de l'accouchement, ce fut pour donner dans la douleur naissance à l'origine de son malheur, de son exil et de la disgrâce de sa famille, l'enfant qui causa la ruine de la famille D'Allegra. Le travail dura plusieurs heures éprouvantes, Valentina souffrit comme jamais, mais dès qu'elle posa ses yeux sur son fils, elle ne put que s'émerveiller.

— Bonjour toi… je suis ta maman, annonça-t-elle en le prenant dans ses bras.

Elle remercia la sage-femme qui l'avait aidée à accoucher, et regarda ce petit bébé tout chétif, cet enfant si innocent et si beau, fruit de son amour. Heureuse, les larmes aux yeux, elle sourit alors, ne regrettant pas le moins du monde son arrivée dans sa vie.

— Tu t'appelleras Valentin Alfred Gabriele Alessandro, s'exclama-t-elle avec joie, et tu es la plus belle chose que j'ai jamais vue.

Chapitre XIV

Distance

Phileas expira, et toqua honteux à la porte de la chambre d'Alfred. Il s'en voulait pour ses mots durs, et prenant sur lui, il tenait à faire le premier pas en espérant que son père accepte ses excuses.

— Oui ? demanda le vieil homme.

— Je peux entrer ? répondit-il simplement.

Alfred grommela à travers la porte. Il semblait encore furieux. Triste, déçu, Phileas tourna donc les talons pour retourner à sa chambre, quand finalement il entendit la clé pivoter dans la serrure.

— Que veux-tu fils ? l'interrogea Alfred mécontent en ouvrant la porte.

Phileas inspira un grand coup, et s'approchant, le regarda avec humilité.

— Je m'excuse papa, je n'aurais pas dû m'emporter contre toi.

Alfred le fixa dans les yeux, encore énervé contre son fils, blessé par ses mots et irrité par son comportement… mais son visage s'apaisa malgré tout et il le prit dans ses bras.

— Tu es mon fils, je t'aime Phileas, déclara-t-il les yeux rouges.

— Je t'aime aussi papa, sincèrement.

Phileas serra son père contre lui, heureux qu'ils se soient réconciliés, puis entrant dans la pièce, Alfred referma la porte et il s'assit sur le lit.

— Je sais que je ne suis pas parfait, je sais que j'ai fait des choix discutables, mais je les ai faits pour la bonne cause, pour ce que je pense être juste, voulut-il se justifier.

Alfred regarda son fils, comprenant bien qu'il n'avait pas un mauvais fond.

— Mais ce que tu as fait est mal, ne comprends-tu pas ? Je veux dire, je ne dis pas que de créer les *Artificiers* est en soit quelque chose de mal, mais tu as trahi ta femme et tout ce que tu as bâti ces vingt dernières années. Tu t'en rends compte ?

Phileas souffla. Bien entendu qu'il s'en rendait compte, qu'il savait comment étaient les choses du point de vue d'Adélaïde. Oui, il avait fait quelque chose d'impardonnable. Mais malgré sa peine, malgré qu'il s'en veuille et sache qu'il avait fait quelque chose qui était perçu comme une trahison, il n'arrivait pas à voir cela autrement que comme une simple manifestation de l'égo de sa femme qui en prenait un coup. Adélaïde se sentait trahie, mais pourquoi ? Oui il lui avait caché les *Artificiers*, oui il lui avait menti. Mais en quoi était-ce vraiment une trahison ? En quoi était-ce si grave ? Il n'avait pas compromis d'agents, il n'avait pas vendu d'informations, il avait même continué à faire son devoir, même pas par engagement envers le *Service*, mais parce qu'il croyait réellement en lui. Phileas avait beau en être parti, il n'avait pas un instant douté de lui. Il avait juste ressenti le besoin d'explorer une autre voie… Bon sang, Phileas n'avait pas commis de trahison, il avait simplement caché quelque chose !

— Tu as trahi ta femme, et maintenant elle t'en veut, et tes amis et ta fille aussi, reprit Alfred.

Phileas regarda son père, exaspéré d'avoir le mauvais rôle, fatigué que ses proches lui reprochent ce qu'il avait fait comme s'ils étaient irréprochables.

— Si tu crois que ta belle-fille et ta petite-fille sont des saintes, tu te trompes papa, déclara-t-il alors. Parce qu'en matière de trahison, elles ne valent pas mieux.

— Et ? répondit Alfred. C'est un concours ?

Phileas balança la tête, acceptant de ravaler sa fierté.

— Ce n'est pas ce que je veux dire, je dis juste que je ne suis pas le diable et que les autres ne sont pas tout blancs.

— Oui, mais tu es plus intelligent que ça Phileas. Tu es un génie !

Alfred soupira, consterné qu'il ne remarque pas l'évidence.

— Mon fils, tu es l'individu le plus intelligent que je n'ai jamais rencontré. Tu as une capacité de compréhension, une culture et une intelligence insultantes. Tu es un surhomme en quelque sorte. Alors tu dois être meilleur que ça.

Phileas acquiesça.

— Je sais. Je sais que je dois me montrer plus mature, plus responsable, et assumer mes actes. Mais c'est un dialogue de sourds, ils refusent d'accepter mon point de vue. Ils sont si pressés de juger, si enclins à me pointer du doigt, à cracher leur haine sur moi, qu'aucun ne s'est demandé pourquoi j'avais fait ça. Aucun n'a essayé de se mettre à ma place, de prétendre au moins chercher à comprendre quelles étaient mes raisons…

Alfred sourit nerveusement.

— Nous ne sommes que des humains tu sais… On ne peut pas être parfait, lui rappela-t-il.

— Alors pourquoi ne peut-on pas accepter que je ne le sois pas non plus ?

Le Cavalier soupira, et serra chaleureusement son fils dans ses bras.

— Parce que tu étais censé être meilleur que nous. Tout le monde comptait sur toi. Ils se sentent trahis, car tu étais leur héros, et tu leur as planté un couteau dans le dos.

— De leur point de vue uniquement…

— Cela ne change rien, cela reste mal. Tu sais, pour quelqu'un de si intelligent, tu as tendance à oublier tout ce que tu as fait pour les autres, tout ce que tu as sacrifié… Tu as inspiré les gens, tu leur as donné un modèle à suivre, un but à atteindre, un espoir pour un avenir meilleur… Et c'est le cas aussi bien pour tes amis que pour ta femme… Alors ils sont tombés en désillusion… parce que leur point de repère les a trahis.

Phileas se blottit contre son père, et approuva.

— Je leur en ai trop donné ?

— Tu as donné espoir à tout le monde Phileas, en sauvant des vies, en investissant ton temps et ton argent dans un but désintéressé, en faisant tout pour que le monde soit meilleur… tu ne peux pas les blâmer d'être déçus, d'être surpris… et du coup d'être en colère. Tu as choisi de leur mentir, de sciemment jouer dans une autre équipe…

— Sauf que j'ai agi pour les mêmes raisons ! J'ai créé les *Artificiers* pour les mêmes raisons, pour sauver le monde, aussi utopiste cela soit-il ! répéta-t-il.

Alfred se détacha de son fils et le regarda dans les yeux.

— Alors espérons qu'ils s'en rendront compte rapidement.

Phileas acquiesça une nouvelle fois, démuni. Il l'espérait de tout cœur en effet.

— On est good ? demanda-t-il cependant pour changer de sujet.

— On est good ! répondit Alfred en souriant.

L'homme du club expira. Il fut soulagé qu'ils se soient réconciliés, et se levant, se dirigea vers la porte pour retourner voir Devon.

— Tu parlais de quoi quand tu disais qu'Adélaïde et Wanda t'avaient trahi ? l'interrogea alors son père.

Phileas se retourna vers lui, et le regarda dans les yeux, cherchant à savoir s'il était prêt à accepter ce qu'ils avaient fait. Puis il décida que ce n'était pas à lui de l'annoncer.

— Non, rien. Je veux dire, rien d'important, j'ai dit ça à cause de la colère.

Alfred hocha de la tête, et se levant, n'ayant rien de mieux à faire, le suivit pour rejoindre la chambre de l'*Artificier.*

— Il y a des news ? demanda immédiatement Phileas en arrivant.

— Non… non, pas du tout, annonça Devon. Mais bon, il ne faut pas désespérer.

Phileas soupira, et s'asseyant sur le lit du jeune homme, mit la tête entre les mains. Il était évident qu'ils ne l'auraient pas trouvée tout de suite, les chances qu'ils le fassent étaient d'ailleurs improbables, si ridiculement minimes qu'ils feraient mieux de rentrer chez eux. Mais il était malgré tout affligé de ne pas y arriver. Cela faisait plus de trente ans qu'il n'avait pas vu sa mère, et il avait passé toute sa vie d'adulte à la chercher. Phileas souffla, désemparé. Il donnerait toute sa fortune pour la retrouver. Depuis tout ce temps, il voulait des réponses, il voulait une explication, sa mère l'aimait, alors pourquoi l'avait-elle abandonné ? Bon sang, il avait réussi à retrouver sa grand-mère, mais même elle n'avait pas pu répondre à cette question. Valentina

D'Allegra avait disparu avec son père, et ayant toujours cru qu'elle avait été enlevée, il avait repris son nom et son titre pour signaler sa présence en Italie et ainsi espérer attirer ses ravisseurs. Mais même ça n'avait pas fonctionné. Et bon sang, ils ne savaient même pas à quoi elle pourrait ressembler maintenant, Alfred ne l'avait pas vue depuis quarante ans, et lui depuis trente-deux ans. Comment la reconnaître en se basant sur des photographies vieilles d'il y a plusieurs décennies ? Et même sans ça, Joseph avait peut-être menti, ou il avait été induit en erreur, et si ce qu'il avait dit était vrai, elle n'était peut-être à Rybinsk que de passage. Bon sang, si cela se trouve elle était enterrée ici et c'est ce qu'il voulait dire ?

Phileas soupira encore, cette fois abattu. À ce niveau-là, ce n'était même plus chercher une aiguille dans une botte de foin, c'était chercher un atome en particulier dans une galaxie, il y avait tellement de variables, de hasard dans leur recherche, qu'il leur était impossible de la retrouver. Il avait presque envie d'abandonner devant toutes ces incertitudes… mais il n'avait que ça. Il n'avait que cette seule et unique piste. *« Elle est à Rybinsk. »*

Le portable de Phileas sonna, et machinalement, il le sortit de sa poche et le regarda. Il avait reçu un nouveau SMS de Scott, qui se montrait encore une fois virulent. Ça, il leur avait fait de la peine, c'était certain, ils étaient tous furieux contre lui, et il ne pouvait pas les blâmer. Phileas supprima le message sans y répondre, mais voyant les vieux SMS qu'ils s'étaient échangés avec Adélaïde, il céda à la nostalgie. Sa femme lui manquait, il l'aimait et il voulait être avec elle, la serrer dans ses bras, la sentir contre son corps… Prenant son courage à deux mains, humble, il lui écrivit donc un message, priant pour qu'elle accepte d'y répondre.

« Je peux t'appeler pour discuter ? » lui demanda-t-il.

Phileas envoya son SMS et garda son téléphone en main, attendant patiemment, perdu, désespéré.

Dans son bureau, à presque trois mille kilomètres de là, Adélaïde reçut son texto. Arrêtant ce qu'elle faisait pour prendre le temps de le lire, elle réfléchit à sa proposition, mitigée, indécise. Puis finalement, elle accepta.

« Oui », lui répondit-elle.

Phileas reçut sa réponse, et prenant une grande inspiration, le cœur battant, se leva, et s'excusa auprès d'Alfred et Devon. Puis il sortit de la chambre, et se rendit dans la sienne. Une fois-là, il composa alors son numéro et attendit la tonalité.

— *« Allo ? »*

Phileas eut le cœur gros en entendant sa voix. Il était si heureux de l'avoir au téléphone, de rétablir le dialogue… mais il était en même temps si triste de ce qui leur arrivait, d'être en froid avec elle. Bon sang, il avait été si idiot, si stupide de croire que cela ne la blesserait pas. Cette dispute était sans précédent et elle lui faisait de la peine. Il ne réalisait toujours pas, il ne croyait toujours pas que c'était vrai, et pourtant, c'était le cas. Ils étaient séparés, et tout ça par sa faute. Comment avait-il pu lui faire ça ? Comment avait-il pu blesser sa femme ?

— Bonjour Adélaïde, la salua-t-il.

— *« Salut Phileas… »*

La voix d'Adélaïde était à la fois calme et dénuée de joie, si vide, si neutre… Phileas soupira intérieurement, encore plus triste qu'avant.

— Tu vas bien chérie ? lui demanda-t-il.

— « *Oui, et toi ? Vos recherches avancent ? »*
Phileas s'assit sur son lit, amer.

— Non, c'est pour ainsi dire voué à l'échec même, mais je ne désespère pas. Et toi, ta journée ?
Adélaïde marqua une pause.

— « *Ça va, j'ai beaucoup de boulot ici. »*

— Oui, j'imagine, répondit Phileas.
Les deux époux se turent, chacun mal à l'aise.

— Les enfants vont bien ? demanda-t-il alors pour changer de sujet.

— « *Oui oui, ils vont bien, ils ont hâte de te revoir. »*

— D'accord… d'accord.
Phileas fit une moue, déçu. Il ne savait pas quoi dire. Adélaïde était distante, et il ne pouvait pas lui en vouloir. Pourtant il l'aimait et regrettait de l'avoir fait souffrir.

— Écoutes, se décida-t-il à dire, je m'en veux, je sais que je t'ai fait de la peine, que je t'ai trahie, et je suis désolé. Mais sache que je t'aime toujours autant… Tu me manques chérie, sincèrement.

Phileas attendit une réponse, espérant qu'elle lui pardonnerait, ou au moins qu'elle lui dirait qu'elle l'aimait toujours autant, mais hélas, ce ne fut pas le cas.

— « *Tu sais c'est quoi le pire dans tout ça ? C'est que j'en viens à me demander si tu ne m'as pas nommée à ce poste pour avoir un pion à utiliser »*, annonça-t-elle.

— Ce n'est pas le cas Adélaïde, comment peux-tu penser ça ? s'étonna immédiatement Phileas.

— « *Phileas, tu m'as menti, tu nous as trahis, tu… enfin, comment peux-tu croire que ce serait si facile, qu'il n'y aurait pas de conséquences ? »*

— Tout le monde m'en veut, je présume, supposa Phileas.

— « *Je te conseille de ne plus chercher à voir quelqu'un d'ici oui, en effet.* »

L'homme du club hocha de la tête.

— Je ne cherchais pas à te trahir, tu sais à quel point je t'aime. Je ne voulais pas te faire de la peine.

— « *Et pourtant tu as sciemment choisi la pire option ! Tu as choisi de me mentir, de faire ça dans mon dos.* »

Phileas commença à pleurer, triste, mais Adélaïde fut insensible.

— « *Écoute, je suis désolée, je dois raccrocher, j'ai une tonne de boulot. Alors je te laisse, d'accord ?* »

— Bien, accepta à contrecœur Phileas, bisous… je t'aime.

— « *Au revoir Phileas.* »

Phileas raccrocha, et en pleurs, s'allongea sur son lit. Il aimait sa femme, il ne voulait pas la perdre… Bon Dieu non, il ne voulait pas la perdre.

Chapitre XV

Rue Winston

Adélaïde raccrocha et déposa son téléphone portable sur son bureau, songeuse. Phileas avait eu l'air réellement sincère en pleurant, mais là tout de suite, cela ne lui faisait ni chaud ni froid. Revenant donc à son travail, en train de rédiger une note interne, elle réfléchit à quelle tournure de phrase utiliser pour annoncer la désagréable nouvelle à ses agents. Elle venait d'apprendre que *Double-zéro Trois* avait fait un arrêt cardiaque suite à ses blessures et il n'avait pas pu être sauvé. Mort dans son lit d'hôpital sans avoir pu reprendre connaissance, ils ne sauraient donc jamais qui lui avait tiré dessus. Affligée de la perte de son agent, elle ne savait comment tourner cela et réécrivit plusieurs fois son texte avant de finalement le trouver satisfaisant.

« C'est avec grand regret que je vous annonce la mort ce matin de l'agent Double-Zéro Trois, Peter Dougan, des suites de ses blessures. Il était un agent dévoué et compétent, l'un des meilleurs éléments du Service. À ce jour nous n'avons malheureusement toujours aucun indice pouvant indiquer qui lui a tiré dessus lors de sa dernière mission, mais sachez que nous ferons tout pour trouver le responsable.

Adélaïde envoya son mail à tous ses agents, chagrinée d'une telle nouvelle, quand on toqua à la porte.

— Entrez, autorisa-t-elle.

Elle leva les yeux, et vit sa nouvelle agente double-zéro, Noémie Mitchell, entrer dans le bureau. Esquissant un sourire ravie de la voir, elle attendit qu'elle eût refermé derrière elle, et l'invita à s'assoir.

— Bonjour agente Mitchell, heureuse de faire votre connaissance, lui tendit-elle sa main.

La jeune femme répondit à son sourire, lui serra la main, et ouvrant les boutons de sa veste de tailleur, s'installa sur un des fauteuils.

— Ravie de vous rencontrer madame.

Adélaïde l'admira en plissant les yeux, la trouvant particulièrement jolie, très attractive, puis se concentra sur leurs affaires.

— Comment a réagi la branche australienne ? lui demanda-t-elle.

— L'exécution de Winslow en a choqué plus d'un, avoua la demoiselle, mais Brown se montrera un chef de section des plus efficaces. Nous avons gagné au change.

— Bien, parfait.

Adélaïde sourit, lui proposa un verre de whisky, qu'elle accepta, et s'en servant un à son tour, poursuivit la discussion avec moins de formalités.

— Êtes-vous au courant des récents événements survenus ici ? l'interrogea-t-elle.

— Concernant votre époux ? comprit l'agente Mitchell.

— Oui, c'est cela.

— Oui madame, et je dois vous dire que je suis navrée, je n'ose imaginer la peine que cela doit vous procurer.

Adélaïde apprécia sa sollicitude, et buvant une gorgée de sa boisson, s'enfonça dans son fauteuil.

— J'ai demandé à trois agentes doubles zéro en qui j'ai une pleine confiance de mener une enquête interne pour savoir si nous sommes infiltrés. J'aimerais que vous en soyez vous aussi. Vous êtes une excellente enquêtrice, alors je veux que vous épluchiez tout, que vous fouiniez avec vos collègues, je veux savoir si on a des *Artificiers* ici. Je vous donne une semaine.

— Bien madame, acquiesça l'Australienne en buvant un peu de whisky. Je commence quand ?

Adélaïde sourit.

— Rendez-vous aux salles d'interrogatoires, vous y trouverez *Double-zéro Quatre, Double-zéro Neuf,* et peut-être également *Double-zéro Six.*

— Les agentes Graham, Dru et Lepetit, comprit Mitchell.

Adélaïde approuva.

— Je vois que vous avez fait vos devoirs, fut-elle satisfaite.

— Oui.

— Et bien c'est parfait.

L'agente Mitchell but le reste de son verre, et se levant, la remercia.

— Bonne journée madame.

— De même agente Mitchell.

La jeune femme s'en alla, et tout en terminant son verre, seule, Adélaïde repensa à l'appel de Phileas. Son époux avait eu l'air vraiment triste, il était sincère quand il disait l'aimer, elle le savait. Mais elle était en ce moment même en train d'essayer de vérifier les joints, certaine qu'il avait créé des fuites dans son organisation. Comment être émue par son amour sincère pour elle tout en devant professionnellement réparer les dégâts qu'il avait causés ? Elle le connaissait intimement et pourtant, elle avait découvert une facette de lui qu'elle ne soupçonnait pas, et surtout, elle se devait en tant que cheffe du *Service*, d'envisager avec paranoïa qu'il avait infiltré son organisation et qu'il était à considérer comme un ennemi…

— *« Madame, Double-zéro Dix-Neuf vient d'arriver »*, s'exclama Daniels dans l'interphone.

Adélaïde sortit de ses réflexions, et ordonna qu'il le fasse entrer.

— *« Je vous l'envoie. »*

Adélaïde reposa son verre sur la table, le remplit à nouveau, et en prépara un pour son agent. Cummings rentra alors dans le bureau, et s'installant là où se tenait Mitchell quelques minutes plus tôt, il la regarda en souriant.

— Bonjour madame, la salua-t-il avec le flegme britannique qui le caractérisait.

— Bonjour agent Cummings.

Elle lui tendit son verre, et se renfonçant une nouvelle fois dans son fauteuil, le fixa en plissant les yeux.

— Comment s'est passé l'affaire Venelli ? l'interrogea-t-elle.

— À merveille madame, annonça Cummings. Le nettoyage est fait et on ne les y reprendra pas de sitôt.

Adélaïde fit une moue approbative, puis elle avala son alcool d'une traite. Bien, c'était une bonne chose de fait. L'entreprise Venelli fournissait de la viande de bovin pour l'industrie alimentaire, mais sous ses abattoirs, la réalité était toute autre. Il s'agissait ni plus ni moins d'une ferme à clones qui avait eu en vue de concevoir une armée d'assassins formatés depuis l'enfance. Une horreur à faire froid dans le dos.

En tout cas Adélaïde était satisfaite du travail de son agent, et attendait de lire son rapport avec impatience.

— Votre avis sur cette affaire ? lui demanda-t-elle toutefois déjà, curieuse.

Double-zéro Dix-Neuf but un peu de whisky et tapota du doigt sur le côté de son verre.

— Un bon débarras... J'ai vu une cinquantaine d'incubateurs, et je dois dire que j'étais sans voix... C'était des plus effroyables.

— Et la fille ? Le modèle originel ? demanda *M.*

Cummings soupira tout en la regardant mitigé.

— Louisa Stanford A.K.A Poison Girl, une gymnaste douée et intelligente le jour, un petit génie insolant de par sa capacité à assimiler ce qu'elle voit, et une assassine impitoyable la nuit. J'ai lu leurs dossiers, elle pouvait comprendre et copier les formes de combat rien qu'en observant les mouvements et elle disposait d'une mémoire photographique incroyable. C'était un véritable puits de connaissance, une redoutable jeune femme qui parlait couramment et sans accent une langue au bout de seulement quelques heures d'apprentissage.

— Vous l'avez retournée ? l'interrogea *M.*

Cummings acquiesça.

— Elle cherchait à me tuer, et elle a bien failli réussir, mais quand je lui ai expliqué pour la ferme, elle a immédiatement décidé de se retourner contre ses employeurs et m'a aidé à tout faire sauter.

— Et elle... ?

— Je l'ai laissée en vie, avoua l'agent. Trois des clones ont été portés à terme… Ne pouvant décemment leur ôter la vie, j'ai pris sur moi de les lui confier.

Adélaïde hocha la tête, peu certaine que ce soit une bonne idée. Cummings se doutant de son scepticisme, il tenta cependant de la rassurer.

— Elle a tout juste vingt-trois ans, et croyez-moi, après sept ans à tuer des gens en secret, se retrouver à devoir élever trois filles a totalement changé ses priorités.

— Elle doit tout de même répondre pour ses crimes, s'exclama Adélaïde.

— Elle le fera… J'ai subtilisé le traceur GPS de ses anciens employeurs… Nous saurons constamment où elle sera et on la surveillera, annonça-t-il.

Sortant l'outil de sa poche, il le déposa calmement sur le bureau et but une gorgée de son alcool avec plaisir, heureux que toute cette éprouvante affaire soit terminée. Il avait quelques bleus, des coupures, et des souvenirs qu'il préférerait oublier. Cela avait été particulièrement difficile.

Le regardant boire, Adélaïde fut en tout cas incroyablement impressionnée par le brio avec lequel il avait réglé ce dossier épineux. Elle était tout simplement bluffée. Elle avait passé des journées entières à se faire un mauvais sang lorsqu'ils avaient entendu il y a quelques mois les premières rumeurs, puis à force d'écoutes et d'enquêtes, quand ils avaient esquissé avec horreur les contours de cette abomination, elle en avait même quelques fois perdu le sommeil. Ces travaux auraient pu engendrer pour la prochaine génération une armée d'assassins surentrainés des plus dangereux, c'était tout bonnement effrayant, et elle était donc plus que ravie qu'ils aient tué ce projet dans l'œuf.

— Bien, je ne peux que vous féliciter Jeremy, vous avez fait un excellent travail, sourit-elle satisfaite.

L'agent la regarda, et hocha de la tête, content de lui faire plaisir.

— Je pense que vous avez mérité une récompense, s'exclama-t-elle alors, estimant qu'il devait en avoir une pour s'être si bien occupé d'une affaire aussi délicate. Que désirez-vous ? Des congés ? Une augmentation ? Une nouvelle voiture pour partir en mission ?

Double-zéro Dix-Neuf s'amusa à ces propositions.

— Je suis revenu dans vos bonnes grâces ? rigola-t-il.

Adélaïde sourit, un peu rouge, probablement à cause de l'alcool mais aussi, maintenant qu'elle était libérée d'un poids, un peu charmée par son agent. Réellement impressionnée par son travail, elle le trouvait tout à coup des plus mignons, tant physiquement qu'en termes de personnalité. Il avait des airs de James Bond et c'était assez séduisant.

— On peut dire ça, répondit-elle.

Elle annonça cela avec sérieux, professionnelle, mais immédiatement après, elle réajusta ses cheveux et se pencha légèrement en avant pour se mettre en valeur. Se décontractant, elle se mit à l'aise. Sa journée était bientôt finie et les choses avançaient, on lui retirait des épines du pied. Elle pouvait donc se permettre de souffler.

— Disons que je suis passée à autre chose, j'ai oublié à quel point vous m'étiez désobéissant, lui accorda-t-elle comme si de rien n'était.

— Vous m'en trouvez flatté, annonça-t-il en la regardant dans les yeux.

— Du coup, demandez ce que vous voulez, le relança-t-elle.

Son esprit se laissant aller à la frivolité, elle espéra secrètement une réponse peu professionnelle, et imagina même qu'il la demanderait comme trophée. Elle ne savait pas pourquoi, mais derrière son sérieux, fatiguée, elle se lâcha et voulut lui faire des avances pour voir s'il serait intéressé. Elle avait envie de décompresser, elle avait envie de prendre du bon temps, et son agent venant juste de rentrer de mission, elle pensait qu'il aurait peut-être envie d'une petite pipe ou d'être en bonne compagnie pour la nuit.

— Comment pensez-vous que je devrais être remercié ? lui demanda-t-il avec curiosité.

Adélaïde sentit son cœur battre. C'était pile le genre de question à réponse ouverte qui pouvait rendre les choses intéressantes, et tout en restant professionnelle, elle se lança donc.

— Cela pourrait commencer par prendre un verre tous les deux ? lui proposa-t-elle.

Cummings la regarda sans rien dire, étonné de sa question, et instinctivement, ses yeux descendirent sur son chemisier qui, ouvert aux premiers boutons, laissait apparaître le début de sa poitrine. Puis il la fixa de nouveau dans les yeux, catégorique.

— Quoi que votre mari ait fait, je ne pense pas que de le faire cocu soit la solution Madame, déclara-t-il alors.

Adélaïde se redressa et se reprit immédiatement, rouge de honte.

— Je… Bien, on en discutera une autre fois alors, s'exclama-t-elle embarrassée mais avec fermeté, vous pouvez y aller, reposez-vous.

— Merci madame.

Cummings vida son verre d'une traite sans plus rien ajouter, le déposa sur son bureau, puis sortit. Encore rouge lorsqu'il eut quitté la pièce, Adélaïde mit alors la tête entre les mains. Bon sang, elle venait de faire des avances à *Double-zéro Dix-Neuf*, prête à elle ne savait pas quoi, se déshabiller devant lui, lui offrir ses attentions et peut-être bien s'envoyer en l'air, et non contente de vouloir tromper son mari comme ça, sur l'instant, sur un coup de tête en voyant Cummings, elle venait de se faire éconduire comme une malpropre. Bonté divine, elle était terriblement honteuse.

— *« J'ai monsieur Hamilton en ligne madame »*, annonça Daniels par l'interphone. *« Il appelle pour savoir s'ils doivent changer les cours dispensés sur l'île concernant votre mari. »*

Adélaïde se frotta le cuir chevelu, n'en revenant toujours pas d'avoir été ainsi remise à sa place. Elle venait de se faire humilier. Puis levant la tête vers l'interphone posé sur son bureau, elle tâcha de réfléchir. Elle était encore honteuse de s'être pris un vent mais elle était toujours au travail, elle se devait donc de travailler.

— Euh, non, dites-lui d'attendre. Je le rappellerai dans la semaine, ordonna-t-elle.

— *« Bien, d'accord. »*

Adélaïde souffla. Bon sang, elle n'avait pas pensé à ça. La formation des nouvelles recrues. Que devait-elle décider ? Supprimer Phileas des manuels de cours ou bien intégrer qu'il était un traître ? *Nouveau chapitre ; le héros est un agent double ! Spoiler, tout le monde l'a dans le cul !*

Adélaïde regarda tout autour d'elle, encore gênée, songeuse… puis elle se leva et ayant besoin de changer d'air, sortit de son office et rejoignit son assistant.

— Tu as la liste que je t'ai demandée ? l'interrogea-t-elle.

Billy acquiesça, et lui tendit une chemise contenant les différentes annonces qui pourraient l'intéresser.

— J'en ai ajouté une en dehors de vos critères, je me suis dit que cela pourrait vous plaire…

Adélaïde se surprit à cette révélation, et ouvrant avec curiosité la chemise, regarda son ajout. Étonnée, elle fit les yeux ronds et se ravit. Après le râteau monumental qu'elle venait de se prendre, c'était parfait.

— Je vais visiter celui-là maintenant, pour le reste on verra plus tard, sourit-elle.

— Bien madame.

Adélaïde le remercia, et se dirigea vers l'ascenseur.

*

Adélaïde se gara dans la rue, et sonnant, attendit que l'agent immobilier lui ouvre la porte d'entrée. Lorsque ce fut fait, elle monta alors d'un pas nostalgique jusqu'au troisième étage, et attendue, serra la main du jeune promoteur debout devant la porte de l'appartement.

— Bonjour, Pierre Muller. C'est votre assistant que j'ai eu au téléphone, c'est cela ? demanda-t-il.

— Oui, bonjour, Adélaïde Sureau-Queneau, se présenta-t-elle.

Le jeune homme lui sourit, et l'invitant à entrer, commença à lui faire la visite.

— Voici la cuisine. L'appartement s'ouvre directement dessus, mais comme vous pouvez le constater, elle est spacieuse… Là il y a un placard, là, les toilettes, et là, c'est la chambre.

Adélaïde regarda son ancien appartement avec émotion, se souvenant de ses années d'études à la fac et de ses premiers instants au Club des Damnés. Mon dieu, elle était si heureuse d'être ici. C'était comme revenir dans ses souvenirs de l'époque.

— Dans la salle de bain vous avez une baignoire et une douche et…

— Oui je sais, j'ai vécu ici, sourit Adélaïde, révélant finalement la vérité.

— Ah bon ? s'étonna l'agent immobilier.

— Oui, j'ai habité dans cet appartement jusqu'en 2012, période où j'ai dû partir à cause d'obligations professionnelles…

— Ah, alors vous connaissez les lieux !

— Oui, c'est pour cela que je suis là, je reviendrais bien vivre ici, par nostalgie…

Adélaïde sourit au jeune homme, et se rendant jusque dans la chambre, admira la pièce. C'était vide, il n'y avait aucun meuble, mais elle se souvenait de là où se trouvait son lit, ses cadres, son armoire, son bureau… Bon sang, cela lui faisait tellement plaisir d'être ici. Cela remontait à si longtemps.

Elle regarda dans la salle de bain, ravie.

— La tuyauterie a été refaite l'année dernière, annonça monsieur Muller.

Adélaïde acquiesça.

— J'ai deux enfants âgés de quatre ans, cela m'embête qu'il n'y ait pas deux pièces de plus, annonça-t-elle toutefois en constatant à quel point il était petit.

— Ah, oui, en effet, sembla embêté le promoteur.

Adélaïde hocha la tête, plongée dans ses réflexions, chagrinée.

— Mais en même temps, je peux me permettre d'avoir deux appartements, réfléchit-elle, du coup je le prendrais bien…

190

Elle regarda le monsieur, et sourit.

— Je vais le prendre je pense !

— Parfait ! s'exclama monsieur Muller.

Adélaïde lui adressa un autre sourire, puis se dirigea vers la porte d'entrée.

— Pourriez-vous contacter mon assistant ? Pour régler la paperasse ?

— Attendez, vous ne voulez même pas savoir à combien est le loyer ? s'étonna l'agent.

— Non, c'est bon, s'amusa Adélaïde, j'ai les moyens.

— Bien, alors c'est parfait, sourit l'agent immobilier.

Ils quittèrent l'appartement, monsieur Muller le referma à clé, et ils redescendirent alors pour s'en aller, quand une vieille connaissance sortit justement de son appartement.

— Bonjour monsieur Torque, le salua Adélaïde en arrivant devant son palier.

— Oh mon dieu, Adélaïde ! Quel plaisir !

Le vieux retraité lui fit la bise, ravi de la revoir, et Adélaïde s'enjoua de le retrouver.

— Comment allez-vous ? lui demanda-t-elle.

— Ma foi tout va bien et vous ?

Monsieur Muller salua le vieil homme, fit signe à Adélaïde qu'il partait, et se retrouvant seule avec son ancien voisin, la jeune femme sourit.

— Ben beaucoup de choses, je me suis mariée et j'ai deux enfants âgés de quatre ans et demi, des jumeaux !

— Mais c'est fantastique ! Et que faites-vous ici ? l'interrogea-t-il étonné.

— Je vais peut-être me séparer définitivement de mon mari, annonça Adélaïde, et j'ai vu que mon ancien appartement était libre, du coup j'ai voulu le revisiter. Je vais le prendre d'ailleurs, même s'il est petit.

— Vous comptez vivre ici avec vos enfants ? fut surpris le vieil homme.

— Non, non, je ne pense pas, mais avoir un appartement en ville me sera utile.

— Ah, d'accord…

Il désigna les escaliers, et entraîna leur marche vers la sortit de l'immeuble.

— Il faudra qu'on boive un thé ensemble un de ces quatre, déclara-t-il.

— Avec plaisir ! Comment va votre femme au fait ? l'interrogea alors Adélaïde.

— Oh, elle va bien, elle est allée voir des amis là.

— Ben écoutez, quand j'emménagerais, je viendrais prendre l'apéro chez vous !

— Excellente idée !

Ils sortirent de l'appartement, et Adélaïde lui faisant la bise, ils se quittèrent.

— Au revoir et à bientôt monsieur Torque !

— À bientôt Adélaïde !

*

Adélaïde fut particulièrement contente de revoir monsieur Torque et de visiter son ancien appartement. Bien sûr, comme elle l'avait annoncé à monsieur Muller, elle n'y vivrait pas vraiment avec les enfants, c'était trop petit et elle ne savait même pas si elle quitterait définitivement Phileas, mais en tout cas elle avait décidé de se faire plaisir. Son ancien appartement rue Winston lui rappelait de bons souvenirs malgré ce qu'il s'y était passé, et elle était ravie de pouvoir le réacquérir. En tout cas de bonne humeur pour le reste de la journée, tâchant d'oublier le vent que lui avait mis Cummings, elle passa chercher Cerebro chez eux, nourrit Blanche, et le ramena chez ses parents. Curieux, à peine arrivé le labrador blond renifla tout ce qui se trouvait à portée de sa truffe, du canapé et des fauteuils à la cuisine, et montant instinctivement les escaliers au grand dam de Brigitte, il fouina partout à l'étage jusqu'à trouver les enfants. Découvrant émerveillé par sa présence que leur maman était rentrée, Jean et Adrien descendirent alors, et se jetant dans ses bras, la couvrirent de bisous. Épuisée de sa journée, Adélaïde les serra contre elle, heureuse d'être rentrée, et après une rapide douche, décida de les emmener au restaurant. Jean et Adrien ravis, ils sortirent donc en famille tous les trois, et heureux au possible, les deux enfants commandèrent chacun un menu enfant tandis qu'elle prit en entrée du foie gras, et en plat principal du magret de canard. Écoutant l'histoire de leur journée, elle se montra attentive, mais tout en mangeant, elle échangea rapidement et de plus en plus régulièrement des regards avec un homme assis à une table non loin. Ils se regardèrent beaucoup et lorsqu'il partit aux toilettes, elle fut même un instant tentée de le rejoindre, le trouvant très séduisant bien qu'il ait facilement la quarantaine. Mais elle ne pouvait décemment pas laisser ses enfants seuls. Même si cela ne durait que cinq minutes, elle n'irait pas. Elle se retint même alors qu'elle avait envie d'uriner, refusant catégoriquement de les laisser sans surveillance. Jean et Adrien lui avaient été enlevés une fois, et jamais elle ne pourrait les abandonner du regard, de peur que cela se reproduise. Pourtant, là, tout de suite, elle irait bien voir cet inconnu plus âgé qu'elle. Elle s'imagina prise contre un mur dans les toilettes, son sexe entre les cuisses. Franchement, pour se venger de Phileas, elle serait prête à baiser avec le premier mec croisé dans un bar, elle était prête maintenant, c'était décidé. Et puis l'homme revint à sa table, un peu déçu, elle le vit bien, mais quand arrivés au dessert, Jean demanda à aller faire pipi, Adélaïde les emmena elle et Adrien, et souriant au quadragénaire en passant près de lui, espéra qu'il se lève. Rentrant dans les toilettes femme, Adélaïde y installa Jean et Adrien sur deux toilettes, s'assit sur un troisième, urina, s'essuya, et les enfants voulant faire comme des grands, elle attendit dehors le temps qu'ils sortent. Passant derrière elle juste avant qu'ils ne la rejoignent, l'homme avec qui elle échangeait des regards passa alors sa main sous sa jupe et lui caressa les fesses entre la porte donnant accès aux toilettes des hommes et celle donnant accès aux toilettes des femmes. Ce fut furtif, cela ne dura pas plus d'une dizaine de secondes, mais tout en parlant avec ses enfants derrière la porte, lui tournant le dos, elle le laissa la peloter, et glissant un doigt sous sa culotte, il lui caressa même les lèvres et glissa une phalange entre elles. Adélaïde se laissa faire comme si de rien n'était, autorisant cet inconnu à lui toucher la chatte, et une fois que Jean et Adrien se furent lavés les mains, ils repartirent à leur table et terminèrent leur repas.

Une petite heure plus tard, allongée dans son lit, Adélaïde commença à se masturber, désireuse d'avoir du plaisir. Elle ne voulait pas penser à Phileas, alors elle pensa à l'homme du restaurant. Si ses enfants avaient pris plus de temps aux toilettes, elle se serait retournée pour l'embrasser et l'aurait laissé lui retirer sa culotte. Bon sang, elle aurait dû aller seule aux toilettes. Elle avait envie qu'il l'encule férocement, elle se voyait dans les w.c., penchée sur le lavabo pendant qu'il la sodomisait en levrette. Bon sang,

194

pourquoi avait-elle été si prudente ? C'était le genre d'expérience qui n'arrivait pratiquement jamais, de faire ce genre de rencontres dans un lieu public et de pouvoir s'amuser… Adélaïde se massa le clitoris tout en se doigtant, et finalement, jouit. Elle poussa un cri d'intense plaisir, et se retournant pour mettre la tête dans son oreiller, tremblota, haletante. Bon sang, elle avait tellement envie d'un partenaire là. Elle emmerdait Phileas, il l'avait trahie, alors elle ne se gênerait pas pour prendre du bon temps.

Chapitre XVI

Une aiguille dans une meule de foin

Mercredi 17 mai 2017

Phileas et Alfred se levèrent de bonne heure, et quittant leur hôtel, passèrent la matinée et une grosse partie de l'après-midi à parcourir la ville. Accrochant des affiches sur les réverbères, demandant aux passants s'ils avaient vu Valentina en lui montrant les photos vieillies d'elles, ils passèrent plus de huit heures dans les rues. Hélas sans succès. Allant de déception en déception, se heurtant à des réponses sans cesse négatives, ils voyaient leur moral baisser au fur et à mesure que la journée avançait. Phileas avait beau parler le russe, leur entreprise était un coup d'épée dans l'eau. Cela revenait à chercher une aiguille dans une meule de foin. Pourtant, ils ne pouvaient pas faire autrement. Comment rechercher une personne dans une ville de plus de deux cent mille habitants sinon comme cela ? Devon avait bien piraté les caméras publiques, mais en attendant d'éventuellement avoir une correspondance, ils ne pouvaient rien faire d'autre que de chercher à l'ancienne. Il n'y avait pas d'autre alternative, il n'y avait aucune solution miracle. Désespérant de retrouver la femme qui manquait dans leur vie depuis si longtemps, ils continuèrent donc malgré la température à interroger les gens croisés dans la rue, priant pour tomber sur quelqu'un qui l'aurait vue. Mais cela n'arriva jamais.

Phileas et Alfred retournèrent à l'hôtel vers 17h30. Affamés, frigorifiés et abattus, complètement démoralisés, ils étaient fatigués, à bout, refusant l'idée d'abandonner, mais abandonnant malgré tout tout espoir.

— Viens, on va prendre un café ou un thé, annonça Alfred, ravi d'être au chaud.

Phileas le regarda peu intéressé.

— Je t'avoue que j'ai plutôt envie de dormir, répondit-il épuisé.

Alfred observa son fils, et le saisit par les épaules.

— Allez, viens, passe un peu de temps avec ton vieux père…

L'homme du club soupira, et accepta de lui faire plaisir. Se joignant à lui, ils s'installèrent donc à une des tables du bar de l'hôtel et commandèrent leurs boissons. Servis cinq minutes plus tard, ils en apprécièrent immédiatement la chaleur et commencèrent à boire.

— Oh, bon sang cela fait du bien, s'exclama Phileas.

— Oh oui…

Alfred reposa sa tasse de café, et joignant les mains, regarda son fils, triste.

— Quoi ? lui demanda celui-ci.

— Non rien, je repensais à nous deux… Cela fait vingt ans qu'on s'est retrouvés… Déjà vingt ans. Et regarde où on en est. On la recherche toujours, tous les deux détruits par cette séparation.

Phileas regarda son père, sceptique.

— On n'est pas si détruits que ça, se voulut-il rassurant.

Alfred sourit nerveusement.

— Non, en effet… mais on a tellement été affectés… Ta mère était mon premier véritable amour, tu sais. Le seul…

— Je…

— Je n'ai pas pu, commença à pleurer Alfred, fatigué et rattrapé par sa tristesse. Je suis vieux jeu, je n'ai pas pu me résigner à aimer ou porter le regard sur une autre femme depuis. Elle était si fantastique, si pleine de vie, si belle et si intelligente. Je me sentais le plus heureux des hommes à ses côtés. J'étais si jeune, si bien… Sa disparition m'a traumatisé.

Phileas acquiesça amer. Il comprenait parfaitement où son père voulait en venir.

— Elle t'aimait profondément tu sais… dans mes souvenirs, elle parlait aussi de toi comme de son seul amour, le seul homme sur qui elle ait jamais accepté de poser les yeux… Je pense que maman était amoureuse de toi comme peu de gens le sont… Et d'être séparée de toi l'a déchirée.

Phileas touilla son thé, nostalgique.

— Je me souviens qu'elle pleurait parfois la nuit dans son lit… Quelques fois je venais dormir avec elle, et je me glissais entre ses bras et j'essayais de la réconforter, mais elle n'arrêtait pas de pleurer pour autant… Elle t'aimait sincèrement papa, et de ne plus te voir lui avait brisé le cœur.

— Mais pourquoi ? Pourquoi est-elle partie ? s'interrogea encore Alfred. Pourquoi nous avoir quittés ? Pourquoi avoir brûlé la maison, puis des années après, t'avoir abandonné ? Que s'est-il passé ?

Phileas balança la tête, incertain.

— Grand-père… Je ne vois que ça… Aussi loin que je me souvienne, on vivait seul elle et moi… et quand j'ai été déposé devant l'orphelinat, je me souviens que grand-père conduisait...

Phileas baissa les yeux, et se perdit dans son thé, aigri.

— Il ne m'aimait pas, il était méchant, violent... J'ai toujours dit que mamie avait fait pression sur lui pour que maman puisse revenir à la demeure familiale puis qu'il en a eu marre et nous a renvoyés en France. Avant bien sûr des mois plus tard de m'enlever et de m'amener à l'orphelinat. Mais la vérité c'est que je ne me rappelle plus. Je pense que cela s'est passé comme ça à cause de mes maigres souvenirs de mon enfance, mais j'ai occulté la vérité. Le traumatisme m'a fait oublier des choses, peut-être même l'implication de maman dans tout ça, et mon intelligence a assemblé les pièces du puzzle en fonction de ce que j'ai toujours cru... Mais la vérité est que je ne sais pas... Je n'ai aucun indice sur ce qu'il s'est réellement passé...

— L'idée ne t'a jamais traversé l'esprit qu'elle...

Alfred souffla, les yeux toujours humides, refusant de croire à ce qu'il allait dire.

— L'idée ne t'a jamais traversé l'esprit qu'elle n'en avait rien eu à faire de nous, qu'elle s'était joué de nous ?

Phileas releva les yeux vers son père, perplexe.

— J'y ai pensé oui, durant des années, je me suis posé la question... mais j'ai préféré croire qu'elle n'était pas responsable, que c'était papi...

— C'était une autre époque, avoua Alfred. Il n'a pas dû apprécier qu'on se soit aimés et mariés. Il était de la mafia, j'étais un agent des services français... c'était un affront.

— C'est cela, approuva Phileas, et puis quand mamie m'a vu, quand elle a compris qui j'étais, j'ai vu dans ses yeux sa joie, son émerveillement... et même si elle n'avait pas vu maman et papi depuis des années, elle semblait déchirée des sacrifices qu'ils avaient dû faire… Mais elle ne m'a jamais dit pourquoi…

Déprimés, les deux hommes se turent, et la conversation mourut d'elle-même. Phileas termina de boire son thé les yeux dans le vide, et regardant au dehors, Alfred continua à verser des larmes, affligé par le chagrin. Ils restèrent ainsi en silence jusqu'à ce qu'ils eurent terminé leurs boissons. Retournant ensuite finalement à leurs chambres, comme à midi ils n'avaient rien mangé d'autre qu'un sandwich, ils décidèrent le soir d'aller au restaurant. Les recherches de Devon n'avaient pas avancé non plus, et tracassés par leurs problèmes, ils avaient tous les trois besoin de se changer les idées. Alfred et Phileas pour des raisons évidentes, leur seul indice ne les menant nulle part, et Devon car il s'inquiétait au sujet de ses camarades. Benjamin avait passé le test du polygraphe avec succès, réussissant à tromper les agents Bella Graham, Céline Dru et Juliette Lepetit, mais Tony et Steven ne l'avaient pas encore passé, et il craignait le pire. Si l'un d'eux était découvert, cela risquait de tourner au vinaigre. Ce n'était pas une question d'avoir des agents infiltrés, maintenant qu'ils étaient révélés ils n'avaient plus besoin de s'assurer qu'ils n'enquêtaient pas sur les mêmes affaires, non, c'était une question de bons rapports. Quoi que les gens pensent, les *Artificiers* avaient les mêmes valeurs que le *Service*. Et aussi bien Tony, que Steven ou Benjamin, ils étaient tous les trois dévoués aux deux agences. Ils aimaient travailler avec *M*, qu'ils respectaient beaucoup. Ils croyaient en elle. Alors ils ne voulaient pas qu'elle découvre qu'ils étaient des *Artificiers*. Cela zapperait sa confiance en eux, elle percevrait leur infiltration comme de l'espionnage en bonne et due forme, et cela ne les aiderait pas à tisser de meilleurs liens par la suite. Devon était donc lui aussi, particulièrement préoccupé. Ses amis étaient sur le fil du rasoir et il ne savait pas ce qui allait se passer. Mais tâchant comme Phileas et son père de se changer les idées, il essaya d'oublier ses soucis et ils mangèrent et burent avec plaisir. Ils burent même beaucoup, et repensant sans cesse à Valentina, triste, Alfred se resservit plus que de raison si bien qu'à la fin du repas, totalement ivre, Phileas et Devon durent le ramener en le soutenant par les épaules.

— Mais pourquoi as-tu fait ça Phileas ? questionna-t-il une nouvelle fois son fils.

Phileas souffla. Encore et encore la même question.

— J'avais besoin de faire quelque chose et cela m'a paru sensé sur le moment, soupira-t-il. Cela l'est toujours pour moi.

—Oui mais…

— Papa, le coupa Phileas, je venais de perdre mes enfants, la C.I.A. voulait m'arrêter, je ressentais de l'injustice et on était impuissant, le *Service* était impuissant à ce moment-là. Alors j'ai pris la décision de créer un nouveau service secret plus à même de gérer certaines situations.

— Et ta femme t'en veut maintenant, conclut le Cavalier.

—Oui, je le sais.

Phileas et Devon l'amenèrent jusqu'à sa chambre, l'aidèrent à retirer ses chaussures, son pull et son pantalon, puis le couchant, ils lui mirent un seau au pied du lit. Constatant rapidement qu'il s'était endormi, ils le laissèrent alors décuver tranquillement.

— Bon dieu, parfois j'ai l'impression d'avoir massacré une portée de chatons, de l'avoir mixée, et de l'avoir servie à un goûter d'anniversaire, souffla l'homme du club en refermant derrière eux.

Devon le regarda, ironique en avançant dans le couloir.

— Allons, cela pourrait être pire…

— Ah ?

— Oui, sourit l'*Artificier*, vous auriez pu mixer les enfants et les offrir aux chatons.

Phileas ricana.

— Bonne nuit Devon. Dormez bien.

— Vous aussi.

Ils se séparèrent, et la journée ayant été longue, ils retournèrent chacun dans leur chambre pour dormir. S'allongeant sous ses draps dans son lit, bien qu'épuisé, l'homme du club ne trouva toutefois pas le sommeil. L'esprit agité, il réfléchissait à sa femme. Et une question lui revenait sans cesse à l'esprit : comment faire pour qu'Adélaïde lui pardonne ? Que pouvait-il bien faire pour y arriver ? Il n'avait pas la réponse malheureusement. Il ne savait pas comment faire… Et puis finalement, mélancolique, il se décida. Saisissant son téléphone portable, il appela Adélaïde pour tenter de lui parler, pour lui redire qu'il l'aimait. Se sentant misérable sans elle, il était prêt à la supplier pour qu'elle le reprenne. Il s'en moquait de sa dignité, de son égo, tout ce qu'il voulait c'était de la retrouver. Mais elle ne répondit pas. Son téléphone passa immédiatement sur messagerie, et imaginant tout de suite le pire, le cœur battant à tout rompre dans sa poitrine, il appela paniqué chez Billy, craignant qu'elle ne soit finalement allée chez lui. Cela sonna une fois, deux fois, trois fois… Il attendit que l'assistant lui réponde, mais tombant sur le répondeur, il s'effondra de chagrin. Tremblant, effrayé à l'idée qu'elle soit allée chez lui, craignant qu'elle ne le remplace, il laissa un message, puis une fois qu'il eut fini, il se recoucha et continua à pleurer en position fœtale. *Pitié, non*, pensa-t-il, il ne voulait pas qu'elle le quitte, il avait un mauvais pressentiment et ne voulait pas qu'elle l'abandonne, il serait totalement perdu sans elle.

Chapitre XVII

Le serpent

Adélaïde sonna chez Karen, et attendit patiemment qu'elle lui ouvre.

— J'arrive, s'exclama la jeune femme.

Adélaïde acquiesça machinalement du menton, et entendant ses pas s'approcher, encore un peu fatiguée, elle s'étira, les mains dans les poches de son trench. Puis la porte s'ouvrit.

— Oh, bonjour *M*, la salua surprise l'agente en la voyant.

— Bonjour Karen… Puis-je entrer ?

— Oui oui, bien entendu.

Karen ouvrit la porte en grand pour la laisser passer, et refermant derrière elle, l'invita à venir s'installer au salon. Curieuse en traversant l'appartement, Adélaïde observa les lieux. Cela ne faisait même pas trois semaines que Karen avait rejoint le *Service*, et qu'elle s'était installée ici, dans cette ville. Il y avait bien quelques cadres accrochés aux murs et le gros de l'électroménager était en place, mais l'ensemble de ses affaires étaient pour l'essentiel dans des cartons. Elle était encore une étrangère de retour au pays. L'appartement était malgré tout grand et spacieux, et une fois qu'elle serait pleinement installée, Adélaïde ne doutait pas que ce serait un plaisir pour la jeune femme de vivre là.

— Je vous sers à boire ?

— Non merci, répondit avec un sourire poli Adélaïde, je viens de déjeuner.

Karen hocha de la tête, et s'assit sur le canapé.

— Que puis-je pour vous madame ? Ce n'est pas une simple visite de courtoisie non ? demanda-t-elle.

Adélaïde enleva son trench et le déposa sur le dossier d'une chaise.

— En fait si, annonça-t-elle. Depuis qu'on est rentrées, j'avais d'autres sujets de préoccupations… et j'ai réalisé que je n'avais pas pris de vos nouvelles. Alors je vous le demande, comment allez-vous ?

Tirant une chaise, elle s'installa devant la jeune femme et tout en la regardant, répéta sa question.

— Comment allez-vous Karen ?

La jeune bonde l'observa, un peu confuse. Très éprouvée, elle avait du mal à se sentir en forme, il fallait le reconnaître. Mais elle tenait à faire bonne figure.

— Je… un peu mieux. Et vous ? Vous pensez que vous aurez des cicatrices ?

Adélaïde se pencha vers elle, sourit, et ne répondant pas à sa question, la fixa dans les yeux.

— Vous voyez le docteur Martin, déclara-t-elle, alors je vous repose la question en tant qu'amie. Karen, comment allez-vous ?

La jeune femme fut embarrassée, et lentement, son visage se déconfit. Derrière sa force, derrière son air de femme indépendante aux nerfs d'aciers, elle se laissa abattre, et rattrapée en un instant par sa douleur et par l'horreur, elle accepta de lui en parler.

— Je fais un cauchemar récurrent, annonça-t-elle à demi-mot, gênée.

— Quel est-il ? lui demanda Adélaïde.

Karen se recroquevilla sur elle-même dans le canapé, et regarda dans le vide.

— Je rêve que je suis attachée sur un lit, et il y a Alain par terre, mort… il a le sexe coupé au sol, c'est comme si j'étais toujours prisonnière dans cette pièce après l'avoir tué. Et soudain, son sexe se meut sur le sol comme un serpent. Je suis paniquée, affolée, je n'arrive pas à me défaire de mes liens, et je le vois, immensément long, gros et dur. Je le vois ramper vers moi, je le vois monter sur le lit et je le vois se diriger vers mon entrejambe en silence, sans que je ne puisse faire quoi que ce soit. Je porte une jupe, j'ai les jambes attachées et écartées, et je ne peux rien faire… je suis totalement impuissante.

Adélaïde se leva et s'asseyant à côté de son agente lui prit la main pour la soutenir.

— Et cette monstruosité se glisse entre mes cuisses et cherche à rentrer en moi par la force, continua-t-elle, le regard toujours perdu. Je le sens me violer, je le sens me pénétrer et rentrer entièrement en moi, je vois chacun de ses cinquante centimètres disparaître dans mes entrailles. Je hurle, je hurle, mais je n'arrive pas à l'empêcher… Et alors j'ai la sensation qu'à la place du gland, il s'agit maintenant d'une bouche avec plein de dents pointues comme une lamproie…

Karen regarda sa cheffe, les yeux rouges et un peu humides.

— Je me réveille à chaque fois en sursaut affolée quand il commence à me dévorer de l'intérieur sans qu'on ne puisse le retirer.

Adélaïde se chagrina, compatissante envers son agente.

— Je n'ose imaginer l'horreur que vous avez trouvée dans cette maison… je ne peux que vous soutenir Karen, déclara-t-elle.

La jeune femme hocha de la tête, et voulut se montrer forte.

— Nous avons arrêté les coupables, c'est le plus important, non ? fit-elle.

Adélaïde la regarda, triste pour elle.

— Cela n'empêche que vous avez le plus subi d'entre nous trois.

Karen se recroquevilla un peu plus sur elle-même.

— Au début, j'arrivais à tenir. Quand on était encore là-bas… J'avais une rage au fond de moi, une profonde colère, et une fois que j'eus tué Alain, j'ai cru que cela irait mieux. Et avec la morphine je n'avais pratiquement pas mal, sans compter que je voulais clôturer l'affaire… Puis quand on a finalement sauvé ces filles, j'ai cru que c'était bon. Mais ce cauchemar… ce cauchemar me flingue. J'ai constamment les images de mon viol en tête, j'ai peur de voir Alain et son sexe partout où je vais, dans chaque ombre, dans chacun des reflets de l'appartement…

Adélaïde acquiesça, et soupira.

— Vous devriez rester ici, vous reposer, c'est ce qu'il y a de mieux à faire, non ?

Karen refusa de la tête.

— Je ne préfère pas, au *Service* au moins je ne suis pas seule.

Adélaïde plissa des yeux, incertaine.

— Vous êtes sûre ?

Karen la regarda, catégorique.

— Le docteur a dit que je ferais ce cauchemar encore quelque temps, que c'était un contrecoup normal… le traumatisme… En tout cas je préfère travailler plutôt que de broyer du noir.

— D'accord…

Adélaïde se releva, et reprenant son trench, l'enfila.

— Il n'empêche que si vous avez besoin de temps, n'hésitez pas.

— Bien madame. Merci. Je partirais d'ici dans une heure.

— Pas de soucis, je préviendrais vos collègues.

Adélaïde la salua, et quittant son appartement, se rendit au *Service*.

*

La journée fut éreintante pour Adélaïde.

Elle arriva au Q.G. à dix heures, et s'occupant de sa paperasse habituelle, traitant des dossiers et des requêtes, elle ne put s'accorder d'aller manger que sur les coups de treize heures. Elle ne termina cependant même pas son repas, rapidement obligée de chapeauter en direct une mission, trois de ses agents exfiltrant un espion pakistanais. L'affaire lui prenant deux bonnes heures, lorsqu'enfin, elle eut un peu de temps pour elle, épuisée, elle n'eut plus le cœur à travailler. Elle avait besoin de se reposer et de souffler. Elle voulait se changer les idées, et ne trouvant pas d'autre alternative, elle se rendit dans son appartement privé, s'allongea sur son lit, et ouvrant les boutons de son pantalon, faufila ses doigts sous sa culotte pour se masturber. Faisant des cercles sur son clitoris avec son index, tout en jouant avec ses seins à travers son soutien-gorge sous son haut ou en se glissant des doigts, elle se donna du plaisir en imaginant trois hommes la prenant fermement. Adélaïde fut en transe, immédiatement relaxée. Elle se caressa avec énergie, se visualisant prise durement en levrette par un des hommes, solidement tenue par les hanches, alors qu'elle suçait avec délice le sexe du second tandis que le troisième lui léchait les seins. Puis son fantasme évolua. Elle se vit dans une position impossible, coincée en sandwich entre deux des hommes, un pilonnant son vagin, l'autre la prenant entre les fesses, et le troisième lui plaçant violemment son sexe dans la bouche. Accélérant sa masturbation, Adélaïde jouit alors bruyamment en les imaginant tous jouir en même temps en elle, dans sa bouche, entre ses fesses et dans son vagin, et portée par son désir, elle savoura son orgasme, béat. Cela faisait du bien. Elle était détendue, le cerveau noyé dans l'endorphine, et se sentit enfin reposée et apaisée. Bon sang, elle avait presque l'impression de revivre son cadeau d'anniversaire pour ses vingt-huit ans, quand pendant six heures, des dizaines d'hommes l'avaient baisée comme une putain. Elle s'en souvenait, Phileas lui avait fait la surprise, et alors qu'elle avait les yeux bandés, ils avaient été une quarantaine à lui passer dessus, à lui jouir dessus, à la prendre à la chaîne, à éjaculer en elle sans relâche… Adélaïde continua à se caresser et jouit à nouveau, emportée par ces souvenirs, ces sensations d'avoir été traitée comme une chienne, le sexe et les fesses tellement remplis de sperme qu'elle le sentait en elle comme une pâte...

Puis une demi-heure plus tard, s'étant essuyé le sexe et rafraichie, Adélaïde quitta finalement le *Service* pour aller visiter un appartement et une maison. Elle n'arriverait plus à rien aujourd'hui, elle avait besoin de souffler, de se vider la tête. C'était une de ces journées où on ne voulait rien faire, surtout pas travailler, et étant la cheffe, elle s'autorisa à le faire. Elle partit donc plus tôt que prévu.

L'appartement qu'elle visita avait un gros plus, il était situé à même pas un kilomètre du concessionnaire automobile servant de couverture à leur Q.G. Elle le trouva d'ailleurs superbe. C'était un immense triplex d'une superficie totale de 147 m², très bien aménagé et orienté, très lumineux, et le plaçant sur sa top liste, elle se voyait y vivre avec plaisir. C'était un bijou qu'elle achèterait volontiers.

Puis elle visita la maison. Se trouvant à l'extérieur de la ville, il s'agissait d'une vieille grange refaite à neuf avec jardin, disposant d'un grand salon salle à manger, d'une cuisine aménagée, de deux w.c., d'une salle de bain et de quatre chambres. Ravissante, elle était elle aussi plutôt bien agencée, et se projetant, Adélaïde s'imaginait déjà pouvoir aménager sa chambre, une chambre d'amis, une chambre pour les enfants, et une salle de jeu qui pourrait plus tard devenir la chambre d'Adrien ou de Jean quand il viendrait le temps qu'ils aient chacun la leur. En plus, elle mettrait volontiers son bureau dans le salon, cela ne la dérangerait pas et il y avait largement la place. En fait, plus elle visualisait les choses, plus elle se voyait y vivre avec les enfants, ravie, certaine qu'ils apprécieraient d'avoir un jardin, même s'il était ridicule à côté de celui de la maison de Phileas. Ses deux visites faites, elle s'accorda donc un temps de réflexion, et rentrant chez ses parents, elle dîna en famille. Mais installée à table, encore une fois rongée par le regret, elle s'en voulut. Repensant au jeune agent immobilier qui lui avait fait visiter le triplex, elle regretta de ne pas s'être agenouillée pour lui faire une fellation. Il était plutôt mignon et la tentation avait été forte, surtout qu'elle ne le laissait pas insensible. Excitée, en manque, Adélaïde avait envie de sexe et désespérait de n'avoir aucun partenaire.

Et finalement elle craqua. Résolue, ne pouvant plus tenir, elle décida d'aller passer la nuit avec Billy. C'était acté, Phileas l'avait trahie, alors elle ne se gênerait pas pour s'amuser, et si cela lui posait problème, il n'aurait qu'à partir. Après avoir couché les enfants, elle prit donc une douche, et voulant se faire belle, elle boucla ses cheveux, se maquilla et mit un rouge à lèvres rouge foncé, puis elle enfila une lingerie fine en dentelle noire, et s'habilla d'un chemisier en soie blanc et d'une jupe rouge. Passant enfin des talons à ses pieds, elle regagna sa Z4 en annonçant à ses parents qu'elle ne rentrerait pas dormir, et coupant son portable, elle se rendit alors chez Billy. Sûre d'elle, décidée à prendre du bon temps, elle avait fait son choix. Phileas lui avait menti et s'était joué d'elle, alors cette fois elle irait jusqu'au bout. Fini les doigts furtifs dans les restaurants et les envies réprimées, cette fois même si elle ne coucherait qu'avec Billy, elle irait voir ailleurs.

Arrivant devant chez son assistant un quart d'heure plus tard, Adélaïde descendit de sa voiture, la verrouilla, et rentra dans l'immeuble déjà ouvert. Montant les escaliers jusqu'au dernier étage, elle arrivait à son palier tout en haut, prête à lui faire le grand jeu dès qu'il ouvrirait la porte, quand elle se retrouva soudain nez à nez avec Céline.

— Madame…

— Céline…

Toutes les deux figées, gênées, elles se regardèrent dès lors en silence. Et Adélaïde se mordant embarrassée la lèvre, et Céline repassant une mèche de cheveux derrière son oreille, avec malaise, chacune comprit pourquoi l'autre était là. Adélaïde était vêtue, coiffée et maquillée pour être radieuse, et Céline un peu débraillée et décoiffée, venait elle juste de se rhabiller… Un peu honteuses de se croiser dans de pareilles circonstances, elles se jugèrent l'une l'autre, rouges, toutes deux surprises. Mais Céline fut en plus jalouse à en être malade. Elle voyait de plus en plus Billy depuis quelque temps, et elle commençait à s'attacher sentimentalement à lui, même si ce n'était encore entre eux qu'un plan cul entre collègues. De voir sa cheffe venir, sachant qu'il était encore amoureux d'elle, cela lui brisait donc le cœur. Elle venait clairement avec l'intention de tromper son mari, et elle savait pertinemment que Billy ne manquerait pas l'occasion qu'elle lui offrirait. Céline était donc au plus mal, car cette femme se vengeait de son mari en allant voir l'homme qui lui plaisait, et en un échange de regard suppliant, Adélaïde comprit d'ailleurs bien ses sentiments pour lui. Mais sans un mot, elle monta quand même les dernières marches de l'escalier pour aller toquer à la porte de chez Billy. Sans un mot, elle lui signifia qu'elle s'en moquait. Céline s'en alla alors démunie, peinée devant l'insensibilité de son ancienne maîtresse, descendant rapidement l'escalier prête à pleurer, et attendant que son assistant vienne lui ouvrir, Adélaïde ne s'en voulut absolument pas. Elle avait envie de sexe, et là tout de suite, seul Billy était disponible... Alors si déjà elle envoyait paître son traitre de mari, l'avis et les sentiments de son agente, elle s'en fichait bien.

La porte s'ouvrit, et la voyant, Billy fit immédiatement des yeux ronds.

— Bonsoir Billy, je peux entrer ? lui demanda le plus mielleusement du monde Adélaïde.

— Euh, oui oui, bien sûr ! répondit-il. Bonsoir !

Le jeune homme l'invita à entrer, et lui lançant un regard de braise, elle passa le pas de la porte et alla directement s'assoir sur le canapé.

— Que me vaut le plaisir ? s'étonna l'assistant.

Adélaïde attendit qu'il s'installe à côté d'elle, et lui faisant son plus beau sourire, mit ses mains entre ses cuisses pour écraser l'un contre l'autre ses seins et les mettre en valeur.

— J'avais envie de te voir, simplement, ronronna-t-elle.

— Vraiment ?

Daniels observa son décolleté, qu'elle avait largement suggéré en n'attachant pas tous les boutons de son chemisier, et satisfaite de son effet, Adélaïde s'extasia.

— Oui vraiment…

Le jeune homme sembla bouillir de plaisir, frustré, et voyant une bosse se dresser dans son pantalon, sans gêne, elle posa sa main dessus et la caressa.

— C'est moi qui te fait cet effet ?

Billy bafouilla, rouge.

— Oui…

Adélaïde sourit espiègle, et ouvrant un autre bouton de son chemisier, dégagea entièrement son bonnet gauche pour lui montrer son sein, parfaitement moulé dans la dentelle de sa lingerie.

— C'est eux qui te font bander comme ça mon chéri ?

Billy déglutit en les regardant.

— Je…

Adélaïde sourit, et s'approchant d'elle, n'y tenant plus, Billy l'embrassa avec passion. Immédiatement excitée, elle répondit à son baiser, heureuse de sa soirée, et son assistant glissant ses mains dans son chemisier, il lui caressa ses seins avant de lui déposer des baisers dans le cou pour ensuite les lui embrasser en les pressant.

— Et Phileas ? demanda-t-il soudain, gêné.

— Je l'emmerde Phileas, répondit Adélaïde, toi au moins tu me respectes !

Adélaïde l'embrassa de nouveau, passant ses mains dans ses cheveux, et Billy la tenant par la taille, il roula sur elle sans plus se soucier de son mari, avant de directement glisser une main entre ses cuisses pour masser son sexe à travers son dessous, puis l'écartant, de la masturber frénétiquement.

— Bon sang, cela fait un bien fou, savoura-t-elle.

Billy défit le reste des boutons de son chemisier, l'amena jusque devant la commode en faisant attention à ses côtes encore meurtries, puis lui retirant son sous-vêtement, sortant son sexe de son pantalon, il la pénétra violemment contre le meuble.

— Vas-y fort, baise-moi comme une chienne ! souffla-t-elle en se tenant à son cou.

Billy lui donna de puissants coups de reins entre les cuisses, et tout en l'embrassant, lui retira son soutien-gorge. Il la culbuta ainsi pendant une dizaine de minutes, les deux anciens amants ne se gênant pas pour s'embrasser et se caresser, puis portés par leur frénésie, Adélaïde se retrouva rapidement dans la chambre sur le lit, entièrement nue, prise en levrette.

— Baise-moi ! Baise-moi fort ! hurla-t-elle.

La maintenant par les hanches, son assistant s'exécuta et fit des va-et-vient de plus en plus énergiques.

— Tu aimes ça hein salope ! lui cria-t-il.

— Oh oui, j'adore ça ! Bordel ! Je veux que tu te vides en moi !

Adélaïde mit la tête dans les oreillers, criant comme une folle, l'entrecuisse limé sans répit, et finalement désirant le regarder dans les yeux pendant qu'il la labourait, elle se retourna et s'allongea sur le dos. Rapidement reprise avec force, elle fut bloquée sous lui et savoura, heureuse au possible. Elle le sentait aller et venir en elle et c'était un plaisir, elle était aux anges, prête à jouir, et lorsque le téléphone se mit à sonner, cela ne les arrêta même pas. Elle mouillait beaucoup et ils avaient les cuisses trempées de sa cyprine et s'embrassaient avec passion tout en poussant des cris d'intense satisfaction, quand après une dizaine de sonneries, le répondeur se déclencha et qu'ils entendirent Phileas en larmes.

« Billy, je ne sais pas si Adélaïde est avec toi, mais si elle est là, pitié, passe-la-moi ! Je l'aime, je t'aime Adélaïde, et je ne veux pas te perdre ! Dis-moi ce que je dois faire pour que tu me pardonnes ! Bon sang, chérie, je t'aime, ne me fais pas ça ! Je t'en supplie ! »

S'arrêtant immédiatement, stoppée dans son élan, Adélaïde resta figée, tétanisée. Et pensant à ce qu'elle venait de faire, honteuse, prise de remords, les larmes lui vinrent rapidement aux yeux.

Mais Billy continuait à la prendre avec la même ardeur, comme si de rien n'était, limant son sexe avec férocité.

— Retire-toi s'il te plait, lui demanda-t-elle alors la voix tremblante.

— Quoi ? s'étonna-t-il haletant, prêt à éjaculer.

— RETIRE-TOI ! hurla hystérique Adélaïde.

Billy se redressa, surpris, mais trouvant qu'il n'allait pas assez vite, elle le repoussa et se dégagea pour qu'il ne soit plus en elle. Éclatant en sanglots, la jeune femme sortit alors expressément du lit, et ramassant ses affaires, le laissant penaud, elle remit rapidement ses vêtements et partit sans un mot. Elle le faisait cocu sans sourciller, le père de ses enfants, son époux… Mon dieu, comment pouvait-elle être aussi froide alors qu'elle l'aimait ? Il ne méritait pas cela ! Et pourquoi avait-il appelé ? Pourquoi avait-il appelé à ce moment précis?

Adélaïde sortit de l'immeuble, se rendit à sa voiture, et démarrant et roulant à toute vitesse, sanglota à chaudes larmes. Qu'avait-elle fait ? Qu'était-elle devenue ?

Comment avait-elle pu lui faire ça ? Roulant toujours plus vite, elle fonça à toute allure à travers la ville, tâchant de se reprendre, tâchant de regagner le contrôle de ses émotions. Mais le maquillage coulant, les joues désormais noires et les yeux rouges, elle pleurait à nouveau à chaque fois qu'elle se calmait un peu. Si bien qu'avec la vitesse, elle ne vit pas la voiture arriver en face d'elle. La frôlant de peu alors que l'autre conducteur tenta de s'écarter, elle évita de justesse l'accident, mais se rendant compte de ses actes, elle se gara plus loin, et coupant le moteur, mit la tête entre les mains pour pleurer sur le volant toutes les larmes de son corps. Comment avait-elle pu tromper Phileas ? Bon sang, après tout ce qu'ils avaient vécu ensemble, comment avait-elle pu céder si facilement ?

Une heure plus tard, les yeux secs mais calmée, Adélaïde rentra chez eux et s'allongea amorphe dans leur lit. Là, serrant l'oreiller de son mari entre ses bras, reconnaissant son odeur, elle pleura alors à nouveau, abattue, ne pouvant s'en empêcher. Il avait brisé leur mariage, il avait détruit leur force. Adélaïde en voulait à Phileas comme jamais. Pourquoi avait-il fallu qu'il lui mente, qu'il la trahisse ? Pourquoi n'avait-il pu lui confier ses secrets ? Pourquoi diable avait-il préféré lui cacher la vérité ? Elle pleura de plus belle, ne comprenant pas comment il avait pu lui faire ça. Puis naturellement, elle s'en voulut à elle-même pour ce qu'elle venait de faire. Pourquoi avait-elle été si faible, si stupide ? Comment avait-elle elle aussi pu jeter leur mariage aux oubliettes comme ça ? Ils n'étaient pas séparés depuis deux jours qu'elle le faisait déjà cocu ! Comment pouvait-elle être aussi froide ? Adélaïde fut toutefois incapable de répondre à cette question, et vociféra intérieurement, toujours en proie aux larmes. Pourquoi ne pouvaient-ils pas simplement être heureux ? Pourquoi ? Ils l'avaient mérité pourtant ! Pourquoi avait-il fallu qu'il foute tout en l'air ?

Adélaïde s'endormit finalement au bout d'une demi-heure, épuisée et meurtrie par sa propre lâcheté. Elle avait laissé un homme la doigter dans un restaurant et elle avait couché avec Billy… Comment avait-elle pu ? Hantée par le remord, affaiblie émotionnellement, elle ne dormit pas bien. Elle cauchemarda, traumatisée par les récents événements, et son esprit lui jouant des tours, elle rêva du sexe d'Alain, long et dur, se mouvant comme un serpent sur le sol jusqu'à son entrejambe pour tenter de la pénétrer de force. Rêvant également de Sterne et Victor, elle s'imaginait forcée de les sucer tous les trois sans répit et s'écœurait à en vomir de les sentir venir en elle, jouissant entre ses cuisses pour la mettre enceinte. Elle se voyait porter leurs enfants, effrayée d'une telle horreur, et elle se voyait sans cesse violée par ce serpent, ce sexe coupé qui rentrait en elle pour la profaner indéfiniment… et dont l'extrémité avait été cousue à ses lèvres, son corps lui-même attaché par du fil au cadavre froid de Céline.
Ce fut une nuit horrible.

Chapitre XVIII

Le mariage

16 mai 1985

Il faisait beau, et il faisait chaud. C'était une journée radieuse, un temps à flâner dehors, à rire et à jouer dans l'herbe, à profiter de chacun instant en écoutant de la musique. Les cheveux gaufrés attachés avec un bandeau, un poste radio posé dans l'herbe à côté d'elle, *Take On Me*[2] vibrant sur les ondes, Valentina rempota ses bougainvillées avec entrain, portée par la chanson. Son dernier plan mis en terre, ravie, elle s'essuya le front, retira ses gants satisfaite de son travail, et leva les yeux vers Valentin qui jouait non loin dans le jardin. Assis une brindille en bouche, il jouait avec deux vaisseaux spatiaux issus de Star Trek ou de Star Wars, peut-être les deux, elle ne savait pas, elle n'arrivait plus à suivre toutes ses histoires stellaires. Mais heureuse de le voir jouer, elle s'émerveilla. Valentin imitait des bruits de lasers et faisait s'affronter ses deux jouets, totalement pris dans ses aventures.

— Non capitaine, vous allez détruire le chevalier Jedi ! s'exclama-t-il. Je sais Mr Spock, mais nous n'avons pas le choix, c'est eux ou nous ! Mais enfin, comment pourrez-vous épouser la princesse si…

---

[2]— *Take on Me*, de a-ha © 1984 Warner Bros. Records.

Valentin ne termina pas sa phrase. Le poste radio de sa maman diffusa *Let's Dance*[3], et posant immédiatement ses jouets, excité, il se leva et se précipita vers elle fou de joie. Le sourire aux lèvres, Valentina frotta un peu ses vêtements tachés de terre et le prit dans ses bras pour danser avec lui sur leur chanson. Heureux, n'ayant besoin en cet instant de rien d'autre que d'être ensemble, ils dansèrent tous les deux au gré des paroles, éperdument emplis de bonheur. Puis quand la musique s'arrêta, plein d'énergie, Valentin tira sa maman jusqu'à la maison pour qu'ils goûtent.

— Allez maman, c'est l'heure ! la pressa-t-il.

— En voilà un pressé de manger !

Valentina attrapa son fils, le souleva, et lui fit des bisous dans le cou.

— C'est toi que je vais manger petit diablotin ! lui souffla-t-elle.

— Ah, ah, arrête, tu me chatouilles !

Valentin rigola à gorge déployée, et porté par sa mère jusqu'à la cuisine, lui fit un gros bisou sur la joue en arrivant.

— Je t'aime maman…

— Moi aussi je t'aime !

Elle lui déposa un baiser sur le front, et le reposant, Valentin se rendit jusqu'au frigidaire, sortit le jus d'orange, et se dirigeant ensuite jusqu'au placard, prit un paquet de biscuits.

— Et n'en mange pas trop, lui ordonna-t-elle gentiment.

— Promis ! s'exclama obéissant le petit Valentin.

Il servit un verre de jus qu'il lui offrit, s'en remplit un pour lui qu'il but entièrement, puis s'en reservant un peu, s'assit

____

[3]— *Let's Dance*, de David Bowie © 1983 EMI Group.

sur une chaise et commença à manger un biscuit tout en balançant les pieds, fredonnant un air, la tête ailleurs quelque part dans les étoiles. Émerveillée, Valentina le regarda faire en buvant son jus, attendrie par ce fils qu'elle aimait tant. Quand en regardant par la fenêtre, elle vit une voiture passer le portail et venir vers la maison. En un instant, le sourire et la joie de son visage disparurent alors pour laisser place à de l'inquiétude. Sur ses gardes, Valentina reposa son verre, et la mine grave, laissant son fils seul, elle quitta la cuisine pour aller faire face aux nouveaux arrivants. Ressortant dans le jardin, elle protégea ses yeux de la main, et l'Alfa Roméo noire aux vitres teintées s'arrêtant juste devant elle, elle attendit que ses occupants se présentent. La porte arrière droite s'ouvrant, sa mère sortit alors calmement du véhicule et vint à sa rencontre.

— Bonjour Valentina, la salua-t-elle simplement.

— Bonjour mère, répondit Valentina.

Les deux femmes se toisèrent en silence, polies mais distantes l'une envers l'autre. Le contraste était saisissant. La contesse portait une robe noire et des talons assortis avec un collier de perles et des lunettes de soleil hors de prix, elle était propre sur elle, bien manucurée, les cheveux impeccablement coiffés, dégageant la prestance digne de son rang. C'était une femme noble au-dessus des autres, fortunée, comme on en croisait que dans les restaurants et les boutiques chics. Sa seule et unique enfant à l'inverse était elle accoutrée comme n'importe quelle fille de son âge. Elle portait un long short jaune avec une chemise à carreaux nouée sur le ventre, elle avait les cheveux coiffés à la mode, et couverte ici et là de terre, elle était manuelle, pas du tout du genre à se faire servir par des domestiques. Pourtant elles étaient là toutes les deux, l'une en face de l'autre, mère et fille, chacune appartenant désormais à un monde différent. Isabella et Valentina se fixèrent donc, constatant d'un regard tout ce qui les séparait, tout ce qu'elles refusaient dans le mode de vie de l'autre. Puis comme mu par une force invisible, le petit Valentin sortant de la maison, il vint se cacher derrière les jambes de sa mère pour regarder avec timidité qui venait d'arriver. Passant instinctivement sa main derrière sa tête pour lui caresser les cheveux et le rassurer, Valentina fixa alors toujours la contesse, toujours surprise de sa visite.

— Bonjour toi ! s'exclama Isabella en enlevant ses lunettes et en s'accroupissant pour regarder son petit-fils. Comment t'appelles-tu ?

— Valentin, lui répondit-il craintif.

La contesse l'observa, curieuse et ravie de le rencontrer enfin, lui sourit, puis se redressa pour parler à sa fille.

— Il est très beau, la félicita-t-elle.

— Que me vaut le plaisir ? lui demanda Valentina, impatiente.

— Puis-je entrer ? l'interrogea-t-elle.

Valentina la regarda silencieuse, constatant qu'elle avait désormais ici et là des cheveux blancs et que son visage s'était ridé, puis finalement, acceptant, hocha de la tête.

— Venez mère…

Se retournant, elle prit Valentin par la main, et se rendit à l'intérieur.

— Dites à votre chauffeur de rentrer aussi, sinon il va cuire, ajouta-t-elle.

Isabella fit signe à son garde de les rejoindre, puis suivant sa fille et son petit-fils, entra dans la demeure.

— Comment vas-tu ? lui demanda-t-elle.

Valentina soupira, irritée par une telle question.

— À votre avis mère ? répondit-elle en lui préparant un café comme elle les aimait. Comment pourrais-je me sentir ?

— Tu as l'air en forme en tout cas, annonça Isabella en s'asseyant à la table de la cuisine.

Valentina demanda au chauffeur ce qu'il voulait boire, lui offrit un jus d'orange dans un grand verre, puis une fois que le café de sa mère fut prêt, elle mit ses trois morceaux de sucre habituels dans la tasse, le servit, et le lui tendit. Puis s'installant en face d'eux, elle prit Valentin sur les genoux pour les regarder.

— Mmmh, il est très bon, s'exclama Isabella.

Valentina en eut assez et décida de couper court à tous ces beaux discours.

— Vous n'êtes jamais venue me voir depuis sept ans que je suis en exil ici, alors trêve de politesse mère. Pourquoi êtes-vous venue ?

La contesse touilla un peu son café, puis fixa sa fille. La politesse de son visage s'effaça en un instant.

— Je suis venue te demander de rentrer, s'exclama-t-elle la mine grave.

Valentina eut le cœur palpitant, prise de court, chamboulée par cette révélation. Elle ouvrit la bouche, mais aucun son n'en sortit.

— Nous avons reconstruit la maison, nous avons arrangé les choses avec la famille Pellegrini, et avec ton père, nous aimerions que tu reviennes vivre avec nous, que l'on soit à nouveau une famille.

Toujours bouche bée, Valentina observa sa mère la larme à l'œil. Après toutes ces années…

— Et bien entendu, ton fils peut venir, précisa Isabella, Valentin est un D'Allegra, sa place est avec nous au domaine.

Écarquillant les yeux, Valentina s'émut, incrédule. Elle n'espérait plus… après toutes ces années, après tout ce temps sans aucune nouvelle, sans aucune visite, elle pouvait rentrer… Elle n'en croyait pas ses oreilles.

— Je… réussit-elle seulement à formuler, je…

— Dis simplement oui ma fille, reviens avec nous ! la supplia Isabella, je m'en veux tellement de t'avoir exilée, si tu savais !

Valentina regarda sa mère, et craqua. Déposant Valentin au sol, elle fit le tour de la table et en larmes, se jeta dans ses bras. Elle avait désespéré que ses parents lui pardonnent, qu'ils acceptent son fils et qu'elle puisse de nouveau vivre avec eux, jusqu'à se résigner, amère, acceptant sa vie de paria. Mais c'était terminé. Après sept ans d'isolement loin de ses racines, elle pouvait enfin rentrer chez elle.

— Viens Valentin, viens dire bonjour à ta grand-mère ! appela-t-elle son fils en lui tendant la main.

Le petit garçon regarda sa mère, incertain, puis calmement, la rejoint pour monter sur les jambes de sa grand-mère. Sa mère pleurant de joie de le voir faire, il sourit alors, heureux pour elle. Si sa maman était heureuse, alors il était heureux.

*

17 mai 1985

L'Alfa Romeo entra dans la propriété du Lac de Côme, et émerveillée, Valentina regarda la maison de son enfance avec nostalgie. Elle avait été reconstruite un peu différemment, mais de la revoir, de revoir ce jardin illuminé sous le soleil, elle fut aux anges. C'était si merveilleux d'être de retour, de pouvoir revenir ici après tant d'années. Oh, la demeure de France lui plaisait énormément, elle s'y sentait chez elle, mais ici, ici elle était à la maison.

La voiture se gara au garage, et en sortant rapidement, Valentina amena immédiatement et excitée son fils dans le domaine. Là, s'accroupissant à ses côtés devant un olivier, elle lui désigna l'arbre du doigt avec enthousiasme.

— Tu vois cet arbre Valentin ? C'est un olivier ! Je l'ai planté avec ma grand-mère quand j'avais cinq ans, lui déclara-t-elle.

— Comme les olives qu'on met sur les pizzas ? demanda Valentin.

La jeune femme tourna les yeux vers son fils.

— Oui, comme les olives sur les pizzas, sourit-elle.

Elle lui déposa un baiser sur la joue en le serrant contre elle, heureuse de pouvoir partager ça avec lui, puis le tenant par la main, salua de la tête les jardiniers avant de revenir vers la maison. Alors que les domestiques déchargeaient leurs affaires de la voiture, ils rejoignirent sa mère, mais entrant avec elle dans la demeure, mal à l'aise, Valentina redouta malgré tout de rencontrer son père. Et Guiseppe les attendant dans le hall en bas des escaliers, le cœur lourd, elle eut donc les yeux humides en le voyant. Le vieil homme tendant les bras, ému de les voir, il appela toutefois impatiemment son petit-fils, et sous le coup de l'émotion, comblée de ces retrouvailles, elle le lui envoya avec joie.

— Mon petit, viens voir grand-père !

Valentin se précipita dans ses bras, joyeux à l'idée de rencontrer son papi, et le conte le portant puis le couvrant de baisers, il regarda sa fille, lui aussi fou de bonheur de la retrouver.

— Valentina, tu es magnifique ! s'émerveilla-t-il.

— Papa !

Valentina vint à la rencontre de son père et l'embrassa chaleureusement, les larmes aux yeux.

— Comment vas-tu ? lui demanda-t-il.

— Oh mon dieu, bien mieux maintenant, et toi ? essuya-t-elle ses joues.

— Très bien ! Je suis si content que vous soyez là !

Guiseppe serra sa fille contre lui, se réjouissant de ce nouveau départ, et ensemble, comme une famille, ils montèrent les escaliers pour qu'ils puissent s'installer. Heureuse d'être de retour en Italie, Valentina s'abandonna pour de bon à la joie. Elle était réunie avec ses parents qu'elle aimait tant, son exil était fini, et Valentin était avec eux. Avec amertume, elle regretta juste l'absence d'Alfred pour que sa famille soit au complet, mais après presque huit ans de séparation, elle s'y était résignée. Appréciant cette réconciliation, elle se contenta de ça. Elle essayerait de retrouver son mari plus tard, quand tout irait définitivement mieux. Elle s'en fit la promesse. En attendant, elle savoura d'être là, d'être de retour à la maison.

*

Six jours plus tard.

Valentina termina de lire la dernière page de son livre, et ayant apprécié sa lecture, satisfaite de la fin, elle se leva de sur son transat et quitta la piscine. Montant les escaliers de la terrasse, elle rentra alors à l'intérieur de la maison et se rendit dans sa chambre. Là, elle retira son maillot de bain deux pièces pour aller prendre sa douche. Cela faisait bientôt une semaine qu'elle était rentrée et bien qu'elle en était extasiée, certains de ses devoirs la fatiguaient déjà. Elle se devait d'être une aristocrate, elle se devait d'agir comme une D'Allegra, et elle avait toujours détesté cela. Déjà toute petite elle en avait eu une sainte horreur. Trimballée de dîner en gala des dizaines de fois durant des nuits entières, elle avait dû se mélanger aux gens de la bourgeoisie, aux innombrables amis de ses parents, et cela la débectait. Toute cette hypocrisie, toute cette superficialité, toute cette condescendance qu'ils recrachaient sur les moins aisés, elle en était malade. Mais Valentina fit un effort. Des amis de ses parents venaient manger ce soir, et elle se devait de jouer le jeu. Après tout ce qu'il s'était passé par sa faute, elle leur devait bien ça. Elle prit donc sa douche, et une fois sèche, elle enfila une magnifique robe noire à larges bretelles lui faisant un décolleté généreux. Puis elle se maquilla pour charmer ce beau monde de la haute société, et quand elle eut fini, elle s'occupa de ses cheveux qu'elle coiffa avec attention. Finalement prête, se trouvant assez belle pour remplir les exigences de son rang, elle habilla Valentin d'un petit costume fait sur mesure pour qu'il soit lui aussi magnifique.

— Mon beau cavalier, sourit-elle, c'est avec vous que je danserais ce soir.

— Oh oui maman, avec plaisir !

Elle lui coiffa les cheveux avec un peigne, et trouvant son fils de toute beauté, se préparant à une soirée de faux sourires et de discours mondains qu'elle ne pourrait supporter, elle descendit finalement les escaliers en lui donnant la main.

— Tu te tiendras bien sage hein, lui expliqua-t-elle.

— Oui maman, répondit-il.

— Bien, parce que je veux que tu sois parfait. C'est très important Valentin, tu vas devoir apprendre à te taire et à écouter. Car tu devras assister à ce genre de soirées toute ta vie, que tu le veuilles ou non.

— Bien maman…

Le petit Valentin fit une moue à sa mère pour lui signifier qu'il comprenait, puis avant d'entrer au salon, il se gratta une dernière fois le nez. Valentina sourit d'une telle innocence, et se décidant à affronter cet univers qu'elle détestait tant, elle entra dans la pièce déjà animée en arborant son plus beau sourire. Mais le visage immédiatement déconfit, quelle ne fut pas sa surprise de découvrir que les fameux invités de ses parents n'étaient autres que la famille Pellegrini. Affolée, pâle, elle fut tétanisée de les voir ici, eux qui avaient causé tous leurs malheurs, que ce soit leur fuite en Sicile ou son exil en France. Que faisaient-ils là ? Pourquoi étaient-ils là ?

— Mais qui voilà, ne serait-ce pas la magnifique Valentina ? s'exclama Oreste enjoué.

Les conversations se turent et les visages se tournèrent vers elle, et le cœur battant comme jamais dans sa cage thoracique, Valentina resta figée d'effroi quand le vieil homme vint lui faire un baisemain. Mais mise devant le fait accompli, elle n'eut pas d'autre choix que de faire bonne figure. Prenant sur elle, s'armant de courage et dissimulant son dégoût, elle salua donc tour à tour tous les membres de la famille en présentant son enfant.

— Bonsoir… voici mon fils, Valentin Alfred Gabriele Alessandro.

— Oh qu'il est merveilleux ! répondit une dame.

Valentina sourit artificiellement, et faisant le tour des présentations, les observa tous. Ils étaient une dizaine de membres, accompagnés de leurs gardes. Outre Oreste, elle reconnut parmi eux Luca, la mère de Fabio, ainsi que sa tante Ermelinda, sa cousine Brigida, son cousin Icaro, et bien entendu Fabio lui-même.

— Tu es magnifique, s'exclama ce dernier lorsqu'elle arriva à son niveau.

— Je… merci Fabio, merci beaucoup.

Il lui fit un baisemain, elle remarqua lorsqu'il releva la tête que ses yeux se fixèrent un instant sur sa poitrine, puis arrivant devant son père et sa mère, ils lui adressèrent un regard qu'elle ne connaissait que trop, celui qui l'avait suivie toute son enfance et son adolescence, celui qui disait *« ne gâche pas tout »*. Amère, comprenant qu'elle n'était pas en position de protester, elle hocha donc de la tête pour signifier qu'elle se comporterait bien.

— Bien, maintenant qu'elle est arrivée, si nous mangions ? s'exclama enjoué Guiseppe en regardant ses convives sans se soucier de sa fille.

Valentina s'installa à table avec Valentin, et se retrouvant en face d'Oreste, avec Fabio à ses côtés, elle se sentit mal. Elle avait une boule dans la gorge, elle n'était pas à l'aise, et il y avait cette alarme qui résonnait dans sa tête. Elle craignait le pire pour elle et son enfant. Cette famille, c'était des rats, c'était de la vermine méprisable.

— Votre retour s'est bien passé ? demanda Oreste en la servant en vin.

— Oui, parfaitement, répondit poliment Valentina.

Elle prit le verre, le leva à sa santé, et en but une gorgée. Mon dieu, elle espérait que ce repas se terminerait vite.

— En tout cas, laissez-moi vous dire que vous êtes plus belle que jamais, reprit le patriarche, votre grossesse et les années vous ont embellie.

228

— En effet, s'exclama la tante Ermelinda, votre poitrine est devenue généreuse, vous avez le corps d'une femme fertile. Les convives autour de la table rirent, Isabella et Guiseppe se joignirent aux remarques concernant sa féminité désormais accomplie et propice à la maternité et au mariage, et ravalant sa fierté, tâchant de se montrer courtoise et noble, Valentina encaissa en silence, acceptant qu'on parle d'elle comme d'une quelconque potiche. Les entrées rapidement amenées à table, le repas commença ainsi, dans la désobligeance, et se faisant toute petite, elle maudit sa décision de revenir ici. Mais mangeant son repas, elle ne se laissa pas abattre, même quand Fabio glissa sa main sur sa cuisse pour la lui caresser sous sa robe, elle accepta en silence pour ne pas faire de vague.

— En tout cas, je me fais une joie de vous accueillir dans la famille Valentina, s'exclama Luca, vous serez comme une fille pour moi !

Valentina écarquilla les yeux en la regardant, effarée par ce qu'elle venait d'entendre. Avait-elle bien compris ? Avait-elle réellement bien compris ce qu'elle venait d'entendre ?

— Et elle est une excellente décoratrice, vous verriez comment elle a redécoré la demeure de France, raconta Isabella, c'est tout bonnement divin.

Valentina tourna les yeux vers sa mère, intérieurement folle de rage.

— Vraiment ? déclara-t-elle le poil hérissé.

La contesse et le conte la regardèrent l'air de dire *« ne recommence pas »*, et ne voulant pas créer une rixe à table, elle ne rajouta rien. Mais les domestiques arrivant pour débarrasser leurs assiettes, les discussions repartirent de bon train sans qu'elle fût obligée d'y participer, et tenant sous la table la main de son fils, Valentina se sentit de plus en plus mal. Le cœur palpitant, elle avait l'estomac retourné, elle avait la nausée. Répugnée, elle comprenait pourquoi elle était là, pourquoi ils avaient voulu qu'elle revienne, pourquoi ils l'avaient autorisée à rentrer… Terminant son verre de vin avec écœurement, elle se resservit et fulmina intérieurement. Et ils n'avaient même pas eu la décence de le lui dire en face, de lui annoncer leurs intentions… ses propres parents. Les yeux rouges, elle avait envie de pleurer, indignée.

— Excusez-moi un instant, annonça-t-elle.

Elle se leva de table, et se dirigeant vers le hall, sortit sur la terrasse prendre l'air. Là, pleurant à chaudes larmes, elle mit alors la tête entre les mains. C'était impossible, comment avaient-ils pu lui faire cela ? Elle les aimait tant, et pourtant ils se jouaient d'elle, ils l'utilisaient et se moquaient de ses ressentis… Comment des parents pouvaient-ils être si monstrueux avec leur seule enfant ?

— Valentina ? l'interpella sa mère.

La jeune femme se retourna, et lui fit face, incrédule.

— Comment mère ? Comment pouvez-vous décider à ma place, m'imposer une telle chose ?

Isabella la gifla, furieuse.

— Comment oses-tu ? Après tout ce qu'on a sacrifié, après qu'on ait dû se cacher par ta faute, après qu'on ait perdu notre statut, comment oses-tu ? Sais-tu seulement combien nous a coûté leur pardon ? As-tu idée d'à quel point il a été dur de persuader Oreste de revenir sur sa décision, d'accepter que son fils épouse une fille qui a déjà un enfant ?

Valentina continua à pleurer en se tenant la joue.

— Vous êtes monstrueuse mère, j'ai beau vous aimer vous et père, vous êtes tous les deux des monstres ! s'exclama-t-elle estomaqué.

Isabella la regarda d'un œil noir, et la pointa du doigt.

— Ce mariage est plus important que toi et ton enfant Valentina ! Tu m'entends ? Si tu ne te maries pas, cette fois il n'y aura pas d'échappatoire !

Valentina regarda sa mère retourner au salon en se massant toujours la joue, et réprimant son sanglot, ne sut que faire. Elle ne pouvait pas fuir, elle ne pouvait pas s'échapper, et quand bien même, où irait-elle ?

Se tournant vers l'horizon, elle regarda au loin vers le lac, et amère, pour le bien-être de son fils, elle accepta. Elle était furieuse, abattue, mais elle accepta. Elle se marierait, elle se lierait à Fabio, elle ferait ce qu'on attendrait d'elle. Si c'était la seule façon pour elle d'offrir un avenir décent à son fils, alors elle le ferait. Forte, courageuse, elle essuya donc ses larmes, et retourna dans sa chambre pour refaire son maquillage. Puis une fois qu'elle fut de nouveau présentable, elle revint à table. Hochant de la tête à ses parents, Luca et Oreste, elle leur signifia qu'elle acceptait, elle le ferait. Comblés, Isabella et Guiseppe lui sourirent, ses futurs beaux-parents portèrent un toast à leur mariage, et Fabio glissant sa main sous sa robe jusqu'à sa culotte, il ne se gêna cette fois plus pour lui toucher avec indécence l'entrejambe. Le repas continua ainsi, dans les piques à propos de son comportement et du temps qu'elle leur avait fait perdre avant de finalement entendre raison.

Trois heures plus tard.

Valentina coucha Valentin en lui lisant une histoire, une aventure spatiale, et une fois qu'il fut endormi, désirant s'aérer, elle sortit se balader une veste sur les épaules. La famille Pellegrini était partie, elle avait promis de se marier, et tout le monde ravi, tout était bien qui finissait bien… Songeuse, elle s'assit sur une botte de foin devant la grange. Regardant les étoiles nostalgique de sa vie de femme libre qui s'envolait, se souvenant d'une nuit en tous points magique il y a presque huit ans, elle se demanda où était Alfred en ce moment. Avait-il refait sa vie ? L'avait-il cherchée durant toutes ces années ? Se languissant de lui, elle aimerait se trouver dans ses bras à cet instant, elle donnerait tout pour être avec lui, son beau voyageur.

— Hey, mais c'est Valentina ! Valentine Valentina ! s'exclama Fabio en arrivant près d'elle.

La jeune femme tourna la tête vers lui, et l'ignora presque, lassée de jouer la comédie pour le reste de la soirée.

— Rentre chez toi Fabio, tu es ivre, lui répondit-elle en regardant de nouveau les étoiles.

Fabio l'observa, triste, blessé par son indifférence.

— Oh allez, on va se marier, tu peux bien te détendre un peu, essaya-t-il d'engager le dialogue.

Valentina fut consternée par son obstination. Elle n'avait pas du tout la tête à ça là maintenant. Elle avait envie d'être seule, de faire le deuil de sa liberté, et elle ne voulait pas gâcher cette dernière nuit de tranquillité en la passant avec lui.

— Tu n'en as pas eu assez à table à jouer entre mes cuisses ? lui déclama-t-elle exaspérée, le nez toujours dans les étoiles.

Fabio perdit patience devant son dédain. Emporté par l'alcool, il s'approcha d'elle furieux et lui saisit le bras avec force.

— T'as toujours été qu'une sale gosse Valentina ! lui invectiva-t-il.

— Lâche-moi, tu me fais mal ! tenta-t-elle apeurée de se détacher.

— Ah maintenant tu me regardes hein ? Avec tes airs de sainte nitouche là ! Putain, quand je pense que nos parents voulaient qu'on soit ensemble depuis l'enfance, et il a fallu que tu fasses un bâtard ailleurs !

— Lâche-moi, tu me fais mal ! lui redemanda-t-elle cette fois vraiment paniquée.

Fabio la força à se lever, se moquant de son avis, et la trainant vers la grange, il la plaqua avec brutalité contre le mur. Puis il lui pelota avidement les seins à travers la robe.

— Quoi ? Tu n'aimes pas qu'on te touche ? Pourtant quand tu t'es faite engrossée, tu as du apprécier ! s'exclama-t-il plein de rage.

— Arrêtes, tu es trop saoul Fabio ! le supplia-t-elle.

Le jeune homme n'écouta toujours pas ses suppliques et la tira à l'intérieur de la grange. Puis cédant à la rage, furieux de tout ce qu'elle lui avait fait subir, il la projeta par terre sur le foin. Tandis qu'elle releva affolée la tête pour le regarder, décoiffée et salie, un peu sonnée, il déboucla alors sa ceinture et défit la braguette de son pantalon.

— Tu vas la goûter au mariage, pourquoi ne pas en prendre un avant-goût ? Tu vas voir, tu vas adorer ! ricana-t-il.

Craignant la suite, Valentina essaya de se relever, mais il la gifla si violemment qu'elle retomba au sol, et vif, s'asseyant sur elle, il l'empêcha de se débattre. La jeune femme ne pouvant contrer ses assauts, il la plia alors à sa volonté et déchira sa robe pour découvrir ses seins qu'il pressa avec virulence malgré ses cris. Puis amenant ses mains au-dessus de sa tête pour les bloquer il lécha et mordit ses tétons sans se soucier de ses pleurs. Frénétique, nerveux, violent, il arracha ensuite sa culotte et la viola avec férocité, s'immiscent en elle d'un coup sec en lui soutirant des hurlements de douleurs. Elle eut mal, elle eut horriblement mal, et coincée sous lui, les poignets écrasés par ses mains, elle ne put que subir ses va-et-vient énergiques en appelant à l'aide. Mais personne ne vint. Valentina pleura, supplia pour qu'il la laisse, mais rien n'y fît, il continua à la prendre de force jusqu'à arriver à son terme entre ses cuisses. C'est seulement là, quand il se relâcha, qu'elle réussit à libérer ses mains. S'emparant d'une pierre, elle le frappa alors avec, et poussant un cri, Fabio s'écarta en se tenant la tête, ensanglanté.

— Petite salope ! l'insulta-t-il furieux.

Il revint à la charge, mais Valentina le menaça de sa pierre.

— Touche-moi encore et je te tue ! hurla-t-elle.

— Tu es pitoyable ! cria-t-il de rage, moqueur.

— Et je sais me battre ! lui annonça-t-elle en se relevant, décoiffée et le maquillage coulant, à moitié nue, mais déterminée à se protéger.

— Ah ouais ?

Fabio regarda autour de lui, et voyant la fourche plantée dans une botte de foin, la prit, et satisfait de son arme, la fixa prêt à la tuer.

— Tu feras moins la maligne après avoir été remise à ta place !

Il donna un coup vers elle pour l'embrocher, mais Valentina l'évita et se dirigea vers le fond de la grange pour trouver de quoi se défendre dans les autres outils. Mais c'était une erreur qu'elle comprit bien vite, car il se trouvait désormais entre elle et la sortie. Elle était prise au piège.

— Cette fois tes parents ne te sauveront pas en t'exilant en France avec ton sale mioche !

Valentina fit face à son violeur, et il voulut la planter pour lui régler son compte, mais elle réussit une nouvelle fois à l'éviter. Tentant le tout pour le tout, elle se jeta alors immédiatement avec force sur lui en criant de rage, le poussant jusqu'à le plaquer contre le mur afin de le déstabiliser assez pour pouvoir s'échapper. Mais elle n'avait pas vu le clou qui y était planté. Le heurtant avec la tête, Fabio mourut instantanément, le crâne perforé et le cerveau transpercé. Réalisant alors son acte, Valentina tomba au sol, les mains devant la bouche, accablée d'effroi. Elle l'avait tué, elle venait de commettre un meurtre. Les larmes aux yeux, elle fut terrifiée de ce que cela signifiait, des répercussions que cela aurait, et son père arrivant soudain, alerté par ses cris, elle le regarda encore choquée de son acte.

— QU'AS-TU FAIT ? s'horrifia fou de colère Guiseppe en voyant le corps gisant contre le mur.

Furieux, perdant ses moyens, il gifla immédiatement sa fille de toutes ses forces.

— PAPA, s'indigna-t-elle, COMMENT PEUX-TU M'EN VOULOIR ?

Fondant encore plus en larmes, Valentina sanglota, ne comprenant pas que son père puisse avoir aussi peu de considération pour elle et sa dignité. Mais Guiseppe voulant la frapper de nouveau, elle leva instinctivement le bras pour se protéger. Seulement le coup ne vint jamais. Surprise, Valentina regarda pourquoi il s'était retenu, et le vit à genoux à terre, lui aussi en train de pleurer. S'approchant de lui sans se soucier de sa nudité, certaine des conséquences qu'aurait cet acte sur leur famille, la fille serra alors son père contre elle et s'apitoya avec lui.

Chapitre XIX

Pianto amaramente

Jeudi 18 mai 2017

— *Tu es intelligent, mais tu t'es laissé guider par tes émotions. Tu ne veux pas être une brute de savoir et de déduction dénuée d'émotion, tu veux rester humain, parce que ta mère était humaine. Alors tu as fait une erreur. Tu as diversifié ton intellect au lieu de le concentrer, tu as distillé des sentiments dans ton savoir, et tu as failli. Tes ressentis ont pris le dessus et t'ont fait commettre l'idiotie d'aimer une femme, puis t'ont mené à la trahir quand il fut temps de créer un nouvel atout. Cette sensibilité, cette humanité que tu chéris tant, elle t'a détruite, car à cause d'elle tu as créé des situations conflictuelles qui n'auraient jamais existées si tu n'avais pas accepté de ressentir de l'amour. Alors que si tu avais utilisé tes capacités à bon escient, si tu avais usé de toute ton intelligence comme il aurait fallu, tu serais le plus grand génie qui soit. Vis avec cela maintenant. Vis avec cela Phileas. Toi qui voulais être spationaute, toi qui voulais aller dans les étoiles, tu as décidé d'être un agent secret pour retrouver ta mère et tu as décidé d'aimer plutôt que d'être un pur génie. Vis donc en sachant que si tu n'avais pas voulu être un homme, si tu avais repoussé tous ces sentiments, tu ne souffrirais pas aujourd'hui. Vis en*

Le reflet du miroir se brisa, et Phileas se retrouva seul face à lui-même. Se toisant en silence, il repensa au discours de son alter ego dénué de sensibilité, l'homme froid qu'il aurait pu être s'il était resté logique, s'il ne s'était pas humanisé en acceptant d'aimer, en acceptant d'être un père puis un conjoint. Et son esprit se tordit de douleur. En un instant, son intelligence l'étouffa, il pensa dans toutes les langues qu'il avait apprises, il visualisa toutes les compétences qu'il avait accumulées, il se rappela toutes les données qu'il avait stockées dans sa mémoire, et les représentants par une fleur de lotus aux mille pétales, il réalisa qu'au lieu de s'étendre, de se diversifier, il aurait pu en faire une lame, fine, tranchante, qu'il aurait pu pointer dans n'importe quelle direction, dans n'importe quel domaine, vers les étoiles ou vers la physique, vers les mathématiques ou vers la chimie. Mais au lieu de ça, il avait voulu être un humain, doué dans toutes les compétences, excellant dans chaque domaine sans être le génie qu'il aurait pu être dans chacun d'entre eux. Il avait choisi d'être l'outil parfait pour une seule chose, aider les gens, être utile, et retrouver sa mère. Il avait choisi d'être un être sensible. Pour sa mère, pour sa fille, pour sa femme.

Puis le cauchemar se termina.

Phileas avait très mal et lorsqu'il se réveilla, il fut immédiatement triste. À peine eut-il ouvert les yeux qu'il repensa en effet à Adélaïde, et constatant en regardant son téléphone qu'elle ne l'avait pas rappelé et que Billy ne lui avait pas répondu non plus, il déprima. Sombrant dans un chagrin incommensurable, il resta ainsi allongé dans son lit à broyer du noir. Abattu, démoralisé, il ne savait comment gérer cette douleur, comment faire avec sa peine. Il avait envie de pleurer, c'était tout. Sa femme lui manquait terriblement, et il ne pouvait concevoir sa vie sans elle. Oh, si cela perdurait, avec le temps cela lui passerait, il le savait bien, mais il ne voulait pas, Phileas ne voulait tout simplement pas vivre sans elle. Il l'aimait comme un fou, elle était tout à ses yeux, et lorsque son téléphone bipa, il se précipita d'ailleurs dessus en espérant de tout son être qu'il s'agisse d'un SMS de sa part. Mais ce n'était pas le cas, c'était un message de notification tout simple, mais lourd de conséquences.

« Suite à votre comportement, je vous informe qu'il a été pris pour décision par la directrice M que vous ne puissiez plus contacter aucun membre du Service via ce numéro, votre numéro de fixe, et vos adresses email. Exception est faite toutefois des numéros privés de l'agente Wanda D'Allegra et de M. »

Phileas reposa son téléphone sur la table de nuit, et sanglota, le cœur brisé. Voilà, cela y était, Adélaïde avait été contrariée par le message pitoyable qu'il avait laissé sur le répondeur de Billy, et furieuse contre lui, elle l'avait fait définitivement bloquer par tout le monde. Combien de temps avant qu'il ne puisse plus la contacter elle ? Avant qu'elle lui annonce vouloir divorcer ? En larmes, amer, l'homme du club fut dévasté. Qu'allait-il faire ? Qu'allait-il bien pouvoir faire ?

Deux heures plus tard, Phileas se décida finalement à se lever.

Arrêtant de se morfondre, tâchant de surmonter sa peine, il trouva la force de continuer à se battre. Même si Adélaïde ne voulait plus de lui, même si Wanda le repoussait et ne lui parlait plus, il tiendrait bon. Aussi douloureux cela soit-il, il se battrait, que ce soit pour Jean et Adrien, ou pour ce qu'il croyait être juste. Se forçant à contrôler ses sentiments, il se servit de son intelligence, il résonna avec logique. Phileas refusa de se laisser abattre.

Résolu, il prit donc sa douche, et une fois qu'il fut habillé, il appela en premier lieu Jean et Adrien. Ne les ayant pas contactés depuis son départ, il discuta avec eux, écoutant avec plaisir le récit de leurs vacances chez papi et mamie, et impatient de les revoir, il leur promit qu'il rentrerait vite. Puis il raccrocha et sortit dans la rue. Interpellant les gens, accrochant des affiches, déterminé, il chercha sa mère, se faisant la promesse que si sa famille était en miette, il prendrait le temps qu'il fallait, mais il en recollerait les morceaux.

Malheureusement, ses recherches ne donnèrent pas plus de résultats que la veille. Parcourant la ville dans le froid, il marcha sur plusieurs kilomètres sans succès. Si sa mère était bien là, personne parmi les gens qu'il croisa ne savait où elle était. Retrouvé après près de trois heures par Alfred, ils passèrent encore malgré tout les deux heures suivantes à continuer leur quête, ne désespérant pas, lorsque finalement épuisés pour la journée, ils rentrèrent à leur hôtel.

— Ce n'est que partie remise, annonça Alfred, on continuera demain.

— Oui.

Phileas acquiesça, convaincu, refusant d'abandonner. Il cherchait sa mère depuis maintenant plus de trente ans, et il ne comptait pas renoncer alors qu'après tout ce temps ils avaient enfin un indice. Cette fois, il ne se découragerait pas. Montant dans la chambre de Devon avec du thé, du café et des biscuits, les deux hommes pleins d'espoir le rejoignirent donc pour prendre une pause bien méritée, quand entrant dans la pièce, ils le trouvèrent assis sur son siège devant son ordinateur, la tête entre les mains, atterré.

— Que se passe-t-il ? demanda Alfred.

Devon leva les yeux vers eux, un peu surpris, la mine préoccupée.

— Je… on… le *Service* a confondu Tony, révéla-t-il. Il a été découvert et ils l'interrogent en ce moment même.

Alfred fit une moue, triste pour le jeune homme, et Phileas déchantant instantanément, la nouvelle lui fit l'effet d'une douche froide. Et il se sentit responsable. S'asseyant sur le lit son thé en main, il balança la tête en fermant les yeux. Tout cela, c'était de sa faute. Tout, le départ d'Adélaïde, ce qui arrivait à l'agent Williams… tout.

— Bon sang, c'est moi qui l'ai recruté… c'est à cause de moi toute cette histoire, souffla-t-il.

Son moral en reprenant un coup, il se laissa de nouveau abattre, repensant à sa séparation d'avec Adélaïde, repensant à toutes les conséquences de la création des *Artificiers*. Mais Alfred le voyant déprimer, contre toute attente, il posa chaleureusement sa main sur son épaule pour le réconforter.

— Peut-être oui, mais c'était pour une bonne cause, déclara-t-il.

Phileas leva les yeux vers lui, étonné de ces mots.

— Tu as fait des choix discutables, difficiles, mais personne n'est parfait, et je pense qu'il faudra que je le rappelle à ta fille et ta femme, ajouta alors le Cavalier. Si malgré toutes les bonnes choses que tu as faites, elles préfèrent ne retenir que la création tumultueuse des *Artificiers*, alors elles oublient ce que c'est que d'être agent secret. Parfois tu es face à des situations dont aucun des choix n'est bon, et pourtant tu dois quand même choisir, tu dois quand même décider.

Phileas fut touché par ses paroles, heureux d'avoir le soutien de son père. Cela lui faisait chaud au cœur. Il était soulagé qu'enfin quelqu'un accepte de lui accorder le bénéfice du doute, et là, tout de suite, c'était tout ce dont il avait besoin.

— Votre père a raison, annonça alors Devon. Il nous suffit à tous de voir le nombre de vies que nous avons changées, du nombre de personnes que nous avons sauvées, pour savoir qu'on a pesé dans la balance, que notre existence compte.

Phileas hocha de la tête, le remerciant également pour son appui. Mais l'écran d'ordinateur derrière lui attirant son attention, son cœur se mit à battre rapidement. Il s'en approcha incrédule, et tandis que Devon et Alfred tournèrent à leur tour les yeux vers l'ordinateur, il fut incapable de parler.

— Mon dieu, constata Alfred les larmes immédiatement aux yeux.

Fixant tous les trois l'écran, ils virent la retransmission d'une caméra clignoter en rouge, avec dans une fenêtre à côté, la confirmation de la reconnaissance faciale qui correspondait avec plus de 90% de similitudes aux différents portraits vieillis de Valentina.

— C'est… c'est… reprit le Cavalier.

Devon tapa stupéfait une commande sur son clavier pour rapidement identifier la provenance de la vidéo.

— Les images ont été prises devant un hôpital, à 5,4 kilomètres d'ici, annonça-t-il en parcourant les métadonnées.

Il isola la caméra d'origine, et l'affichant en grand, repassa l'échantillon source.

— Elle a été filmée en train d'y rentrer…

L'*Artificier* se tourna vers Phileas et le regarda, heureux pour lui.

— Prenez les vélos, je vous tiens informés à distance ! lui déclara-t-il.

Phileas et Alfred acquiescèrent, et le cœur battant à tout rompre, se précipitant dehors jusqu'à leurs vélos, ils se rendirent aussi vite que possible au fameux hôpital. Pendant ce temps Devon pirata lui le registre des admissions. Cherchant sur une supposition de Phileas un homme de type caucasien né entre 1920 et 1940 qui y aurait été admis, il trouva sept entrées correspondantes, si bien que lorsque les deux hommes arrivèrent à leur destination, sans même reprendre leur souffle mais tâchant de ne pas courir, portés par leur excitation, ils s'attelèrent immédiatement à les vérifier une à une pour éliminer les possibilités. Entrant fébriles dans la première chambre, ils tombèrent ainsi sur un vieil homme alité visiblement dans le coma et sous appareil respiratoire. L'infirmière vérifiant ses relevés s'étonnant de leur irruption, elle leur demanda mécontente ce qu'ils faisaient là, mais constatant que ce n'était pas son grand-père et que sa mère n'était ni dans la pièce ni dans les toilettes, Phileas les excusa pour leur entrée inappropriée. Toujours aussi nerveux, ils allèrent ensuite voir la seconde chambre, et tombèrent ce coup-ci sur un homme âgé conscient et discutant avec sa famille. S'excusant encore une fois pour leur impolitesse, Phileas annonça qu'ils s'étaient trompés de chambre et ils repartirent. De plus en plus rouges, de plus en plus incertains, presque en panique, Phileas et Alfred se dirigèrent vers la troisième chambre de leur liste. Le cœur lourd, entrant cette fois enfin calmement pour ne pas paraître malpolis, ils virent alors un vieil homme endormi dans un lit. La pièce était silencieuse, uniquement ponctuée par le bip de la machinerie médicale, et le sang battant leurs tempes, ils constatèrent la présence d'une femme. Assise sur une chaise devant le patient, elle leur tournait le dos, mais les entendant s'approcher, elle se retourna pour les regarder.

Le souffle coupé, figé, reconnaissant instantanément son visage malgré les années passées, Phileas eut alors la mâchoire tremblante, et Alfred lui aussi ému, leurs yeux s'humidifièrent.

— Oui ? Je peux vous aider ? demanda-t-elle en italien.

Phileas esquissa un sourire en entendant sa voix, nerveux, n'arrivant pas à y croire.

— Maman ? s'exclama-t-il simplement.

La dame fut tout d'abord surprise de cette question, haussant un sourcil interrogateur, puis elle réalisa. Elle les fixa soudain tous les deux incrédule, et mettant la main devant la bouche, elle réalisa.

— Valentin ? C'est bien toi ? eut-elle les yeux humides.

Phileas la regarda, émerveillé.

— *Let's Dance*, souffla-t-il.

Valentina se leva immédiatement, chancelante. Pleurant à chaudes larmes, elle se jeta expressément dans ses bras, n'arrivant pas à y croire.

— Oh mon dieu Valentin, tu es là, tu es là ! pleura-t-elle effondrée. Je suis si contente de te voir mon fils !

Phileas la serra contre lui, au comble du bonheur.

— Moi aussi maman, moi aussi.

— Tu es là, tu es là, répéta-t-elle.

Phileas continua à la serrer contre lui, appréciant de l'avoir retrouvée, et fermant les yeux, rattrapé par ses émotions, il pleura lui aussi. Cela y était, il l'avait retrouvée… Bon sang, cela y était. Après tout ce temps, ils étaient enfin de nouveau réunis.

Puis finalement il se dégagea des bras de sa mère, et après l'avoir regardée avec ravissement dans les yeux, il se tourna vers Alfred. Suivant son regard, Valentina fut curieuse de cet homme âgé, quand elle se risqua à poser la question qui lui brûlait les lèvres.

— Alfred ? C'est toi ? lui demanda-t-elle incertaine.

— Si tu savais comme tu m'as manquée ! répondit ce dernier en pleurant de joie.

Il tendit les bras et Valentina se blottit contre lui, tremblante sous le coup de l'émotion, et animée soudain de la fougue de sa jeunesse, elle déposa sa bouche sur la sienne comme la jeune fille qu'elle était jadis devant son beau voyageur. Elle se perdit sur ses lèvres, n'y croyant pas, n'arrivant pas à concevoir qu'il était là. Puis pleurant toutes les larmes de son corps, elle se pressa dans ses bras, lui qu'elle pensait ne jamais revoir, l'amour de sa vie.

— Tu m'as tellement manqué toi aussi, tu m'as tellement manqué, pleura-t-elle avec émotion.

Ils restèrent là ensemble pendant une éternité, en joie et soulagés de se savoir en vie et de se revoir après tout ce qu'ils avaient traversé, après toute une vie passée loin l'un de l'autre, quand se tournant de nouveau vers son fils, Valentina le regarda avec émerveillement.

— Tu as tellement grandi mon garçon, tu es si beau, s'attendrit-elle.

Phileas avait encore les yeux rouges, et pouffa nerveusement, ne pensant jamais entendre ces mots.

— Mon fils, mon beau fils…

Valentina essuya tant bien que mal ses yeux, puis s'approcha honteuse de lui, hésitante.

— Valentin, je m'en veux tellement de t'avoir abandonné tu sais, formula-t-elle, pleine de remords.

Elle tendit les bras avec la crainte qu'il ne la repousse, s'effrayant à l'idée qu'il lui en veuille pour ce qu'elle avait fait, mais Phileas s'en moqua bien.

— L'important c'est qu'on soit réunis, prononça-t-il.

Il l'amena contre lui, et émue, elle eut de nouveau les larmes aux yeux. Oui, c'était le plus important. C'était ça le plus important, qu'ils se soient retrouvés. Puis son père s'agitant dans son sommeil, Valentina revint inquiète auprès de lui. Constatant toutefois que ce n'était que passager, probablement juste un rêve, ses signes vitaux ne changeant pas, elle se tourna alors vers Valentin et Alfred, et les regarda en s'essuyant les yeux.

— Comment m'avez-vous retrouvée ? leur demanda-t-elle perplexe en jouant avec son pendentif, encore étonnée de leur visite.

— Un de nos détectives privés a retrouvé ta trace et m'a fait passer l'information, annonça Phileas.

Il sourit nerveusement, et ne put en fin de compte s'empêcher de rire un peu.

— Cela fait trois jours qu'on est arrivés et qu'on te cherche en interrogeant les gens dans la rue, ajouta-t-il.

Valentina rigola, trouvant cela cocasse.

— Bonté divine ! C'est tellement ridicule, n'en crut-elle pas ses oreilles.

— Et le pire dans tout ça, c'est qu'après des heures passées dans le froid, on t'a retrouvée grâce à une caméra de surveillance, ricana le Cavalier.

Cette fois Valentina ne put plus se retenir de rire et ils rigolèrent tous les trois ensemble de bon cœur de l'improbabilité de leur entreprise. Mais finalement, lorsque leurs émotions furent passées, désirant savoir ce qu'il s'était passé, l'homme de club ne put plus tenir. Curieux, dans l'incompréhension depuis plus de trente ans, il avait besoin de réponses. Alors le cœur lourd, il lui demanda.

— Que s'est-il passé maman ? l'interrogea-t-il. Pourquoi es-tu partie ?

En entendant cette question, la joie de Valentina s'effaça de son visage, remplacée par une tristesse que les années avaient marquée sur ses traits. Amère, elle regarda alors son fils puis Alfred, et leur désigna les chaises posées le long du mur.

— Vous devriez vous assoir, répondit-elle.

Un peu éprouvée, elle se réinstalla aux côtés de son père et lui prit la main, et tandis qu'ils se joignirent à elle, elle leur raconta alors toute l'histoire. Calmement, elle expliqua les raisons de sa disparition. Elle évoqua la découverte de sa grossesse, la fuite forcée en Sicile, son exil en France, puis le retour à la maison et son viol par Fabio. Alfred et Phileas écoutèrent son récit avec attention, incrédules de découvrir pourquoi leur famille avait subi un tel sort. Ils furent médusés d'entendre une telle tragédie.

— En fin de compte, papa a décidé de m'aider à m'enfuir, conclut Valentina reconnaissante en regardant Guiseppe. J'avais tué Fabio en me défendant mais pour les Pellegrini, ce serait perçu comme un acte de guerre réclamant vengeance. Une fois qu'ils l'auraient découvert, ils n'auraient jamais eu de cesse de me chercher tant que je ne serais pas morte pour mon affront. Je devais donc partir définitivement.

Elle souffla, tremblante, les souvenirs de cette nuit atroce s'avérant douloureux.

— Ce soir-là on a organisé ma fuite, reprit-elle, mais papa n'a pas pu se résoudre à me laisser partir toute seule. Il avait beau être furieux que ses plans soient gâchés, il ne voulait pas que je vive une telle épreuve sans personne à mes côtés, alors on s'est cachés ensemble durant toutes ces années, changeant de pays et changeant d'identités, sans que jamais il ne me le reproche.

Valentina se tourna vers son fils, le cœur lourd.

— Cela m'a brisé le cœur, mais si je t'avais pris avec moi, tu aurais toute ta vie été en cavale et jamais tu n'aurais été en sécurité. Alors j'ai pris cette décision horrible, et j'espère que tu me le pardonneras un jour, mais je t'ai réveillé cette nuit-là pour t'emmener et te laisser devant cet orphelinat, pour que tu aies une vie meilleure que celle que j'avais à t'offrir.

Phileas la regarda, les larmes aux yeux, et ne put qu'être amer.

— La famille Pellegrini ? Celle d'Oreste Pellegrini ? demanda-t-il.

— Oui, confirma Valentina, c'est cela.

L'homme du club fut attristé par la cruauté avec lequel le destin s'acharnait sur leur famille.

— Ils se sont fait arrêter il y a vingt-deux ans maman, annonça-t-il avec amertume. Ils ont tous été emprisonnés pour leurs crimes. Vous ne risquiez plus rien, vous pouviez rentrer à la maison…

Valentina le fixa bouche bée par cette révélation. Puis assaillie par la portée de ses mots, elle fondit en larmes. Toutes ces années perdues, tout ce temps à se cacher, à fuir, à souffrir, tous ces instants passés loin de son fils et de son amour à regarder derrière son épaule par crainte d'être retrouvés…

— Mon dieu, dit-elle effarée en serrant son pendentif, tout ce temps perdu loin de toi mon enfant… tout ce temps.

Elle pleura à chaudes larmes, totalement accablée. Cela faisait plus de vingt ans qu'ils fuyaient pour rien, qu'ils subissaient ce calvaire inutilement.

— Et ma mère ? demanda-t-elle curieuse.

Phileas balança négativement de la tête, triste pour elle.

— Elle est morte en 1995. Elle ne m'a jamais expliqué pourquoi tu m'avais abandonné… Mais je comprends maintenant que c'était pour m'empêcher de gâcher ma vie à te chercher.

— Oui, certainement…

Valentina essuya ses larmes, et se levant pour marcher un peu et reprendre ses esprits, elle regarda par la fenêtre.

— La dernière fois que je l'ai vue, c'était cette fameuse nuit. Elle est restée pour nous faire gagner du temps. Elle savait qu'Oreste ne s'en prendrait pas à elle, il la respectait trop. L'honneur italien... Elle a donc accepté de ne plus jamais nous revoir pour que je puisse vivre loin de ces monstres, sacrifiant elle aussi sa famille.

Valentina fut écœurée de toute cette histoire, de toutes ces années gâchées… La famille Pellegrini avait détruit sa vie. Mais forte, pensant plutôt avec joie à ce qu'elle venait de retrouver, elle tâcha de chasser tout cela de son esprit. Regardant Alfred, souriante, reconnaissant bien malgré la vieillesse l'homme qu'elle avait aimé, elle fut heureuse de le revoir.

— Mon beau voyageur, soupira-t-elle en plongeant affectueusement ses yeux dans les siens.

— Je m'en rappelle comme si c'était hier, s'amusa Alfred, tu avais souvent un foulard ou un bandeau dans les cheveux. Tu te souviens de ce café à Rome ? Tu as bu deux pintes d'une traite juste pour prouver au serveur que tu supportais l'alcool.

Valentina s'avança vers lui, émue qu'il s'en remémore, et lui prit tendrement les mains pour simplement les tenir, réjouie. Mais son père se mettant soudain à tousser dans son sommeil, elle tourna la tête vers lui puis s'en approcha, appréhendant le pire. Heureusement, encore une fois, ce n'était rien de grave. Alfred et Phileas venant toutefois à ses côtés pour observer l'état de santé de Guiseppe, elle se sentit obligée de leur expliquer.

— Il était dur et cruel, révéla-t-elle, mais c'était mon père… Et après toutes ces années de fuite, je n'ai pas pu l'abandonner. Il a sacrifié sa vie pour moi, il a renoncé jusqu'à son nom… alors je suis restée à ses côtés. Et on a même été heureux parfois. On s'est fait à notre vie de fugitifs, on a accepté notre sort.

— Qu'est-ce qu'il a ? demanda Phileas.

— C'est un cancer généralisé, annonça Valentina, il n'en a plus pour longtemps… Deux semaines, tout au plus.

Phileas hocha de la tête en regardant son grand-père. Il était vieux, ridé et maigre, et les quelques poils et cheveux qu'il avait encore étaient longs et blancs… Ce lit était son lit de mort, les signes ne trompaient pas.

— Je vais rester un peu avec lui… Allez donc vous aérer, vous avez certainement beaucoup de choses à vous dire, s'exclama-t-il alors.

— Je… tu es sûr ? l'interrogea Valentina.

Phileas sourit, amusé.

— Cela fait quarante ans que ce vieux crouton te cherche… octroyez-vous donc dix minutes.

En entendant ces mots, Alfred esquissa un sourire égayé à son fils, reconnaissant de sa sollicitude malgré sa pique, puis tendant la main à Valentina, il prit affectueusement la sienne. Acceptant de se changer les idées, elle le suivit alors calmement, un sourire aux lèvres.

— À tout de suite Valentin, déclara-t-elle.

Phileas se tourna vers sa mère, ravi de pouvoir lui répondre.

— À tout de suite maman.

De la joie sur le visage, ses deux parents sortirent de la chambre, et s'installant tout près de Guiseppe, l'homme du club lui prit tendrement la main. Après une dizaine de minutes, le vieil homme se réveillant finalement, il chercha lentement des yeux sa fille, et rencontrant son regard, se surprit de le voir.

— Bonjour grand-père, c'est Valentin, se présenta Phileas.

— Valentin ? s'étonna-t-il, surpris.

— Oui. Ne t'inquiète pas, maman est dehors, elle va revenir.

— Oh mon dieu…je suis mort ? C'est le paradis ?

Phileas regarda son grand-père en lui déposant chaleureusement un bisou sur la main.

— Non, je suis bien réel, c'est bien moi. Tu es encore vivant.

— Mais… mais…

Le conte D'Allegra dégagea sa main, et la tendant, caressa la joue de son petit-fils, les larmes aux yeux, incrédule.

— Comment ?

— On vous a retrouvés, annonça simplement Phileas. On a retrouvé votre trace.

Guiseppe accepta cette idée, mais il se mit alors à pleurer, honteux.

— Si tu savais comme je suis désolé mon enfant, je suis tellement désolé, s'excusa-t-il. Le souvenir que tu as de moi doit être horrible, j'ai été un grand-père monstrueux.

Phileas le regarda en hochant de la tête.

— J'ai passé presque une semaine à subir tes insultes et à craindre tes coups quand maman n'était pas là… ce sont les seuls souvenirs que j'ai de toi, juste avant d'être déposé devant un orphelinat… Imagine à quel point cela a été traumatisant.

Le vieil homme pleura, pris de remords.

— Je suis tellement désolé…

— Grand-père, je te pardonne, coupa court à ses excuses Phileas. Je te pardonne, et je te remercie d'avoir sauvé maman.

Guiseppe pleura, accablé de chagrin mais ému par la bonté de son petit-fils.

— Je te pardonne papi… et je ne le dirais jamais à maman.

*

— Toute cette vie… toutes ces années perdues, à vivre sans toi, déclara Valentina. C'était dur.

Marchant dans les couloirs, les deux anciens amants se dirigèrent vers l'extérieur de l'hôpital pour pouvoir respirer un peu d'air frais.

— Tu es magnifique, répondit simplement Alfred.

Valentina le regarda surprise, et rouspéta.

— Oh, arrête Alfred, j'avais dix-neuf ans quand on s'est rencontré. J'en ai quarante de plus, je suis vieille et moche maintenant.

Alfred l'amena à croiser son regard, et caressa sa joue, attendri.

— Je t'aime toujours autant tu sais. Et moi aussi j'ai vieilli… Oui cela fait quarante ans de perdus… et pourtant, il n'y a jamais plus eu personne dans ma vie après toi.

Valentina le regarda, se souvenant de ce beau jeune homme avec qui elle s'était mariée en 1977.

— Tu n'as jamais… ?

— Non, jamais. J'étais dévasté et je n'ai jamais pu aimer quelqu'un d'autre que toi.

Valentina s'émut.

— Oh Alfred, si tu savais comme je t'ai regretté ! Comme j'ai voulu que tu sois là durant toutes ces années, qu'on soit ensemble…

Elle se blottit contre lui tout en marchant, affligée. Mais malgré sa tristesse, malgré toutes ces années gâchées, ils étaient désormais réunis et c'était le plus important.

— Comment as-tu su qu'on avait eu un enfant ? l'interrogea-t-elle curieuse d'en savoir plus.

— Phileas… Enfin, Valentin, il m'a retrouvé, annonça le Cavalier. C'est un génie, il a enquêté sur nous et il m'a retrouvé il y a vingt ans…

— Phileas ? s'étonna-t-elle.

Alfred fit une moue, réalisant tout ce qu'elle avait raté.

— Oui. Il utilise cette identité pour se protéger, presque plus personne ne l'appelle Valentin. C'est un peu long à expliquer… Il y a beaucoup de choses que tu dois savoir.

— D'accord.

— Mais sache que tu es grand-mère… Notre fils a eu trois enfants.

— Ah bon ? s'étonna-t-elle émerveillée.

— Oh oui, et crois-moi, la grande est une Italienne pure et dure !

Valentina rigola à ces mots, et Alfred passant timidement sa main sur ses épaules, ils continuèrent à avancer, rattrapant le temps perdu. Tous les deux n'arrivant pas à y croire, et pourtant l'acceptant enfin, ils étaient là ensemble, discutant et riants, se remémorant avec nostalgie ces quelques semaines de bonheur passées ensemble il y a des décennies de cela. Se souvenant l'un de l'autre avec un visage beaucoup plus jeune, ils auraient pourtant dû se comporter comme des inconnus, se toiser avec appréhension, se repousser après une vie de séparation, mais de nouveau réunis, oubliant quarante ans de changement dans leur histoire, redevenant presque instantanément les deux jeunes gens amoureux qu'ils étaient à l'époque, ils s'en amusèrent et se moquèrent même gentiment des ravages que le temps avait eus sur eux. Lentement, ils apprirent ainsi à se redécouvrir en retrouvant leurs âmes de jeunes époux. Lentement, devenant naturellement de plus en plus complices à chaque instant, ils redevinrent ces deux amoureux qui s'étaient rencontrés sur le bord d'une route, et reprirent là où ils en étaient restés tout en se rappelant le bon vieux temps.

Ses jours étant comptés, Phileas ordonna un rapatriement médical pour son grand-père. Il affréta d'urgence un avion, et remerciant Devon pour son aide précieuse, il organisa rapidement le voyage pour qu'ils puissent rentrer le plus vite possible à la maison. Se rendant à l'aéroport en ambulance, ils embarquèrent donc Guiseppe dans un avion sur une civière, et Alfred et Valentina restant à ses côtés le temps que tout soit prêt, Phileas prit son téléphone, et joignit Wanda.

— « *Allo ?* » demanda-t-elle en décrochant.

— Bonsoir Wanda, c'est papa. Avant de raccrocher, écoute ! Je sais qu'on a nos différents à cause de ce que j'ai fait, je sais que tu m'en veux, mais j'aimerais que tu me rendes un service. Parles-en à Adélaïde, demande-lui son accord, mais va chercher Jean et Adrien chez Robert et Brigitte.

— « *Pourquoi?* » demanda Wanda, sentant que sa voix était grave.

Phileas souffla, soulagé qu'elle n'ait pas raccroché.

— Avec papi on a retrouvé ta grand-mère. Seulement ton arrière-grand-père est mourant, alors j'aimerais qu'il voit ses arrière-petits-enfants avant de mourir.

— « *Je... mon dieu, vous êtes où ? »*

Phileas regarda sa mère et Alfred discuter avec Guiseppe. Puis il sourit malgré la gravité de l'instant.

— On sera à la maison du Lac de Côme. On y arrivera d'ici une dizaine d'heures, annonça-t-il.

— « *Bien, j'organise ça et on vous rejoint le plus rapidement possible !* »

— Parfait. Merci Wanda.

Phileas raccrocha, et se tournant vers ses parents, regarda le cœur léger sa mère et son père rire d'une blague de son grand-père. Transporté de bonheur en les voyant, il fut encore un peu triste. Il aurait donné cher pour vivre une vie normale avec ses parents. Dans ses souvenirs sa mère était une belle jeune femme, et maintenant qu'il l'avait retrouvée, il ne pouvait que constater sur son visage le temps passé, ces trente-deux ans qui les avaient séparés. Comment aurait-il évolué si Alfred Collenly et Valentina D'Allegra avaient pu vivre leur histoire comme ils l'auraient souhaitée ? Tout aurait été différent bien sûr, et il ne pouvait imaginer sa vie sans Wanda, sans le Club des Damnés, sans Adélaïde, sans Jean et Adrien, ni sans le *Service*, mais juste un instant, juste un seul, il se demanda quelle aurait été sa vie si ces deux personnes avaient pu être heureuses ensemble. Il voulait quitter la terre et partir dans les étoiles, il voulait s'affranchir de l'atmosphère terrestre, mais il était resté prisonnier de sa condition humaine, cloué à la surface de la planète à tout jamais.

Chapitre XX

Les choix de M

Adélaïde arriva au *Service* à six heures du matin. Elle n'avait pas beaucoup dormi, mais la nuit et surtout le désastre de sa soirée lui portèrent conseil, si bien qu'en se réveillant elle avait pris des décisions. Catégorique, ne voulant plus que Phileas puisse importuner des agents comme cela avait été le cas chez Billy, ni que d'éventuels espions des *Artificiers* et lui puissent échanger, elle ordonna qu'on bloque ses numéros de téléphone ainsi que ses adresses mail, pour qu'il ne puisse plus écrire ou appeler aucun des agents du *Service* excepté Wanda ou elle. Restreignant ses capacités de communications pour le museler, elle se décida finalement à le considérer comme un traître. Y ayant songé en prenant sa douche et sur le trajet la menant au Q.G., elle estimait qu'elle se devait de le faire, et qu'elle aurait d'ailleurs dû le faire dès le départ. Il n'était plus agent du *Service*, et désormais persona non grata, il n'avait plus à être traité avec égard, son statut d'ancien agent d'excellence et d'époux de la cheffe n'ayant pas à peser dans la balance. Sa décision prise et appliquée, s'installant à son bureau, *M* s'occupa alors de sa paperasse en retard, lorsqu'à sept heures et demie, le voyant arriver, elle partit s'excuser auprès de Billy pour ce qu'il s'était passé la veille. Terriblement désolée de sa fuite en larmes, elle le pria de bien vouloir lui pardonner son attitude et lui promit qu'elle se rattraperait, mais le jeune homme lui proposant de revenir chez lui le soir-même, elle l'arrêta tout de suite. Là-dessus aussi elle avait pris une décision. Elle ne tromperait plus son mari. Adélaïde ne savait pas si elle divorcerait ou si elle prenait seulement ses distances, mais une chose était sûre, tant qu'elle ne se serait pas décidée, elle resterait fidèle, et ce qu'elle avait fait était une erreur impardonnable. Froidement repoussé, le jeune homme sembla attristé par cette décision, mais il sut rester professionnel, certainement parce qu'elle pourrait vouloir le remplacer s'il n'en était pas capable.

Estimant en tout cas que son mea-culpa était fait, Adélaïde lui demanda de lui envoyer Cummings dès qu'il arriverait, et retournant à son bureau, elle continua à travailler. Jugeant de la pertinence de nouvelles affaires ou de la nécessité d'envoyer un agent double zéro régler des missions en cours, elle avança largement dans ses dossiers, quand vers dix heures quelqu'un toquant à sa porte, elle l'invita à entrer. Levant les yeux vers le nouvel arrivant, elle vit que c'était l'agent Cummings, et lui adressant un signe de tête, elle lui indiqua les fauteuils pour qu'il s'asseye.

— Vous vouliez me voir madame ? lui demanda-t-il en ouvrant sa veste de smoking tout en s'installant.

M acquiesça, et une fois qu'elle eut signé le document qu'elle avait entre les mains, elle leva de nouveau les yeux vers lui. Calmement, désireuse de faire amende honorable, elle joignit alors les mains.

— Vous aviez raison, c'était déplacé de ma part de vous proposer cela, déclara-t-elle. Et pour vous, et pour mon mari.

L'agent Cummings s'étonna d'une telle annonce, puis comprenant de quoi il s'agissait, hocha de la tête, acceptant ses excuses.

— Permission de parler librement ? répondit-il toutefois.

Adélaïde le regarda dans les yeux, intriguée de cette requête.

— Oui, allez-y, lui concéda-t-elle.

Double-zéro Dix-Neuf soupira devant le caractère étrange de cette conversation, mais s'installant plus confortablement dans son fauteuil, il se détendit et sourit.

— Si je puis me permettre, annonça-t-il alors, si cela s'était fait, je vous aurais démonté le cul Madame. Comme personne.

Adélaïde le regarda en haussant un sourcil, à son tour surprise, mais acceptant de s'engager sur ce terrain, elle se montra sceptique.

— Même si je n'ai pas de doutes concernant vos aptitudes sexuelles, avoua-t-elle, vous n'avez pas idée d'à quel point les exigences sont élevées dans mon lit *Double-zéro Dix-Neuf*. La barre a déjà été placée très haute.

Cummings se montra intrigué, et l'entretien à son sens sur le point de se terminer, se leva pour s'en aller.

— Au plaisir d'en juger Madame.

— Peut-être un jour.

L'agent s'amusa de sa remarque, et refermant sa veste de smoking, la salua et se dirigea vers la porte.

— Nul besoin de vous préciser que cela reste entre nous ? l'interpella cependant Adélaïde en replongeant le nez dans ses dossiers.

Double-zéro Dix-Neuf se retourna vers elle, et lui sourit cette fois avec la pointe d'arrogance qui le caractérisait.

— Je ne serais pas votre meilleur agent si c'était le cas, *M.*

— Bien, répondit-elle rassurée. Mais je ne crois pas avoir jamais insinué cela, le reprit-elle.

— Tout comme je n'ai jamais insinué regretter de ne pas vous avoir vue toute nue madame. Ou au moins en sous-vêtements.

Toujours plongée dans ses documents, Adélaïde sourit, flattée.

— Rien n'est perdu Timothy.

Double-zéro Dix-Neuf ouvrit la porte, et sortit.

— Au revoir madame.

— Au revoir agent Cummings.

Le jeune homme ferma la porte derrière lui, et une fois qu'elle eut validé la requête qu'elle avait sous les yeux, réfléchissant aux autres choses qu'elle avait à se faire pardonner, Adélaïde se servit un whisky pour se désaltérer. Puis décidée, elle convoqua Céline, qui arriva à son bureau cinq minutes plus tard.

— Asseyez-vous, lui proposa-t-elle.

L'agente obtempéra, et la fixant, Adélaïde vit tout de suite à quel point elle était en colère contre elle. Elle avait beau vouloir le cacher par respect pour la hiérarchie, elle lui en voulait terriblement. Mais c'était justement pour cela qu'elle l'avait fait venir.

— Je tenais à m'excuser pour hier soir, déclara-t-elle sincèrement, pleine d'humilité. J'ai agi comme une garce en négligeant vos sentiments, et je vous demande de me pardonner.

Céline fut surprise de cette déclaration, mais le débat étant lancé, elle regarda sa cheffe d'un œil vraiment noir.

— Vous êtes allée baiser avec lui, sans aucune considération pour moi, avec aucun égard pour mes sentiments, sachant pertinemment que dès que vous écarteriez les cuisses, il rappliquerait comme un toutou, et vous voudriez que je vous excuse ?

Adélaïde la regarda en déglutissant, amère. Elle ne s'attendait pas à une rétorque aussi franche.

— Je n'ai pas pu… je sais que cela ne change rien, mais sachez que je n'ai pas pu.

— Pas pu quoi ? demanda Céline en colère.

La jeune femme fut embarrassée.

— Je n'ai pas pu aller jusqu'au bout, je suis partie avant, révéla-t-elle.

— Et pourquoi donc ?

Adélaïde détourna les yeux, un peu mal à l'aise. Mais prenant son courage à deux mains, elle se résolut malgré tout à être sincère.

— Parce que quand on était au lit, Phileas a appelé chez lui, et d'entendre sa voix, d'écouter son message, cela m'a fait comprendre mon erreur.

Céline pouffa de rire, passablement furieuse.

— Vous êtes sérieuse ? Vous vous êtes sentie coupable de faire votre mari cocu, et je devrais vous pardonner pour ça ? Vous aviez le mec qui me plait entre les jambes, et je devrais vous pardonner parce que vous n'avez pas joui ?

Adélaïde comprenait sa colère, et la laissa l'exprimer, comme *D* l'avait laissée elle s'exprimer en son temps. Mais elle tint malgré tout à calmer le jeu. Elle ne voulait pas que cela s'envenime.

— Céline, je reconnais que je me suis comportée comme une pétasse hier soir. Mais si vous m'aviez dit plus tôt qu'il vous plaisait, j'aurai certainement agi…

— Mais vous vous entendez madame ? s'emporta la jeune femme. Vous me blâmez pour ne pas vous avoir dit quels étaient mes sentiments personnels pour notre ancien amant, au lieu de simplement reconnaître que vous n'en aviez juste rien à faire de moi !

Adélaïde souffla, agacée.

— Je le reconnais Céline, et je n'ai aucune excuse, je le sais pertinemment !

L'agente se tut, surprise d'un tel ton, et faisant la moue, accepta finalement ses excuses. Mais les deux jeunes femmes se toisèrent du coup en silence, gênées, ne sachant plus quoi dire ensuite. Jusqu'à ce qu'hésitante, Céline ressentit le besoin de savoir.

— Je peux vous demander quelque chose ? l'interrogea-t-elle.

— Oui, bien sûr.

Céline regarda sa cheffe dans le blanc des yeux, presque suppliante.

— Vous êtes allés jusqu'où ? lui demanda-t-elle.

Adélaïde se surprit de cette question, embarrassée.

— Mais enfin Céline, c'est personnel !

— S'il vous plait madame !

— Pourquoi vous ne lui demandez pas à lui de vous raconter ? se gêna-t-elle.

Céline souffla, ironique.

— Il refuse de me le dire, il estime qu'il n'a pas à parler de votre vie sexuelle sans votre accord.

Adélaïde l'observa mal à l'aise, rouge. Bon sang, il était gonflé de lui dire ça. Devant son regard insistant, elle se décida toutefois à raconter sa nuit. Elle lui devait bien ça.

— On s'est embrassés, il m'a caressé les seins, me les a léchés et…

— Et ?

— Et il m'a doigtée et il m'a prise sans protection. Voilà.

Adélaïde regarda Céline, et la vit déconfire. Mais les yeux dans le vide, amorphe, elle hocha de la tête, acceptant les faits. Elle semblait vraiment triste d'apprendre ce qu'ils avaient fait, cela semblait lui briser le cœur. Jamais Adélaïde n'aurait cru qu'elle fût si attachée à Billy.

— Je suis désolée, s'exclama-t-elle mal de lui avoir fait autant de tort.

Céline soupira, démoralisée, le mal déjà fait.

— Que voulez-vous que je vous dise ? Il vous aime, et il couche aussi avec Bella alors ce n'est pas comme si j'avais mes chances, s'avoua-t-elle vaincue.

Adélaïde fit la moue, comprenant bien ce qu'elle pouvait ressentir.

— Sachez en tout cas que je ne suis pas fière de moi, annonça-t-elle, et que je ne compte pas le revoir. Je suis déjà assez honteuse de ce que j'ai fait, d'avoir trompé Phileas, donc soyez rassurée, cela ne se reproduira pas.

Céline hocha de la tête, se leva, et se dirigea vers la porte du bureau. Ce n'était pas pour la réconforter non, mais c'était déjà ça…

— Au revoir madame, déclara-t-elle.

— Au revoir Céline.

La jeune femme referma la porte en sortant, et Adélaïde se retrouvant à nouveau seule, elle réfléchit à toute cette affaire, tout ce qu'il s'était passé depuis qu'elle avait découvert pour les *Artificiers*. Une chose était sûre en tout cas, elle n'était pas fière de ce qu'elle avait fait. Elle en avait même sacrément honte. Par rapport à Céline, par rapport à Phileas, et par rapport à elle-même, elle avait mis la barre au plus bas. Même pour Billy ce qu'elle avait fait n'était pas cool. Terminant son verre, elle se demanda donc ironiquement si elle avait quelqu'un d'autre à qui elle devait présenter des excuses, puis elle se remit au boulot. Se donnant corps et âme à sa tâche, elle travailla ainsi non-stop jusqu'à midi et demi, quand elle décida de faire une pause pour aller manger. N'ayant finalement pas trop d'appétit, perdue dans ses pensées, elle se força toutefois à terminer son assiette pour retourner travailler. Se sentant coupable, honteuse d'avoir trompé Phileas, elle s'en voulait horriblement. Comment avait-elle pu lui faire ça ? Comment avait-elle pu d'un claquement de doigts envoyer paître leur histoire ? Ne pouvait-elle pas tenir deux semaines sans sexe ? Bon dieu, cela ne faisait même pas deux semaines ! Et quelle femme mariée accepte de se prendre deux doigts dans la chatte par un inconnu dans un restaurant ? Qui faisait ça ? Qui va voir son ancien amant à la première occasion quand ça ne va pas ? Adélaïde se dégoutait elle-même. Elle était une sale garce.

La jeune femme arriva à son bureau, et tâchant de ne plus penser au dégoût qu'elle ressentait pour elle-même, elle se remit au travail en espérant finir rapidement ses dossiers. Il était aux alentours de quatorze heures vingt quand Billy l'informa toutefois qu'elle était attendue dans la salle d'observation numéro trois. Surprise, abandonnant ce qu'elle faisait, elle se leva donc immédiatement de sur son fauteuil et s'y rendit d'un pas pressé. En ouvrant la porte, elle se retrouva alors nez à nez avec Céline, Karen et Noémie qui presque dans le noir complet, la regardèrent en silence. Comprenant de quoi il s'agissait, refermant la porte derrière elle, elle observa donc à travers la glace sans tain Bella interroger un agent relié au polygraphe.

— Que se passe-t-il ? demanda-t-elle.

Karen lui tendit un dossier, qu'elle consulta immédiatement malgré la pénombre.

— Agent Tony Williams, au *Service* depuis douze ans, révéla-t-elle.

Adélaïde regarda tour à tour ses agentes, chassa pour l'instant de son esprit le regard encore rancunier que lui lança Céline, et se concentra sur les documents qu'on lui avait donnés.

— Et donc ? les questionna-t-elle en lisant son profil.

— Il est en train de rater le test du polygraphe, annonça simplement Noémie.

Adélaïde releva la tête, surprise, et fixa l'agent à travers la vitre. De prime abord, il avait pourtant l'air détendu.

— Le polygraphe n'est pas fiable à 100%, nous le savons, répondit-elle en refermant le dossier.

Karen et Noémie hochèrent de la tête, reconnaissant que c'était vrai.

— Nous en sommes conscientes madame, mais nous avons épluché les archives, reprit Noémie, et un mois après que votre époux soit revenu de l'affaire Hécatombe, le vendredi 15 novembre 2013, il est venu au *Service* durant la nuit. Et cette même nuit, l'agent Williams est lui aussi revenu sans que l'on sache pourquoi.

Adélaïde fixa l'interrogatoire, songeuse. Elle s'étonnait un peu. Si cet agent était un *Artificier*, elle ne l'avait en tout cas jamais vu discuter de près ou de loin avec Phileas.

— Qu'a-t-il raté ? Quelles questions ? demanda-t-elle toutefois, réalisant que c'était peut-être vraiment une piste sérieuse.

— D'après le polygraphe, il a répondu faux quand on lui a demandé s'il était un agent infiltré des *Artificiers*, annonça Karen, et il a hésité, puis à nouveau menti quand Bella lui a demandé s'il savait que votre époux avait conçu un autre service secret.

M fit la moue. C'était un peu maigre.

— Combien ont raté ces questions ? demanda-t-elle pour avoir plus de précisions.

Céline se tourna vers elle, et lui adressa pour la première fois de l'entretien la parole.

— Aucun madame… Il est le premier sur plus d'une soixantaine d'agents déjà interrogés.

Adélaïde acquiesça, la remerciant pour son information, et tournant la tête vers la vitre, observa plus attentivement son agent. Il semblait se comporter bien, être détendu, mais plus elle le regardait, et plus elle se demandait en effet si ses agentes n'avaient pas raison. C'était peut-être la paranoïa ou le fait d'avoir un potentiel suspect qui faisait ça, qui lui donnait l'impression qu'il dégageait un air de culpabilité, mais il lui paraissait de plus en plus cacher son malaise quand Bella lui posait des questions. Ce n'était rien d'extraordinaire, mais il avait de temps en temps un petit tic ici et là, ou il bougeait un peu trop sur sa chaise. Il avait en tout cas l'air un peu inconfortable, et le constatant, elle reconnut que cela méritait de creuser.

Dans la salle d'interrogation.

— As-tu rejoint le service des *Artificiers* ? le réinterrogea Bella.

— Non, répondit calmement l'agent Williams.

La jeune femme regarda l'aiguille du polygraphe, qui s'agitait frénétiquement. Il mentait encore. Cachant toutefois derrière un sourire neutre les résultats, Bella continua toujours à faire comme s'il ne commettait pas d'erreur. Mais elle en était intimement convaincue, elle tenait un traître entre ses mains. C'était certain. Il avait beau rester calme, sembler sûr de lui, elle remarquait les petits détails, il n'était pas tout à fait rassuré. Quelques perles de sueur ici et là, son visage se crispant parfois de micro expressions, il donnait le change, mais il avait les signes de l'homme mal à l'aise, presque coupable. Les résultats du polygraphe ne suffisant cependant pas, il lui fallait une preuve irréfutable. Après tout, il pouvait très bien être simplement impressionné par l'appareil et la procédure, cela pouvait expliquer ses tics et ses réponses fausses. Le stress y était pour beaucoup dans ce test et elle se devait de prendre cette possibilité en considération. Mais après avoir interrogé plus de soixante personnes, il fallait reconnaître qu'il était le seul qu'elle trouvait vraiment suspect. Il était le premier à réagir comme cela, et décidant de jouer le tout pour le tout, elle posa donc son stylo sur la table, et croisant les bras, elle le regarda dans les yeux.

— Vous êtes un bon élément agent Williams, vous excellez dans vos enquêtes et vous avez le flaire pour dénicher la bonne information, déclara-t-elle calmement.

— Merci, s'exclama-t-il surpris de son changement d'attitude.

— Mais vous ne savez pas mentir, annonça-t-elle alors.
L'agent Williams la fixa, incrédule.

— Je vous demande pardon ? se surprit-il.
Bella sourit, ravie. Elle comptait lui faire faire une erreur et pour cela, il fallait le pousser dans ses retranchements.

— Croyez-vous aux idéaux du *Service* ? À ce qu'il représente ?

— Oui, bien entendu, déclara l'agent du tac au tac.

— Alors pourquoi le trahir ? fit-elle mine de s'étonner en écartant les mains.

— Je… je ne comprends pas.

— Oh si, vous le savez, vous le savez très bien, car vous travaillez pour eux, n'est-ce pas ?

L'agent Williams rigola nerveusement, amusé par sa collègue.

— Vous pensez me faire avouer quelque chose que je n'ai pas fait ? demanda-t-il.

— Allons, vous savez comment c'est, vous finirez bien par vous tromper, sourit Bella.

Elle le regarda amusée, certaine de son coup.

— Allez-y, si vous pensez réussir, s'impatienta-t-il toutefois, un peu las.

Bella le détailla, observant ses yeux, sa bouche, et finalement son visage en entier. Elle était sûre qu'il était un *Artificier*… il fallait juste qu'elle le pousse encore un peu, qu'il s'énerve, qu'il s'impatiente vraiment. Et elle savait comment faire.

— Vous avez raté les questions agent Williams… comment expliquez-vous cela ?

Bella le regarda dans les yeux sans sourciller, et le jeune homme rigola nerveusement une nouvelle fois. Mais faisant toujours face au visage dur et implacable de sa collègue, il ne sut réellement quoi faire. Il stressait, il s'irritait. Il transpirait même un peu, elle devait le remarquer. Puis se détendant, soupirant, contre toute attente, il en eut assez. Il n'eut plus envie de se battre. Il voyait bien à ses yeux qu'elle était sincère, qu'elle avait vraiment des doutes sur lui, et par respect pour le *Service*, parce qu'ils n'étaient pas ennemis, mais aussi car il était las d'une vie d'agent double, il préféra être honnête.

— Vous savez, je n'ai jamais été un très bon comédien, annonça-t-il alors soulagé.

— Oui, et ? lui demanda Bella.

Tony Williams rigola encore une fois d'elle. Une dernière fois avant que tout s'arrête. Puis il la regarda avec sérieux.

— Je suis un *Artificier*, avoua-t-il.

Bella fut surprise, bouche bée d'une telle révélation, et regarda ses résultats. Puis constatant que l'aiguille oscillait normalement, le cœur palpitant, elle se leva alors en renversant sa chaise, et cédant en un instant à la colère qui l'animait, elle le frappa violemment au visage.

— TRAÎTRE ! TRAÎTRE ! hurla-t-elle en le molestant.

Dans la pièce d'à côté, Adélaïde, Noémie, Céline et Karen s'affolèrent immédiatement, et se pressant pour entrer dans la salle d'interrogatoire, l'agent Williams tombé à la renverse, elles se précipitèrent sur Bella pour les séparer.

— BELLA, ARRÊTEZ ! lui ordonna effrayée Adélaïde.

— DÉFENDS-TOI TONY ! lui criait toutefois toujours dessus la jeune femme. DÉFENDS-TOI !

— BELLA, STOP ! C'EST UN ORDRE ! reprit Adélaïde.

Noémie, Céline et Karen réussirent finalement à écarter leur collègue de sa victime, mais folle de rage, Bella le regarda toujours prête à le tuer de ses mains.

— J'ai un certain honneur, vous êtes une femme, vous êtes une collègue, vous êtes quelqu'un de bien, souffla lentement l'agent en piteux état. Jamais je ne vous frapperais…

La jeune femme fulmina à ses mots, le fixant avec colère. Puis parvenant à se redégager, elle lui sauta de nouveau dessus, n'en ayant pas fini.

— FRAPPE-MOI ! cria-t-elle en le saisissant au col.

Ses collègues revinrent à la charge pour la retenir, mais elle lui cria toujours dessus, frénétique.

— TU ES UN TRAÎTRE ! DÉFENDS-TOI ! MONTRE-NOUS TON VRAI VISAGE ! vociféra-t-elle en lui serrant le cou.

Tony refusa toujours de répondre aux coups de son ancienne collègue, et le visage en sang, la lèvre supérieure et l'arcade sourcilière droite éclatées, le nez cassé, il n'en avait de toute façon plus la force. Et finalement, Bella craqua. Abattue elle s'écarta, et se laissant tomber au sol, elle pleura horrifiée par son acte.

— Comment avez-vous pu nous trahir ? s'exclama-t-elle. Comment avez-vous pu ? Comment as-tu pu faire ça ?

L'agent Williams ne répondit pas, et dans le silence pesant qui tomba sur la pièce, Adélaïde, Noémie, Karen et Céline surent tout aussi bien que la jeune femme pourquoi il ne le fit pas. Ces questions ne lui étaient tout simplement pas adressées, elles l'étaient à Phileas, et elles le savaient toutes car elles se les posaient elles aussi. Pourquoi Phileas avait-il fait ça ? Pourquoi les avait-il trahis ? Amère, Adélaïde regarda toutefois la débâcle qu'était devenu cet interrogatoire, et inquiète, demanda à Noémie d'aller chercher Lagarde. Alors qu'elle partit chercher les secours, bien que mal en point, l'agent Williams se redressa avec difficulté et se traina contre le mur pour s'y adosser. Puis fixant sa collègue amochée, il se voulut franc.

— Je suis désolé, parla-t-il malgré la douleur, mais on faisait simplement ce qu'on croyait juste…

Levant les yeux, il croisa ensuite le regard de *M*, et affrontant sans sourciller la colère et la déception qui s'en dégageaient, il vit aussi de la peine dans ses yeux. C'était celle de réaliser qu'il y avait bien des *Artificiers* infiltrés chez elle, celle qui voulait dire que son mari l'avait réellement trahie. Celle qui voulait dire qu'il était allé jusque-là.

— Arrêtez-le. Continuez son interrogatoire, cuisinez-le. Je veux des noms, ordonna-t-elle en colère.

— Bien madame, annonça dépassée par les événements Karen.

— Bella, je veux que vous partiez, déclara-t-elle ensuite, allez faire soigner vos mains, et prenez un congé. C'est un ordre, je vous retire le dossier.

Adélaïde sortit de la pièce, écœurée, terriblement déçue, et retournant vers son bureau, se massa les tempes, n'en revenant toujours pas d'un tel dérapage. En un instant, la situation lui avait échappé. Bon sang, Bella avait tabassé un homme. En moins de dix secondes, elle lui avait massacré le visage à coups de poing. Mais reconnaissant qu'elle aurait pu agir de la sorte, qu'elle était tellement furieuse envers Phileas qu'elle aurait pu elle être à la place de son ancienne amante, elle ne comprit son agente que trop bien. Elle n'était pas la seule à être attachée à lui, et se demandant toujours incrédule comment Phileas avait pu les trahir, elle réalisait que cette question affligeait tout le monde. Tous ici n'arrivaient pas à croire que lui, l'un des meilleurs agents, l'un des piliers du *Service*, soit un traître. C'était la pire des trahisons, c'était viscéral, c'était une incompréhension qui resterait toujours sans réponse, triturant leurs esprits… et cela les rendrait tous furieux, malades. Ils avaient été poignardés dans le dos par le plus aimé d'entre eux.

Adélaïde arriva à son bureau, et se servit un verre de Whisky, toujours choquée. C'était ça l'héritage de Phileas ? Des agents qui se battaient entre eux sous le coup de la colère et de l'incompréhension ? Adélaïde mit la tête entre les mains, écœurée. Cela prenait soudain des proportions terribles.

Une demi-heure plus tard la porte de son bureau s'ouvrit à la volée, et entrant, Lagarde la fustigea du doigt, furieux.

— Bella lui a cassé le nez, fêlé quatre côtes et probablement fracturé la mâchoire ! C'est intolérable !

Encore un peu chamboulée par ce qu'il venait de se passer, Adélaïde tourna les yeux vers lui, indifférente.

— Je l'ai démise de ses fonctions, elle ne s'en approchera plus, répondit-elle juste.

Le médecin-chef s'approcha de son bureau, peu calmé pour autant.

— Vous pensiez quoi franchement ? Bella a été amoureuse de votre mari pendant des années, comment vous pouviez imaginer qu'elle ne péterait pas une durite dans de telles circonstances !

Adélaïde le regarda cette fois d'un œil noir, et lui répondit énervée.

— Bella a craqué car tous ici on craque ! Mon enfoiré de mari nous a trahis ! Reprenez-vous Lagarde ! Tout le monde ici est en colère et ne comprend pas pourquoi il a fait ça !

— Ce n'est pas une raison pour laisser vos émotions vous guider ! J'ai un homme en bas qui a la gueule qui ressemble à une pomme de terre et une agente qui a les jointures des mains ankylosées à force de l'avoir pris pour son punchingball ! C'est inadmissible !

M se leva de sur son fauteuil, et toisa son agent avec sévérité.

— Et Bella a été relevée de ses fonctions ! Que voulez-vous que je fasse de plus ?

Lagarde voulut répondre, mais Céline rentra alors dans le bureau, le cœur battant.

— On a fouillé son ordinateur ! déclara-t-elle haletante. Devinez avec qui il communiquait beaucoup ?

Adélaïde tourna les yeux vers elle, surprise, et l'agente *Double-zéro Vingt-Six* arrivant juste derrière elle, elle les regarda amère, leur irruption ne pouvant signifier qu'une seule chose.

Puis leurs armes à la main, les trois jeunes femmes marchèrent d'un pas décidé dans le couloir, sous le regard surpris des agents les entourant. Arrivant dans la salle de recherche, tandis que Karen et Céline le tinrent en joue, Adélaïde regarda alors Benjamin Johns, choquée par ce qu'elle venait d'apprendre, terriblement triste. Comprenant de quoi il s'agissait en les voyant toutes les trois leurs armes en main, l'agent ne chercha toutefois même pas à se défendre.

— Bien, cela me fait un secret en moins à porter, déclara-t-il.

S'agenouillant de lui-même en mettant les mains derrière la tête sous le regard incrédule des agents avec qui il travaillait, il assuma les faits et attendit qu'on le menotte.

— Qui d'autre ? lui demanda Adélaïde.

Benjamin la regarda et balança de la tête pendant que Karen lui passa les menottes.

— Bien que je comprenne votre désir de vengeance madame, je ne peux décemment pas promettre d'autres agents au même traitement que celui auquel je m'expose. S'il y en a, bien entendu.

— On a déjà Tony Williams, déclara Céline en le forçant à se relever.

Johns toisa sa collègue, satisfait pour elle.

— Et bien c'est parfait.

Adélaïde le regarda se faire emmener sans résistance, et en fut amère. Ils trouvaient les traîtres, les *Cylons* qui les avaient infiltrés, mais cela ne la remplissait pas de joie. Prise de court devant ces révélations, déçue et de plus en plus apathique à cause du choc, elle ne réalisait qu'une chose, la vérité faisait mal.

— Fouillez son ordinateur, mettez-le en prison, interrogez-le, ordonna-t-elle amère à ses agentes.

— Bien madame.

Puis fixant la masse d'agents bouches bée de la scène à laquelle ils venaient d'assister, elle se voulut ferme.

— Reprenez vos activités, nous vous débrieferons prochainement.

Sur ces mots, quittant la pièce, Adélaïde retourna à son bureau, totalement perdue, dépassée par les événements. Cette chasse aux sorcières donnait des résultats, mais là, tout de suite, elle n'avait pas envie de les accepter. Il y avait des *Artificiers* parmi les agents du *Service*, et choquée de découvrir qui ils étaient, c'était une longue journée à encaisser.

De retour à son office, Adélaïde se servit un autre verre de whisky, démoralisée, et le but d'une traite, le regard dans le vide. Puis elle s'assit dans son fauteuil. Il lui faudrait rapidement un nouveau chef coordinateur des recherches, il fallait qu'elle organise ça. Bon sang, Benjamin Johns, n'en revint-elle toujours pas. Elle travaillait avec lui depuis qu'elle était arrivée au *Service*. C'était simple, il avait été sur chaque mission importante à laquelle elle avait participé. Il avait aidé sur toutes les affaires liées à l'*Organisation* bonté divine ! Il était l'un des membres les plus importants du *Service*, et c'était un putain d'*Artificier* ! Écœurée, Adélaïde mit la tête entre les mains, n'en revenant toujours pas. Réfléchissant à la portée de cette infiltration, elle était tout bonnement désemparée. C'était un choc, son univers s'effondrait autour d'elle.

Et puis que penser de Phileas et de ses idées du coup ? Triste, elle se posait la question. Il n'avait pas seulement créé un autre service secret dans son dos, il avait également corrompu certains de ses agents pour son usage. Comment agir ? Que faire d'eux ? Adélaïde soupira, perplexe, n'ayant toujours pas de réponse, quand elle reçut un SMS de Noémie.

« L'agent Steven Guilbert vient de se rendre. C'en est un. »
Adélaïde leva les yeux au ciel, lasse, n'y croyant pas. Le *Service* vivait son jour le plus noir depuis des années.

— Bon sang, combien sont-ils ? s'effara-t-elle chagrinée.
Elle répondit à son agente de l'interroger et de fouiller dans son ordinateur, comme pour les autres, puis elle se resservit en alcool. Arrivée à la moitié de son verre, la bouteille finalement vide, elle constata alors désemparée en cherchant des yeux qu'elle n'en avait pas d'autre à portée de main. Triste, déconcertée, essayant de ne pas s'égarer, elle repensa toutefois à la situation en cours, à la crise que sa direction subissait. Elle ne pouvait pas enfermer ces hommes à vie, ni les exécuter, ni faire comme si de rien n'était. Que devait-elle donc faire alors ? Elle remit la tête entre les mains, au bord des larmes, incapable de trouver la bonne solution. Quand finalement, elle se laissa elle aussi submerger par sa colère.

— PUTAIN PHILEAS ! hurla-t-elle d'une voix stridente.
Cédant à sa rage, perdant ses moyens, Adélaïde projeta hystérique la bouteille de whisky vide contre le mur. Furieuse, elle avait envie de tout casser, de tout détruire, et saisissant son bureau, elle le retourna violemment, n'arrivant

pas à croire ce qui lui arrivait ! Comment Phileas avait-il pu lui faire ça ? Elle l'avait aimé, elle avait tout donné pour lui, elle avait sacrifié son avenir par amour pour lui, et voilà comment il la remerciait ! Voilà comment il la traitait !

Adélaïde se laissa tomber au sol, et pleura à chaudes larmes. La tête entre les mains, à bout, elle n'arrivait pas à se sortir cette question de la tête. Comment avait-il pu lui faire ça ? Comment ?

Dix minutes plus tard, totalement apathique, Adélaïde entra dans sa cellule et regarda Benjamin Johns en silence.

— Madame, la salua-t-il.

La jeune femme ne répondit pas, et refermant derrière elle, elle s'installa à la table en face de lui. Fixant un instant la vitre sans tain, elle devina que des agents observaient la scène, mais ne s'en préoccupant pas, elle regarda simplement l'*Artificier*, déçue.

— Vous étiez le chef de mon service de renseignements Benjamin, pourquoi ? voulut-elle calmement savoir.

Johns joignit les mains sur la table, gêné, comprenant sa déception.

— Parce que votre mari a eu une idée, se justifia-t-il. On fait face à l'*Organisation*, on fait face aux gouvernements du monde qui sont plus préoccupés par l'économie que par leurs peuples, et on fait face au déclin de notre ère. Regardez les infos, les démocraties se dirigent vers des dictatures, les riches sont de plus en plus riches, les pauvres sont de plus en plus pauvres, les lois sont de plus en plus liberticides et antisociales… Alors on a écouté l'idée de votre mari. On a décidé que créer un service secret qui abattrait ces menaces en hautes sphères, qui détruiraient

276

l'ordre mondial de l'intérieur, ce serait la meilleure chose à faire.

— Alors vous nous avez trahis, vous m'avez trahie, conclut *M* avec tristesse.

Johns regarda son ancienne cheffe dans les yeux, le plus sincère du monde.

— Non madame, on vous a épargné de prendre une décision avec laquelle vous ne pourriez pas vivre.

Benjamin souffla, amer.

— Vous êtes quelqu'un de bien, une femme juste avec le cœur sur la main. Votre mari ne vous a jamais parlé de ses idées parce qu'il voulait que vous restiez la personne dont il est tombé amoureux, alors il s'est octroyé le rôle du monstre, il a créé ce que le *Service* aurait eu besoin d'être, il a créé de quoi contrer les gouvernements.

M le regarda moqueuse.

— Et depuis plus de trois ans, vous trouvez que vous avez réussi ? Tout est pire qu'avant, constata-t-elle.

Johns baissa les yeux, déçu.

— En effet madame… Seulement on ne peut pas détruire un empire bancaire mondial qui dirige tout, quand personne ne veut qu'il soit détruit. Quand tout le monde veut garder son petit confort. Alors cela prend du temps. Mais au moins on aura eu le mérite d'essayer.

Adélaïde regarda de côté, les yeux rouges. Puis elle souffla en balançant la tête, émotionnellement perdue.

— Pourquoi être restés alors qu'on faisait une chasse aux sorcières ? Pourquoi ne pas avoir fui ? Pour pouvoir rester infiltrés ? l'interrogea-t-elle.

— Pour rester dans vos rangs. Pourquoi croyez-vous qu'on est ici ? Pour vous espionner ? Non, on est restés au *Service* car on croit en vous.

— Oh arrêtez, il n'y a pas que ça, vous vous foutez de moi ! s'énerva soudain Adélaïde.

Benjamin ne broncha pas, sincère.

— C'est pourtant vrai.

Adélaïde regarda son ancien compagnon d'armes dans les yeux, refusant d'accepter une telle simplicité. Mais elle joua le jeu.

— Alors répondez-moi, il y a-t-il d'autres agents infiltrés au *Service* ?

Elle mit Johns au défi d'être honnête, mais il secoua la tête avec honnêteté.

— Non madame. Nous n'étions que trois.

— Comment puis-je en être sûre ?

L'agent la regarda dans les yeux, y cherchant la femme qu'il avait côtoyée durant des années, celle qui croyait en lui, celle qui avait été son amie.

— Vous ne le serez jamais si vous ne nous faites pas confiance, révéla-t-il.

— Pourquoi le ferais-je ?

Johns se réinstalla sur sa chaise, triste.

— Parce qu'on n'est pas vos ennemis, tout simplement, lui rappela-t-il.

Adélaïde le regarda, sceptique, mais elle prit le temps de réfléchir à ses mots. Et fatiguée, elle l'accepta finalement. Elle accepta après tout ça, après toute cette histoire que les *Artificiers* n'étaient pas ses ennemis, et décida donc de conclure cet entretien.

— Une dernière question, lui demanda-telle cependant, et votre vie dépendra de votre réponse, alors soyez franc et honnête pour une fois.

— Oui ? lui accorda Johns.

Adélaïde regarda son ancien agent, et se voulut pour la première fois de l'entretien une femme blessée. Jusqu'ici elle avait été la cheffe trahie, mais là, tout de suite, c'était l'épouse bafouée par son mari qui parlait. Et elle avait besoin de savoir.

— Est-ce que c'est Phileas qui vous a demandé de vous mêler de l'enquête de Karen, d'interagir dans l'affaire Engedelmes Feleség pour nous surveiller, parce qu'il n'avait pas confiance en ma capacité de me débrouiller seule ?

Johns regarda *M*, surpris qu'elle pense ça de son époux.

— Non, répondit-il. Nous enquêtions dessus car nous avons trouvé à travers le monde plusieurs groupes de femmes marquées de la corne d'Odin. En remontant les différentes pistes on est arrivé au même point que vous, c'est-à-dire Sterne, et quand notre agent a réalisé que vous étiez sur les lieux, qu'on était sur la même enquête, on en a alors informé votre mari, qui a demandé à ce qu'on vous laisse l'affaire. Mais comme nous en savions plus que vous, on a préféré continuer contre son avis.

Adélaïde hocha de la tête et déglutit, acceptant la vérité qu'elle venait d'entendre. Puis elle ferma les yeux, effondrée, un instant rattrapée par son chagrin. Son mari l'avait trahie bon sang... comment allait-elle vivre avec ça? Mais tâchant d'être forte, elle se reprit, et le regardant en balançant la tête, elle regretta déjà sa décision.

— Partez, annonça-t-elle.

— Pardon ? s'étonna Johns.

Adélaïde le regarda dans le blanc des yeux, fermement décidée.

— Partez, et ne revenez jamais, vous ne faites désormais plus partie du *Service*. Guilbert, Williams, et vous, partez.

Adélaïde se leva et se dirigea vers la porte, cette affaire définitivement terminée à ses yeux.

— Vous ne nous gardez pas ? fut surpris Johns. Je ne comprends pas.

La jeune femme tourna la tête vers lui, aigrie.

— Je comprends vos motivations, votre rage… mais vous nous avez trahis, tout comme mon mari. Alors je vous libère, mais c'est le dernier acte de bienveillance du *Service* envers les *Artificiers*. Oui nous ne sommes pas ennemis, mais après votre départ, nous vous chasserons où que vous vous trouverez. Vous voulez savoir pourquoi ? Parce que le système n'est pas parfait, et peut-être que je tiens effectivement à mon confort, mais j'estime que ce n'est pas aux nôtres de changer la société. Cette tâche ne nous appartient pas, et encore moins à vous, elle appartient au peuple. Nous ne nous devons que de rétablir l'équilibre, nous ne devons pas modifier le cours de l'Histoire. Nous n'avons pas à être l'instrument de la Révolution, nous sommes celui de la justice.

Johns hocha de la tête, comprenant son point de vue, et fut tout à fait reconnaissant de sa générosité.

— Servir avec vous fut un honneur madame, vous êtes une femme remarquable.

Adélaïde ouvrit la porte de la cellule, n'ayant que faire de ses louanges.

— Le plaisir n'est pas partagé, répondit-elle catégorique.

Sortant de la pièce, elle la referma et s'en alla, mais Bella émergeant de la salle d'observation, elle lui fit immédiatement signe de se taire et continua son chemin.

— Vous les laissez partir ? Pourquoi ? s'indigna la jeune femme.

Adélaïde se tourna vers elle et proprement fatiguée de tout ça, la regarda avec colère en la pointant du doigt.

— Vous avez molesté un homme aujourd'hui Bella, vous lui avait détruit le visage ! Il lui faudra des semaines pour s'en remettre ! C'est inadmissible !

L'agente se tut, surprise, et cacha honteuse ses mains bandées derrière elle.

— Vous avez fait toutes les quatre de l'excellent travail, s'exclama *M*, mais aussi dur cela soit-il pour moi de l'admettre, ces hommes ne nous ont jamais fait le moindre tort ! Jusqu'à maintenant ils étaient des nôtres, et mon mari aussi ! Alors oui, on est tous en colère, mais pour aujourd'hui, on en a bien assez fait, grâce à vous !

Adélaïde fixa la jeune femme qui ne rajouta rien, embarrassée, et observant ensuite ses autres agents présents dans le couloir, que ce soit Karen, Céline, Noémie ou les différents chefs de sections et agents venus observer leur entrevue, elle se sentit obligée de tous les sermonner.

— Nous sommes le *Service*, et même s'il est plus facile de traiter ces hommes et mon mari de traîtres, ils ne sont pas le diable et nous ne sommes pas des saints pour autant ! Nous sommes censés accorder le bénéfice du doute ! Nous ne devons pas juger sans savoir, nous devons être meilleurs que ça, c'est inscrit dans notre charte ! Et aux messages de haine qu'a reçus mon mari, je suis sûre d'une chose, on l'a tous oublié !

Elle les regarda tous, espérant qu'ils prendraient le temps de bien comprendre ses mots, de bien analyser ce qu'ils voulaient dire, et son choix fait, elle les laissa là. Cela avait été difficile, mais dans cette cellule, elle avait finalement accepté la vérité. Il n'y avait pas de bonne solution. Ou bien elle laissait le *Service* être détruit par cette affaire, ou bien elle allait de l'avant. Agissant avec intelligence, elle préféra la seconde option. Oui Phileas et les *Artificiers* les avaient trahis, oui ils avaient le droit d'être en colère, mais les molester n'était en aucun cas une solution. Alors ils feraient avec. Ils apprendraient à vivre avec cette trahison, et ils en tireraient une leçon. Ils grandiraient par la force des choses.

Dix minutes plus tard.

— Je l'ai trompé. Deux fois. La première avec un homme rencontré dans un restaurant que j'ai laissé me toucher, et la seconde avec Billy. Cette fois cela s'est fini dans son lit…
Adélaïde se mordit la lèvre, embarrassée, mais heureuse de s'être enfin confiée.

— Je m'en veux, mais je l'ai fait car j'étais en colère. Contre Phileas.

— Et qu'avez-vous ressenti ? lui demanda le docteur Martin.
La jeune femme soupira.

— C'est la plus grosse erreur de ma vie… Je n'aurais jamais dû, j'ai tellement honte. Je me suis laissée tenter et maintenant je m'en veux terriblement.

— Il y a un mais, madame ?
Adélaïde tourna les yeux vers le docteur.

— Derrière toute ma colère, derrière cette erreur, derrière mon envie de le frapper, il m'a brisé le cœur. Il y a de l'incompréhension, des questions, et ce pourquoi ? Pourquoi il ne m'a pas parlé de ses idées au lieu de me mentir ?

— Peut-être parce que vous n'aurez pas voulu les entendre ? demanda le docteur Martin.
Adélaïde réfléchit à sa remarque.

— Oui, mais ne valait-il pas quand même mieux m'en parler plutôt que de me mentir ? Pourquoi préférer créer un autre service secret plutôt que de m'en parler ? Pourquoi préférer mentir à sa femme ?

Le docteur Martin souffla, et retirant ses lunettes, regarda sa cheffe avec sincérité.

— Peut-être que la question n'est pas là madame. Peut-être que c'était vraiment important pour lui de concevoir une entité différente, de créer un autre *Service*, et qu'il savait que vous le refuseriez.

Adélaïde haussa les sourcils, incertaine de ce qu'il voulait lui dire.

— Nous ne voyons que ce que nous voulons bien voir, tout comme votre mari, il est vrai… mais sans le défendre, vous le connaissez, il a une vue d'ensemble, il visualise des choses. Alors peut-être que créer les *Artificiers* était pour lui plus important que tout.

Adélaïde baissa les yeux, amère. S'il était vrai que la création des *Artificiers* était plus importante pour Phileas qu'elle, sa propre femme, alors pourquoi s'accrochait-elle encore ?

— J'aime Phileas, mais je lui en veux, il m'a menti et il m'a trahie, souffla-t-elle.

— Je le comprends bien, acquiesça le docteur Martin.

Remettant ses lunettes, il la regarda en se voulant réconfortant.

— Voyons les choses simplement. Votre mari s'est retrouvé face à un dilemme. Il a voulu créer quelque chose que vous n'approuveriez pas. Il devait donc choisir entre vous mentir et le concevoir, quitte à ce que vous l'appreniez un jour, un risque qu'il avait calculé ou non, ou, ne pas le faire. On est bien d'accord ?

Adélaïde regarda le psychologue et approuva.

— Alors peut-être simplement que votre mari a fait une erreur de jugement, et que maintenant il le regrette. À l'époque cela lui semblait certainement la meilleure chose à faire, mais dorénavant il s'en veut.

Adélaïde sourit nerveusement, ironique.

— Phileas aurait commis une erreur ? demanda-t-elle.

Le psychologue ricana un peu avant de reprendre son sérieux.

— La chose est que je comprends votre colère, votre rage et votre incompréhension. Et je comprends qu'il est difficile de concilier votre amour pour lui avec tous ces ressentis. Alors laissez-vous le temps d'avoir du recul, de souffler, et de respirer à nouveau. Puis quand le moment sera venu, vous évaluerez les choses posément, en fonction de ce que vous estimez juste, et de ce que vous dicte votre cœur. Là vous saurez quelle décision prendre.

Adélaïde hocha de la tête, acceptant ce conseil, puis elle se leva.

— Merci docteur.

— De rien *M*.

Adélaïde quitta son bureau et se dirigea vers le sien, quand elle vit Johns et Guilbert soutenir Williams pour l'aider à sortir. Ses agents amassés en silence dans le hall pour les regarder s'en aller, elle eut un instant honte. Elle avait ordonné une chasse aux sorcières parce que c'était la seule chose à faire, mais aussi surtout parce qu'elle était en colère contre Phileas. Elle était responsable de tout ça. Ce qu'elle avait fait, tout chef l'aurait fait, mais elle avait aussi été pleine de ressentis personnels pour sa trahison, pour la création des *Artificiers*. Et au-delà du devoir, ils avaient oublié que Phileas n'était pas un ennemi. Et parce qu'ils avaient perdu cela de vue, parce qu'ils avaient succombé à leurs émotions, à leur rage, l'agent Williams avait été violemment molesté. Adélaïde eut les larmes aux yeux. Le voyant marcher difficilement, le visage couvert de contusions et de blessures, elle eut honte. Elle eut honte d'eux. Puis les trois hommes atteignirent l'ascenseur, et lorsqu'ils entrèrent à l'intérieur et se retournèrent, elle croisa leurs regards. Hochant de la tête, elle les salua alors, et s'adressant plus particulièrement à Williams, elle lui souhaita de se rétablir.

Puis amère, Adélaïde retourna à son bureau, et calmement, le remit en ordre. Elle redressa le bureau, reposa ses dossiers dessus, mais constatant que son écran d'ordinateur était foutu, elle le jeta et nettoya le sol couvert de bris de verre avant d'aller en chercher un autre au service informatique. Deux heures plus tard, ses rapports terminés, elle se prépara à s'en aller quand elle reçut un mail de Benjamin Johns. L'ouvrant curieuse, elle le lit en silence.

« Votre mari vous aime, et vous respecte. Si nous sommes restés au Service, c'est non seulement car on croyait en vous, mais aussi pour nous assurer qu'on n'enquêtait pas sur les mêmes affaires. Nous voulions agir en parallèle de vous, pas en travers de vous... »

— Et pourtant c'est ce que vous avez fait en Angleterre, s'exclama Adélaïde avec amertume.

Elle souffla, irritée, puis cliqua sur la pièce jointe pour la télécharger. Il s'agissait d'une vidéo. Adélaïde hésita, incertaine, sa bouche se tordant en une moue de crainte. Puis finalement elle la lança. Sur l'écran, elle vit alors les images de la caméra de leur cuisine. La date indiquait que cela datait du jeudi 11 mai, il y a une semaine. Intriguée, elle se demandait ce que cela signifiait, quand elle vit

Phileas arriver dans le champ de la caméra, son arme à la main. Puis il la baissa, ouvrit la porte de la cuisine et se dirigeant vers l'évier, commença à faire la vaisselle. Adélaïde fut surprise, mais elle vit alors un *Artificier* entrer dans la maison, en toge et masqué. La tenue était la même que celle qu'elle avait vue à Manchester, et le cœur battant, elle attendit de découvrir ce que cela signifiait.

— « *Bonjour* », annonça l'*Artificier* d'une voix déformée.

— « *Bonjour* », parla Phileas.

— « *Comment allez-vous ? Félicitation pour vos enfants, c'est fantastique que vous les ayez retrouvés.* »

Adélaïde vit son époux tourner la tête vers l'individu et scruter son masque, incertain. Puis après un instant, il reprit ce qu'il faisait.

— « *Je suis à la retraite Artificier, je suis désormais neutre.* »

— « *Nous avons un souci. Nous avons croisé M... il s'avère qu'on bosse sur la même enquête.* »

Adélaïde ne voyait pas le visage de Phileas, mais il marqua un arrêt, comme pris de court.

— « *Je vous demande de ne pas interférer alors* », répondit-il, « *laissez l'enquête à Adélaïde et au Service.* »

Adélaïde eut les yeux chargés d'eau, émue de cet ordre, mais elle vit l'*Artificier* refuser de la tête.

— « *Négatif. On en sait plus qu'elle et on veut tout détruire. Il y a plusieurs groupuscules concernés. M s'intéresse à l'affaire de Demonwood et à Sterne mais ils ne représentent qu'une infirme partie de la chaîne.* »

Phileas se tourna vers lui, contrarié.

— « *Ne lui mettez pas de bâtons dans les roues, n'oubliez pas que vous êtes dans la même équipe.* »

— « *Nous le savons* », s'exclama l'individu, « *mais nous tenions à vous prévenir. Rien ne garantit que nos chemins ne se croiseront pas.* »

Adélaïde vit son mari hocher de la tête.

— « *C'est Karen qui est en mission, Céline et Adélaïde n'interviendront qu'en cas d'absolue nécessité.* »

— « *Karen ? Votre remplaçante ? Une blonde plutôt jolie ?* »

— « *Oui, c'est elle.* »

Adélaïde regarda l'*Artificier* joindre le bout des doigts de ses deux mains, et s'étonna bouche bée quand, lorsqu'il les écarta, ils s'illuminèrent et projetèrent une image de Karen.

— « *Oui, c'est bien elle* », confirma Phileas.

L'*Artificier* serra les poings pour éteindre l'hologramme, et regarda alors son époux.

— « *Bien, on va mettre son téléphone sur écoute et nous ferons notre possible pour garder nos distances d'elles* », déclara-t-il.

— « *Parfait, merci.* »

L'*Artificier* s'en alla, et la vidéo se coupant, Adélaïde éteignit silencieusement le lecteur vidéo puis son ordinateur. Songeuse de ce qu'elle venait d'apprendre, s'accordant le temps d'en saisir toute la portée, elle prit sa veste et sortit de son bureau. Elle ferait changer le téléphone de Karen et revérifierait encore une fois la sécurité pour être sûre, mais maintenant en tout cas elle en savait un peu plus sur ce qu'il s'était passé en Angleterre. Et surtout elle savait que Phileas lui faisait confiance. Quoi qu'elle en pense.

Chapitre XXI

Famiglia D'Allegra

19 mai 2017

Guiseppe ferma les yeux, savourant la chaleur du soleil sur sa peau et appréciant de respirer un bon bol d'air frais. Puis les rouvrant, il admira la vue, et Valentina poussant son fauteuil roulant dans l'herbe, parcourant le domaine, ils furent tous les deux comblés d'être rentrés au pays et de revoir la maison. C'était un merveilleux cadeau, et les mains sur le cœur, tremblotant, Guiseppe eut les yeux humides de le recevoir. Ému, il était de retour chez lui, il était rentré.

— Valentina ? demanda-t-il.

— Oui papa ? lui répondit-elle.

Il chercha de sa main la sienne, et sa fille la lui tendant, il la prit avec émotion.

— On est rentrés à la maison, souffla-t-il.

Puis pleurant cette fois à chaudes larmes, il se laissa aller à la joie.

— On est rentrés, répéta-t-il.

Valentina s'accroupit à côté de lui, et le regarda, elle aussi les yeux rouges et humides.

— Oui papa, on est de retour…

Elle prit sa main pour caresser sa joue, le cœur en joie, puis fixant la maison, voyant son fils et Alfred sur la terrasse, elle leur fut reconnaissante.

À une vingtaine de mètres de là, se tenant debout à l'ombre, Phileas et Alfred les observèrent, heureux pour eux. Ils n'osaient imaginer le calvaire qu'ils avaient subi, d'être en constante fuite pendant plus de trente ans, de devoir vivre en surveillant ses arrières de peur d'être assassinés. Ils avaient eux deux vécus dans l'incompréhension toutes ces années, dans l'ignorance totale, mais ce que Valentina et Guiseppe avaient traversé, c'était inimaginable, c'était une torture sans fin.

Leur épreuve à tous terminée, profitant qu'ils étaient seuls, Alfred se décida toutefois à annoncer à son fils la nouvelle.

— Je démissionne du Club des Damnés, déclara-t-il le cœur lourd. J'en ai parlé avec elle et je vais rester ici avec eux, on va rattraper le temps perdu. Et puis il faudra bien la mettre au courant de toutes nos aventures.

Phileas continua à regarder sa mère et son grand-père savourer leur promenade, et sourit en coin.

— Tu crois que je ne le sais pas déjà ? répondit-il.

Alfred scruta son fils, et ne cherchant plus à comprendre ses capacités de déductions, s'en amusa, appréciant qu'il le comprenne.

— Merci fils. Merci pour tout… Tu m'as offert tellement, lui en fut-il cependant reconnaissant.

L'homme du club tourna les yeux vers son père, surpris de ses mots.

— J'ai commis des erreurs, j'ai fait des choix difficiles, mais sache une chose papa, tu ne me seras jamais redevable, jura-t-il. Tu es mon père, et il n'y a rien que je ne ferai jamais pour toi, pour maman, ou pour n'importe qui de la famille.

Alfred hocha de la tête, touché par cette déclaration, puis entendant une voiture arriver, les deux hommes se dirigèrent vers l'entrée du domaine. La voiture de Wanda arrivant le long du chemin jusqu'à eux, ils saluèrent le reste de la famille de la main, et lorsque Jarod coupa le moteur, l'ancien Cavalier se rendit expressément à l'arrière pour ouvrir la portière et détacher ses petits-enfants.

— Papi ! s'exclama Jean.

— Hey toi !

Alfred fit la bise à sa petite-fille puis à Adrien, et Wanda et Jarod sortant à leur tour de la voiture, ils regardèrent Phileas avec appréhension.

— Pas maintenant, d'accord ? annonça-t-il fatigué de se battre. Une autre fois.

Les deux jeunes gens le fusillèrent toujours du regard, mais acceptèrent de conclure une trêve pour quelque temps, Jarod serra sa main et Wanda vint lui faire la bise. Puis Jean et Adrien se jetèrent sur leur père, fous de joie de le retrouver.

— Ben alors vous deux ! s'exclama-t-il en s'accroupissant devant eux. Le voyage s'est bien passé ?

— Ouiiiii ! sourit Jean.

— Génial ! s'exclama Adrien, Jarod nous a fait rire pendant tout le trajet !

Phileas apprécia de savoir ses petits bouts en forme, et remerciant Jarod, il les prit alors dans ses bras.

— Venez, papa a quelqu'un à vous présenter !

Alfred indiqua à Wanda et Jarod de les suivre, et ils s'avancèrent tous dans le domaine vers le lac à la rencontre de Valentina et Guiseppe, qui, émerveillés, les saluèrent chaleureusement.

— Tu es la mamie de mon papi Alfred ? demanda Jean à sa grand-mère.

Valentina s'accroupit devant elle, aux anges.

— Oui ma petite, je suis la maman de ton papa !

Jean la regarda ravie, et sortant de sa poche une feuille pliée et repliée, elle la lui tendit.

— Je t'ai fait un dessin mamie ! sourit-elle.

Valentina s'en émerveilla, et dépliant la feuille, se ravit de voir une petite fille avec une jupe rose dessinée donnant la main à une dame, leurs deux prénoms marqués au-dessus.

— C'est magnifique ! admira-t-elle.

Elle la prit dans ses bras, et regardant Adrien, lui caressa les cheveux.

— Bonjour Adrien ! le salua-t-elle. Comment vas-tu ?

Adrien sourit, et sa sœur lui laissant de la place, il vint lui faire à son tour un bisou sur la joue.

— Bonjour mamie ! Ça va bien, et toi ?

Valentina sourit, lui répondit, puis se tournant vers son père, le leur présenta.

— Les enfants, voici grand papi Guiseppe !

— Hey les enfants !

Presque toute la famille réunie, ils se saluèrent finalement tous, Guiseppe pleura de joie, impressionné et réjoui de se découvrir une si belle famille, Valentina fut immédiatement enthousiaste d'être grand-mère et de rencontrer deux enfants aussi adorables et une si belle jeune femme, et retournant ensemble à la maison, ils déchargèrent leurs affaires et s'installèrent avec joie à table sur la terrasse pour manger.

Mais le repas terminé et les enfants partis jouer, Phileas annonça toutefois à sa mère qu'il les laissait pour quelques jours.

— Pourquoi ? s'étonna-t-elle, triste qu'ils se séparent déjà.

Phileas lui caressa la joue, heureux de la voir, rayonnant de bonheur de l'avoir retrouvée, mais n'oubliant pas le mal qu'il avait fait, il avait encore quelques affaires à régler et souhaitait s'en occuper.

— J'ai fait de la peine à ma femme, et j'aimerais la revoir pour en discuter, annonça-t-il.

Valentina le prit dans ses bras, et comprenant parfaitement, accepta sa décision.

— Profite bien de tes petits-enfants et de papa, je reviens d'ici quatre jours maximum, lui assura Valentin.

— C'est promis ! Et toi tu as intérêt à être là pour ton anniversaire !

— Promis maman !

Phileas rigola, lui fit la bise, lui souffla qu'il y avait des boutures d'olivier à planter pour perpétuer la tradition, expliqua à Jean et Adrien qu'il partait pour discuter avec maman mais qu'il reviendrait très vite, puis disant au revoir à Guiseppe, à Alfred et à Jarod, il monta à l'étage et chercha Wanda. Tombant sur elle dans la salle de bain, il lui annonça alors qu'il repartait pour voir Adélaïde.

— Je t'en veux, tu sais. Tout le monde t'en veut d'ailleurs, déclara-t-elle, profitant de l'instant pour lui dire le fond de sa pensée.

Phileas la regarda, conscient qu'il l'avait déçue.

— J'ai fait ce que je pensais juste, annonça-t-il simplement.

— Ce n'est pas une raison, rétorqua Wanda.

Phileas ne chercha même pas à dialoguer. Il pouvait lui rétorquer que vu ce qu'elle lui avait fait, elle n'était pas la mieux placée pour le juger, mais il ne le fit pas. Il lui fit simplement la bise, puis s'en alla. Songeur dans le taxi l'emmenant à l'aéroport, il repensa toutefois à tout le mal que ses choix avaient causé. De ce que Bella avait fait à l'agent Williams à la peine qu'il avait infligée à Adélaïde, il avait beaucoup de choses à se faire pardonner. Mais Phileas voulait se racheter. Il acceptait avoir fait des erreurs de jugement, et dans un premier pas pour faire amende honorable, il envoya un message à Adélaïde. Il voulait la revoir, elle lui manquait, et vraiment désireux d'enterrer la hache de guerre, il résuma son envie de la voir, de lui parler et d'avancer en une seule phrase, qu'il chargea d'espoir.

« Tu rentres dormir à la maison ce soir ? »

*

Dans son bureau, plongée dans ses dossiers, Adélaïde buvait une tasse de thé lorsque son téléphone sonna d'un bip spécifique. Appréciant de faire une petite pause dans son travail, elle le saisit et lut le message que venait de lui envoyer Phileas. Respectueuse, elle lui répondit alors immédiatement.

« Non Phileas, et honnêtement je ne sais pas encore si je rentrerais un jour auprès de toi. Tu m'as trahie, moi et ce en quoi je crois, tu m'as fait de la peine, et je ne sais pas si je pourrais te pardonner. Mais sache en tout cas que je suis heureuse pour toi. Je sais à quel point d'avoir retrouvé ta mère doit t'être merveilleux, alors profites bien de vos retrouvailles. »

Adélaïde reposa son téléphone à côté d'elle, puis reprit sa lecture en soufflant sur son thé. Se sentant mieux, elle apprécia simplement sa nouvelle liberté, s'épanouissant dans son indépendance.

*

Phileas reçut la réponse d'Adélaïde et en fut triste, mais il ne se laissa pas abattre pour autant. Cela mettrait du temps, mais il ferait tout pour se montrer digne d'elle, pour qu'elle le pardonne. Il se montrerait idéal, humain… il serait l'homme qu'elle méritait.

« *D'accord. Je t'aime chérie. Prends soin de toi, tu me manques* » lui envoya-t-il.

« *Bonne fin de journée Phileas.* » reçut-il quelques minutes plus tard.

Phileas sourit, se contentant du peu qu'elle lui donnait, une réponse. Puis finalement, il changea ses billets d'avion sur son téléphone. Décidant avant de rentrer de passer par Londres, il voulait voir son notaire pour terminer de mettre en place son plan B.

294

Épilogue

16 juin 1985

Valentin était seul sur un banc de la cour, renfermé sur lui-même. Recroquevillé, pleurant toutes les larmes de son corps, il attendait patiemment, espérant que sa maman revienne le chercher. Il ne comprenait pas, pourquoi était-il là ? Avait-il fait quelque chose de mal ? N'avait-il pas été assez sage pour qu'elle l'abandonne ? Avait-il dit quelque chose qu'il ne fallait pas ? Le petit garçon continua à pleurer seul sur son banc, voulant que sa maman revienne le chercher, quand entendant du bruit, il leva les yeux et vit deux enfants de son âge s'approcher de lui.

— Bonjour ! Je m'appelle Jacques, lui demanda le premier. Et toi ?

Valentin ne répondit pas, terrifié.

— Je t'avais dit qu'il ne te parlerait pas ! s'exclama alors le second enfant. Allez viens, on va jouer au foot !

L'enfant prénommé Jacques se retourna et fit signe à son copain de se taire.

— On ne va pas le laisser seul, tu te souviens comment on était quand on est arrivés ?

— Cela fait trois semaines qu'il est là celui-là, et regarde, il n'a rien dit à personne ! déclara le second enfant, un petit blond. Allez viens Jacques, allons jouer au football !

Valentin continua à pleurer, recroquevillé sur lui-même, regardant les deux enfants sans dire un mot, voulant que sa maman revienne le chercher. Mais le petit garçon nommé Jacques ne se laissa pas démonter pour autant. Portant toujours le ballon de foot sous le bras, il regarda le nouvel arrivant avec compassion, espérant qu'il sort de son mutisme, et venant à côté de lui, posa le pied sur le banc pour le regarder.

— Ta maman te manque ? demanda-t-il.

Valentin l'observa attentivement, puis hocha de la tête, les yeux rouges. Et Jacques souriant, il s'en satisfit.

— Je n'ai jamais connu ma maman, annonça-t-il, mais dans ma tête, elle ressemble à la fille de la télé, Dorothée, et je la vois tous les jours à la télévision. Cela m'aide à vivre ici. Alors je vais te donner un petit conseil, trouve une musique ou une personne, et quand tu seras triste parce que ta maman n'est pas là, écoutes cette musique pour la visualiser. Cela t'aidera, crois-moi.

Le petit Valentin le regarda, surpris de son attention, de sa compassion, et acceptant son conseil, contre toute attente, essuya un peu ses larmes.

— Tu t'appelles comment ? redemanda alors Jacques.

— Je m'appelle Valentin, et vous ? se présenta-t-il alors timidement.

Le petit Jacques le regarda en souriant, heureux qu'il lui parle, et le second enfant le fixa lui avec étonnement.

— Jacques, tendit chaleureusement sa main ce dernier.

— Johann, répondit l'autre.

— Allez, viens on va aller jouer au football !

Le petit Valentin hocha de la tête, et se levant finalement de sur son banc, suivit calmement les deux autres garçons.

C'est en 1991, six ans plus tard, que Phileas trouva la chanson qui l'aida à tenir sans sa mère. Découvrant un

dimanche à la télévision *Les Neiges de l'Himalaya*[4], il
s'imagina que sa mère bravait monts et marées pour le
retrouver. Pleurant sur cette chanson, il tint ainsi, espérant,
priant pour qu'elle revienne le chercher.

---

[4]— *Les Neiges de l'Himalaya*, de Dorothée © 1991 AB
Droits Audiovisuels.

FIN

À suivre dans
Résolution

www.ingramcontent.com/pod-product-compliance
Lightning Source LLC
Chambersburg PA
CBHW051812150726
47998CB00001B/117